主编 孔令绍
副主编 孔令俭 李赋春

鑄基

孔德墉题

初心映在热土上

文化艺術出版社
Culture and Art Publishing House

图书在版编目（CIP）数据

铸基：初心映在热土上 / 孔令绍主编. —北京：
文化艺术出版社，2021.4
ISBN 978-7-5039-7081-8

Ⅰ. ①铸… Ⅱ. ①孔… Ⅲ. ①中国共产党–农村–基层干部–先进事迹–中国 Ⅳ. ①D263

中国版本图书馆CIP数据核字（2021）第052791号

铸基
——初心映在热土上

主　　编　孔令绍
副 主 编　孔令俭　李赋春
责任编辑　董良敏　李岩松
责任校对　董　斌
书籍设计　赵　矗
出版发行　文化艺术出版社
地　　址　北京市东城区东四八条52号（100700）
网　　址　www.caaph.com
电子信箱　s@caaph.com
电　　话　（010）84057666（总编室）　84057667（办公室）
　　　　　84057696—84057699（发行部）
传　　真　（010）84057660（总编室）　84057670（办公室）
　　　　　84057690（发行部）
经　　销　新华书店
印　　刷　中煤（北京）印务有限公司
版　　次　2021年5月第1版
印　　次　2021年5月第1次印刷
开　　本　710毫米×1000毫米　1/16
印　　张　24.5
字　　数　350千字
书　　号　ISBN 978-7-5039-7081-8
定　　价　106.00元

组委会

主　任

丁　龙

成　员

（以姓氏笔画为序）

孔　庚　毛长波　王延彬　白　冰

孙春光　陈　强　杨文轩　李立新

宋思亮　张新志　郝　然　胡德志

序

在迎来中国共产党成立100周年的前夕，曲阜市委组织部牵头，曲阜中华文化促进会创作的大型报告文学集《铸基——初心映在热土上》即将由文化艺术出版社出版发行了。对此，我表示由衷的祝贺！

从嘉兴红船扬帆起航，中国共产党风雨兼程走过了100年的光辉历程。我们党团结带领中国人民进行28年浴血奋战，打败日本帝国主义，推翻国民党反动统治，完成新民主主义革命，建立了中华人民共和国；我们党团结带领中国人民完成社会主义革命，确立社会主义基本制度，消灭一切剥削制度，推进了社会主义建设；我们党团结带领中国人民进行改革开放新的伟大实践，极大激发广大人民群众的创造性，极大解放和发展社会生产力，极大增强社会发展活力，人民生活显著改善，综合国力显著增强，国际地位显著提高。中国人民和中华民族走过的历程，是中国共产党和中国人民用鲜血、汗水、泪水写就的。在100年波澜壮阔的历史进程中，中国共产党紧紧依靠人民，跨过一道又一道沟坎，取得一个又一个胜利，为中华民族作出了伟大历史贡献。在迎来中国共产党成立100周年的重要时刻，我国脱贫攻坚战取得了全面胜利，区域性整体贫困得到解决，完成了消除绝对贫困的艰巨任务，创造了又一个彪炳史册的人间奇迹。

人民是历史的创造者。100年来，一代又一代优秀中国共产党人，为祖国和人民无私奉献，生动展示了共产党人的为民情怀、高尚情操。改革开放以来，广大农村的党务工作者和基层党组织承担着做好党的基层基础工作的艰巨任务。在曲阜这块古老的土地上，有的村党支部书记把一个贫穷落后的小村庄建设成为“全国文明村”，获评“全国劳动模范”“全国十佳农民”；有的村党支部书记把经营企业的聪明才智运用于乡村振兴，被评为“山东省担当作为好书记”；有的村党支部书记21岁时带领村民炸石打井炸掉左手和左眼，依然坚守在脱贫攻坚最前线，在一个荒山野岭上打造出“生态文明村”；有的村党支部书记凭着党员的担当和军人的血性，硬是在一片穷山恶水上让农民过上好日子，被群众誉为“完全没有功利目的的共产党员”……正是这样无数的不计名利、无私奉献、敢于担当、勇于创新的农村基层的共产党人，才使世界上最大的执政党——中国共产党具有了无比坚强的基础支撑！

因此，在庆祝中国共产党百年华诞的重要时刻，我们应该记住那些为党的事业铸造基础工程的共产党人，向他们真诚地致敬！

中共曲阜市委常委、组织部部长 朱伦峰

2021年3月12日

目录

张佃壮

摊上好书记是咱老百姓的福气

孔令绍　孔令俭

● 张佃壮

一个地地道道的农民，一个普普通通的党员，他的内心闪烁着人性的光辉，他的作为给老百姓带来了福气。

他就是曲阜市息陬镇北元疃村党支部书记张佃壮。他在2018年获得“山东省担当作为好书记”称号，被山东省委记一等功；2019年当选“全国十佳农民”；2020年被评为“全国劳动模范”。

2011年12月4日，时任中共中央政治局委员、中央书记处书记、中央组织部部长李源潮到北元疃村调研，村民蒋德香有感而发：“摊上一个好书记是咱老百姓的福气。”中央调研组的同志说：“这话接地气，没水分。”

北元疃村地处鲁西南，是当年孔子周游列国回来途经此地小憩入城的地方。村庄西部有一座小山，传说曾有凤凰落在山顶，在此栖息，故曰“凤凰山”。村庄南部有一条小河，曰“小蓼河”，支流纵横，蜿蜒曲折。曲阜境内从东往西千年流淌着的是曲阜的母亲河“大沂河”，俗称“圣人门前倒流水”。

沂河水似乎特别眷顾北元疃村，来到这里陡然转身向北流去，流过 3 里继而折返向西。这水，滋养着这块古老的土地，也塑造着张佃壮的为人格局和品德修养。

他朴实善良，具有农民勤劳拼搏的本色。在他的带领下，占全村 70% 以上的盐碱涝洼地，彻底改变了“雨天水汪汪，晴天白茫茫”的凄凉图景，绘就了稳产高产的丰收景象。他也由一个普通农民变成了“全国十佳农民”。

他睿智多谋，具有干事创业的精神和气魄。在一个不知名的小村庄上，绘制出“全国文明村”的美丽画卷。他先后荣获曲阜市、济宁市以及山东省“优秀共产党员”“优秀党支部书记”称号。

他堂堂正正，浩气凛然。历经沧桑而初心不改，饱经风霜而本色依旧。他虽然担任了山东省人大常委会委员，但依旧是农民模样的张佃壮。

初出茅庐试水深

人之所以为人，就是要有精神，有追求。活在世上就要做事情，有担当。

——张佃壮

初识张佃壮，就颠覆了我对他农民形象的认知，让人顿时产生儒雅之感。一米七几的个头儿，中等身材。四方大脸上，微眯的双眼彰显着睿气。他留着平头，脚蹬布鞋，年龄虽已 50 多岁，但却不乏朝气和精神，从头到脚都让接触他的人感到舒服。

张佃壮生于 1960 年 11 月 25 日，家里兄弟姊妹 5 人，在兄弟 3 人中排行老三。1971 年，父亲不幸去世，给全家带来了沉重打击。家庭生活本就艰难拮据，父亲的去世让家里更是雪上加霜。张佃壮到了 9 岁才上小学，在逆境中完成了高中学业，毕业后回到了村里。

那是一个人才青黄不接的年代，农村缺少文化人。夜深人静，月光当空，张佃壮的心里如同波涛汹涌的海洋：我的家乡是圣人故里，礼仪之邦。可我的村庄，离文明和富裕却相去甚远。这里是生我养我的地方，我要用我的青春和才智让它换上新装。张佃壮有理想、有志向，思想前卫，他以火热的心肠，旺盛的斗志，投入农村的各项工作中去。1983 年，党支部决定让他担任团支部书记。

这一年可视作张佃壮人生旅途的重要起点，他由一个普通的农村青年成长为一名基层组织的领导者。他深入地思考着其中的分量，他要在这个可以施展青春才华的平台上开花结果，而不能亵渎了这个平台。中国共产主义青年团是中国共产党领导的先进青年的群众组织，是中国共产党的助手和后备军。我一定要在党的领导下做好青年团的工作，张佃壮暗下决心。

经过反复的工作实践和深入的思考，张佃壮向党支部提出了建立“党团互保”机制的建议，党支部研究决定后，与团支部正式签订了《北元疃村党团互保机制协议》。《协议》规定，党支部确保对团支部的正确领导，把握团支部的发展方向；团支部确保当好党支部工作上的突击队，不讲价钱，不计私利，带领团员青年做好工作。“党团互保”协议激励着张佃壮更加自觉、更加理性地开展团支部的工作和活动。

20 世纪 80 年代初期，农村改革的浪潮一浪高过一浪。改革实行生产承包责任制，包产到户，张佃壮要求团员带头做好自己家庭的工作，让团员分组下沉到各个家庭做思想工作，确保了生产承包责任制的实施。

改革“三级所有、队为基础”的农村体制，撤销人民公社，一小部分农村基层干部和群众想不通。张佃壮安排团支部利用大广播、黑板报、宣传栏等展开宣传，创造良好的社会舆论氛围，让党和政府的改革政策在基层顺利落地。北元疃由大队改成村委，在 1984 年第一次破天荒的民主选举中，他当选为村委委员。

农村分田到户后，集体没有大型农用器械，牲畜、农具少之又少，分不到每户，各家各户种地出现了很大困难。农民们心理上有障碍，思想上有情绪。张佃壮带领团支部成立了青年突击队，为农户种地帮工，既为群众解决了困难，也安慰了农户们的情绪，让他们顺利地度过改革适应期。

一石激起千层浪，“党团互保”的创举，在社会上产生了强烈反响，连当时的《人民日报》也予以报道和推广。时任共青团中央书记处书记李克强、刘延东等领导同志亲临息陬考察调研，给予了高度评价。

一身正气帅三军

做党员没有私欲，当干部不图功利，环境再恶劣，情况再复杂，也没有干不成的事。

——张佃壮

1989年1月4日是张佃壮终生难忘的日子。他激动，他兴奋，他觉得浑身都是力量。我入党了，我梦寐以求的愿望实现了。但是，面对党旗我发出的誓言，一生一世都不能忘记，我要一心一意跟着党走到底。我要时刻牢记，做党员就不能有私欲，当干部绝不能图功利，这是做成事的前提。

入党成为张佃壮人生旅途的加油站。从这天开始，他懂得了自己是从哪里来，要到哪里去，做事是为了什么。他的满腔热情，由自发变成了自觉，进而朝着党指引的方向迅跑。1993年12月12日，全村23名党员选举他担任党支部书记。

“治乱”成为张佃壮上任之后的首选。村里的乱象一直是他的心头之痛。一次，市里召开三级干部大会，市委副书记、市长许传俊抓住张佃壮的手说：“你就是全市第一大案那个村里的书记？”当时羞得他简直是无地自容。倡导文明是人之为人、村之为村的根本，否则就没有立于人世的尊严和空间。三上三下讨论制订《村规民约》，让群众用自己制定的规矩约束自己，村民的自律意识得到显著提高；开辟就业渠道，让年轻农民有事可做，自然减少不法行为的时间与空间；及时疏导教育，引导村民做好事当好人。几年下来，打架斗殴的势头被遏制了，文明向上的风气形成了。

“治腐”铁腕出击。流水不腐，户枢不蠹。过往死水一潭的管理机制，造成了部分村干部的肆意妄为、我行我素。张佃壮首先对村级干部和村民组长进行职责调整，随后进行了严厉整肃。他亲眼看到，包括自己家族成员和亲戚在内都是既得利益的获得者，在这样一片污泥浊水的环境里整治贪腐谈何容易！炸碉堡就要找到突破口，就从自己的亲属身上开刀。他的一位亲属曾是村民小组组长，游手好闲，好吃懒做，见便宜就沾，一个芝麻大的村民组长竟然贪污公款近万元，查清事实后一举拿下，治腐治贪从此打开缺口。

“治环境”解决村民最大关切。北元疃村是一个2000多口人、3000多亩地、10个生产组的大村，可村里没有一条直来直去打通的街巷，房屋破烂不堪，参差不齐。整个村庄排水不畅，一遇雨雪天气全村就成了泥塘。对于这样的生存环境，老百姓怨声载道。张佃壮痛下决心，一定要解决这个村民们反映最强烈的热点问题。但他也深知，“家”是人们须臾不得离开的依托，关乎一家一户的切身利益，决不能掉以轻心。

1999年，春节的年味儿还没有散去，张佃壮却是食不甘味，夜不能寐。漆黑的深夜，他独自一人穿梭在村里的大街小巷；鸡还没叫，他又游走在各家各户的门前；大街的拐弯处，小巷的岔道口，他凝神细思，经常站在那里发呆。知己知彼，百战不殆，决不能打无把握之仗。他召开两委会、党员会、群众代表会广泛民主协商，带领村干部赴外地参观学习村庄建设经验，请来专家帮助设计、规划。经过3个多月艰苦细致的工作，一部《北元疃村新村建设规划》形成了。村支两委召开全体村民大会，张佃壮慷慨激昂地讲述着他的宏伟蓝图，现场的男女老少无不欢呼雀跃。没过多久，全村512户的宅基庭院全部拆除。

那年的秋天，一阵鞭炮的炸响过后，北元疃新村建设开工了。家家户户忙前忙后，基建工地热火朝天。

可在这时，一位村民风风火火找到张佃壮，气呼呼地说：“我家的宅基地不好，前边建的房子影响我家房子的采光，我们不会在那里盖房子。”

张佃壮感到惊奇：“宅基地都是一样的，建筑格局都是一样的，村里不会厚此薄彼，你的宅基地没有什么不好。”

“你认为好，你家去建，我反正不会在那里建。”那位村民很执拗。

“好，我们换，我去建。”张佃壮想都没想，当场与她交换了宅基地。

张佃壮的举动令全村人感动。新村建设顺利进行。

回到家里，家人不解：“为什么把咱的好宅基换给人家？”

张佃壮循循善诱：“所有的宅基地没有什么好与不好。你认为好，它就好；你认为不好，它就不好。这是一种心理感觉。她认为好，给她，不就万事大吉了。做人要豁达，都是一窝一块的，别那么较真儿。”

日月如梭，斗转参横，一晃到了2004年。5年了，一幢幢建筑拔地而起，硬化路网3万平方米，绿化2万平方米，安装路灯100多盏，修排水沟1.3万米。村里“户户通”“处处亮”，家家户户住新房。北元疃人的心醉了：“这都是干部们的心血。”

经济发展是根本

我们党的宗旨就是为人民服务。党的基层干部所做的一切，就是让人民群众过上好日子。

——张佃壮

千算万算，不能无米做饭，自古以来就是这个理儿。张佃壮心里盘算着，要想让农民富起来，就不能各种各的地，各干各的活。一麦一棒，一年两季，仨瓜俩枣也落不着，一年到头白忙活。党叫咱领着农民干，咱就得动脑子，下力气。馍馍好吃，就看厨子的手艺。

调整产业结构，实行规模种植。北元疃村一人一亩多地，是当地人均土地比较多的村庄，必须首先作好土地的文章。张佃壮通过各种途径引导村民接受市场经济理念，转变传统的农业种植观念。他告诉大家，市场经济就是追求利润的最大化，说白了，就是什么值钱种什么。1997 年，他动员农民种植土豆 640 亩，采取规模种植，统一机耕、机播、机插、机收，大大降低了生产成本，每亩土豆产量达到三四千斤。土豆丰收后，张佃壮专门组织销售人员奔赴淄博、临沂、寿光等地搞批发，使土豆远销北京、上海等大城市以及全国其他地区。其他村里的土豆在当地只卖到 1 斤几分钱，北元疃村的土豆在外地卖到了 1 斤 3 毛多钱，1 亩地年纯收入 1000 多元。农民们说，要知道，那时候可是钱当钱啊！

乘势而上，在土地上作好更深层次的文章。尝到了产业结构调整甜头的农民们心里有了底，也坚定了张佃壮彻底转变传统农业种植模式的信心。土豆丰收的第二年，党支部、村委会培养发展苹果种植户 38 家，果园达到 380 亩。在此基础上，村里成立了“财元果蔬合作社”，将苹果种植户全部吸纳为合作社成员，为其提供产供销一条龙服务。建造各类养殖大棚 40 个，发展大型养猪场 3 家。创造条件鼓励返乡大学生创业，为其规划建设现代化绿色家禽养殖片区，规模化养鸡场已发展到 7 家，种植金银花 200 亩。全村产业结构发生了质的变化。

采取公司化运作，实现农业种植环保化、品牌化、高端化。为把北元疃村的“土地文章”作得更活，从而推进农业种植向着更高层次发展，张佃壮想到了招商引资借梯上楼。山东百誉农业科技发展有限公司是一家专门从事农业高新技术研发、示范，高端农产品生产和营销推广的综合性企业。经过反复谈判，对方感受到了张佃壮的执着和诚意，双方达成默契，签订协议，公司得以顺利入驻村里。党支部、村委会从农民手中流转土地 1400 亩，公司建设高温日光大棚 60 座，种植无花果 100 亩，栽培日光温室西红柿、黄瓜、青椒、辣椒、草莓、茄子、西葫芦等茄果类蔬菜。产品已获中国消费者协会颁发的“315 标志产品认证”，通过了北京五洲恒通认证有限公司的有机产品认证，并申报了国家专利。“百誉”公司一边做产品，一边建设技术研发中心、物流配送中心，这使张佃壮灵敏的嗅觉又发现了更大的商机。他计划围绕“百誉农业”品牌，发展中间环节的仓储、物流、烘干、包装等产业，完善产业链条，借此建设科技示范区、生态观光区，发展休闲农业。

挖掘潜在商机，壮大农村经济。北元疃村背靠的大沂河，有大面积的荒滩，张佃壮发动全体村民大干苦干，硬是在千年闲置的荒滩上造出了 1000 亩良田。市里修通了曲阜城里到孔子诞生地尼山的“曲尼公路”，张佃壮马上开会研究，瞬间在路边建起了 50 间两层楼的高标准门面房。村里房前屋后的空闲地，村支两委做出统一规划，种植了 4000 多棵石榴树、10 万多株金银花，不仅美化了村庄，每年还给村里创收 100 多万元。

北元疃的村民笑了，大家的钱袋子都鼓起来了；两委的干部们乐了，村集体也有了金疙瘩，过去一穷二白的空壳村，如今每年的收入都近 200 万元，干部说话时腰杆直了，干事的底气更足了。

● 张佃壮在村食品厂指导工作

村庄文明暖人心

一个人的文化水平高了，不等于修养好了；一个村的外表美了，经济富了，不等于文明程度高了。抓好人的道德素养的提高，比抓经济更难。

——张佃壮

深秋时节，我们走进美丽如画的北元疃村。一道亮丽的风景映入眼球——家家户户都在晒被子。

我们不解地问："为什么家家都在晒被子？"

张佃壮急忙解释："在我们村，这不叫晒被子，叫'亮'被子。亮相的'亮'。这里亮出来的都是老人的被子。这个活动，村里每年定期搞几次。就是比比谁家的老人铺的盖的好，比比谁家的孩子更孝顺。这个做法我们坚持了十几年，央视三套综艺频道都给报道了。"

我的心里不禁发出深情的赞叹。20年前，北元疃村就在全市建起了最早的敬老院。抓经济工作需要用心，抓精神文明更需要用心。没想到张佃壮抓经济虎虎有生气，而做起人的工作来还真是个细心人。

以孝为核心，就抓住了家庭建设的"牛鼻子"。最好的房子给老人住，最好的铺盖给老人用，最好的饭菜给老人吃，最好的媳妇每个月都上光荣榜。村里每年拿出3万元经费，评选"好媳妇""好婆婆""五好家庭""文明家庭""美洁静雅示范家庭"，尊老、敬老、爱老蔚成风气，北元疃村早就成了远近闻名的孝贤村。

"形式"逼着人做好人，"内容"让人自觉做好人。张佃壮既注重形式，又重视内容。村里建起高标准文明实践站和孔子学堂，好媳妇、好婆婆、好家庭的代表轮番上台现身说法；党支部、村委会的干部人人当教员，定期讲政治、讲形势、讲法律、讲民俗；请来市里的专家学者讲儒学、讲孔子、讲家风、讲孝道。各种教育活动常抓不懈，有声有色。

健康环境教育人，文化艺术陶冶人。荀子说：“蓬生麻中，不扶而直；白沙在涅，与之俱黑。”从小就与黄土地打交道的张佃壮自然懂得这个道理。弯弯曲曲的蓬草生长在坚挺笔直的麻中间，你不用专门去扶直它，它就会自然长直；白沙混在黑土里，自然会变成黑色。

村支两委投资 70 万元，建成了占地 11 亩的“景泰文化广场”，搭建了高标准的百姓大舞台。舞台的背景墙镶嵌上每家每户绽放着笑脸的合家欢，村民们俗称“笑脸墙”。夜幕降临，灯光初放，百姓们在文化广场上比特长、篮球场上打篮球、乒乓球场甩乒乓，大舞台上舞动的全是幸福的模样。

乡村记忆馆里，村民们记起不能忘却的乡愁；村史馆里，让人不能忘记北元疃村苦难的过去，全村 13 个姓氏的家风家训让人汲取着来自祖先的养分；“乡村图书馆”“壹知书屋”里，飘溢出沁人心脾的书香，那是村民们学知识学文化的课堂。

村支两委用心地给村民提供生活保障，为他们搭建幸福的桥梁。重视教育，捐资助学，对当地学校建设发展起到了重大支撑作用。村里对考上大学的学生都给予奖励，对家庭困难的中小学生也给予资助。投资 50 万元建起“元疃浴池”，全天候向村民免费开放。建设自来水厂，全体村民免费饮用纯净水。为村民接通天然气，人们做饭、取暖既安全又环保。天然气每立方米 2.56 元，村里补助 1 元钱。投资 268 万元，完成全村雨水污水分离，建成占地 12 亩的湿地公园，生态环境得到根本改观。

春风潜入夜，润物细无声。只要功夫深，铁杵磨成针。北元疃村变了，北元疃人变了。宽敞的大街小巷，欢乐的文化广场，别致的私家汽车，精致的农家小房……村里的人们大声告诉我们：“过去小村庄，今日赛天堂！”

江山如画，小村宜人。这个美丽乡村所有的人都在精心呵护这来之不易的和谐与幸福。他们的村庄先后被评为“山东省村务公开民主管理示范

● 张佃壮与村民们分享收获的幸福

村”“山东省先进基层党组织”“山东省文明村”“全国文明村”。

党和国家对张佃壮做出的卓越贡献予以高度评价和赞赏。他连续当选济宁市第十四届、十五届、十六届、十七届人大代表，连续当选济宁市第十一次、十二次党代会代表，当选山东省第十次党代会代表，当选中国共产党第十九次全国代表大会代表候选人。2017 年，他又当选山东省第十三届人代会代表，并出任山东省人大常委会委员，兼任代表资格审查委员会委员。张佃壮先后被评为“曲阜市十佳党支部书记”“济宁市优秀共产党员”“齐鲁乡村之星”“齐鲁先锋共产党员”“山东省担当作为好书记”“中共山东省委记‘一等功’奖励”“全国十佳农民”“济宁市劳动模范”“山东省劳动模范”“全国劳动模范”。中央领导同志曾先后来北元疃村考察调研，对张佃壮给予充分肯定。2018 年 9 月 13 日，中共山东省委书记、山东省人大常委会主任刘家义召开乡村治理座谈会，张佃壮发言后，刘家义对其乡村治理的理念、做法及经验给予高度评价，并表示要在全省推广。

面对这么多的奖章和荣誉，可想而知，张佃壮的内心难免激动、兴奋和高兴。

“看重这些荣誉吗？”我们下意识地问道。

“我还是看重‘十佳农民’，其他的荣誉我真不敢当。把我看成最会种地的农民，我高兴，那是我的本分。我忘不了北元疃不堪回首的过去，我还是那个赤着脚在黄土地上劳作的‘三伢子’。”张佃壮的心里平静如水。

我们被张佃壮内心的真实和博大震撼着。张佃壮，你从那片古老的土地上走来，却是一路汗水一路歌；你是一个坚守本分的农民，但你却是一个升级版的新时代的新农民！

史国强

让党员托起幸福村

孔令绍

● 史国强

“新书记来了，俺村的请客吃饭少了，办的实事多了。”脚一踏进钱家村的村边，就听到一位老者在议论他们的村支书。

钱家村，位于山东省曲阜市西南隅，是防山镇的“红旗村”。全村 462 户，2060 人，60 名党员，2600 亩耕地。2019 年，村集体年收入 175 万元，人均年收入 17500 元。

史国强，1978 年高中毕业后参军入伍，1983 年复员到镇上工作，做过计生办主任、管区书记，2013 年当选村党支部书记。

钱家村南依沂河水，北靠八宝山。古人说，凤凰不落无宝之地，八宝山由此得名。史国强从镇里回来当了书记，百姓们逢人就讲，钱家村的福气来了。

党员是村里的魂，拢起了村民的心

2013 年 2 月，史国强踌躇满志，

饱含热情，回到了阔别多年的钱家村。

山还是那座山，河还是那条河。村情、村貌与他参军入伍前没有多大实质性变化。史国强通过找党员谈心、深入农户调研，掌握了大量第一手材料。村里的突出特点是“三薄三弱”。首先是党员宗旨意识薄，服务群众能力弱。党支部缺乏凝聚力，党员对群众缺乏号召力。村民们说，俺看党员，怎么看也和俺没有什么两样。其次是村集体底子薄，经济实力弱。村里年经济收入不足 6 万元，农民年人均收入不足 7000 元。三是民生底子薄，基本建设弱。农民收入低，福利少，吃水难，走路难，外部环境脏、乱、差。村风民风污化，党心民心散乱，邻里之间争吃打闹、嚼舌骂街屡有发生。

史国强陷入了深深的沉思。党员是村里的魂，要想让群众不乱，党员首先不能乱。我这个党支部书记要率先垂范，真正成为村里的一面旗。做到书记带动党员干部，党员干部带动一般党员，全体党员带动全村群众，让党员成为全村的黏合剂、发展的安全阀。首先，利用村里换届选举的契机，把素质高、想干事、能干事的党员选进党支部班子。其次，实施强化党支部班子和党员素质能力提升计划。组织党员系统地学党章、学法律、学党的惠民政策，用先进思想和科学理论武装党员头脑，做合格的好党员，称职的好干部，彻底解决党员不像党员的问题。再次，建立规章制度，用制度规范人。经过党员充分酝酿、讨论，先后建立了《民主决策制度》《党员管理制度》《党员联户制度》《村务公开制度》《财务管理制度》等，实现了由书记管党员向用制度管理党员、约束党员、规范党员的转变。最后，用党员魂凝聚村民心。在基层党建实践中，创新实施了《党员划片定岗联户制度》，每个党员联系包保本街巷 8—10 户。党支部负责定期向党员传递上级党组织决策和意图，党员负责把这些决策和意图在基层落地，同时再把群众的关切反馈给党支部。这样一来，党员就由原来“一个名分、一次选举、一次党费”的标签式党员变成了有名有实、有岗有责、有价值的党员。党员践行党的宗旨有了平台，他们的责任意识、服务意识、方位意识有了提升；党员作用的充分发挥，使基层党组织的执政能力得到了实质性提升。党员对群众真关心、真上心、办好事、办实事，村民对党员的认可度高了，党群关系、干群关系明显好转，村里的工作得到了村民最大程度的理解和支持，做成了很多过去想干而干不成的事。

党员是一面旗，带着村民走上致富路

《中国共产党章程》在确定党员必须履行的义务时指出，党员要“贯彻执行党的基本路线和各项方针、政策，带头参加改革开放和社会主义现代化建设，带动群众为经济发展和社会进步艰苦奋斗，在生产、工作、学习和社会生活中起先锋模范作用”。根据党章要求，史国强认为，党员不仅要做到政治上先进，在发展经济上也要成为致富能手。他决心培养引导党员在经济发展领域也成为一面旗帜，从而对村民形成示范效应，起到引领作用。

党员发挥引领作用，带头自主创业。钱家村耕地多，一到耕种收割时节，村民们就犯难发愁。史国强动员一位支部委员担纲，成立了大型机耕收割服务队。史国强帮助筹措资金，购买了拖拉机、收割机等大型农用器械。通过周到服务、合理收费，村民们得到了方便和实惠，这位支部委员也成了致富带头人。党员一试水，群众也有了方向感，装修、门店、服装、酒店、农资、家政等各种各样的小营生如雨后春笋般发展起来。

党员带头进行土地流转，军马不动一亩地净赚上千元。对于土地流转，一开始村民们看不准，不敢做。史国强认为，形势发展到今天，一家一户支离破碎地种点地，永远也发不了大财。因此，他发动全体党员带头流转土地，一亩地得到了 1100 元的流转费。群众看到了甜头，也都积极支持村里的决策，踊跃进行土地流转。村里先期流转土地 400 余亩。2019 年，又流转了 1000 多亩，搞起了村企合作，让村民有机会入股分红。

党员带头进企业打工，当忙人，多挣钱。钱家村的土地流转后，巨力铁路轨道有限公司、百灵空调厂、禹兵传热、晶导微电子等大型企业先后入驻该村。党支部与这些企业达成协议，本村村民享有用工优先权。史国强在村里的广播上宣传：勤劳光荣，当忙人光荣，游手好闲可耻。党员带头走进企业，村民们纷纷跟进。现在，在本村企业打工的、外出打工的、自主创业的，已经达到了1000多人，全村人均年收入1万余元，400多户的村庄拥有300多辆小汽车。

党员带头精准扶贫，不让一个人在致富路上掉队。村党支部精准施策，党员们聚力扶贫，亲情解难，凝心扶志。村集体办起铁路轨道配件加工厂，成立了圣德邦数控科技公司，让200余名贫困人员就近就业，解决了他们持续增收的难题。采取村集体投资入股的形式建了4个塑料大棚，占地6亩多，栽植了火龙果、新品种草莓；利用荒地村沟建造了2400多平方米的高

史国强与钱家村两委成员

标准藕池，让困难户优先就业。企业发展与贫困户紧密结合，奠定了脱贫攻坚胜利的基础，也为乡村振兴、强村富民起到了巨大的推动作用。

党员是一条线，把村民家家户户串起来

党支部是一个点，党员是一条线，群众是一个面。史国强巧妙地解释说，要以点带线，以线带面，为村民串起一条又一条的幸福线。

把百姓当亲人，最大限度稳定民心。史国强刚回村时，群众思想混乱，上访事件时有发生。史国强一方面抓住党员这条线，分工负责，做好群众思想工作；另一方面，自己带头做好工作。村民史景振是个老上访户，原因是村里调整完土地后他生了孩子，本应到下次调整土地时才能给他地，但他非得马上要地，为此层层上访，还喝酒闹事、装疯骂街，让各级都很头疼。史国强耐住性子，经常去他家谈心。他在村里辈分小，管史景振的母亲叫祖奶奶。老太太每有头疼脑热，史国强都去探望，家里遇到问题就帮助他们解决，史景振感动地说："就凭国强对他老祖奶奶这么好，我也不去上访了。"

抓好村民教育，从根本上解决问题。史国强深入分析了群众的思想状况，他想起了毛主席说的话："严重的问题是教育农民。"教育是治本之策。他首先组织党员备课，面向全村群众讲政策、讲法律、讲科学知识。然后，让每个家庭自己选一个课题，再安排给村民讲课。接下来，办"彬彬有礼道德学校"、办"乡村儒学讲堂"、办"新时代文明实践站"、办"乡村记忆博物馆"，让老干部、老党员、老教师讲课，请专家、教授来讲课，组织村民们时常光顾博物馆，让广大群众记住乡愁、不忘过去。

抓精神文明建设从实处入手，切实解决群众难题。在农村抓精神文明建设，重点是破除陈规陋习，树立社会主义新风尚。史国强先是组织党员充分调研，梳理出精神文明建设中存在的突出问题，而后督促党员逐一带头解决。一是解决"生不起"的问题。二胎生育政策放开后，多数育龄家庭因为

● 史国强在火龙果大棚指导种植工作

经济压力，左顾右盼不敢生、不愿生。党员去做群众思想工作，村里解决群众后顾之忧。二是解决“娶不起”的问题。彩礼过重、要房要车，男方家里不堪重负。党员带头破陋习，“红白理事会”狠刹攀比风，着实给男方家庭松了绑。三是解决“还不起”的问题。农村请客成风，结婚宴、生日宴、升学宴、当兵宴、谢师宴等五花八门，家家都有还不完的人情债。村里发动党员、群众制订《村规民约》，各种宴请该压缩的压缩、该取消的取消。四是解决“死不起”的问题。以前丧事大操大办，丧事过后丧主债台高筑。村里利用《村规民约》和“红白理事会”彻底刹住了这种不良风气。四大难题的解决，使钱家村的民风淳朴了，人与人之间的感情真挚了。

抓文化建设，让村里的气氛活起来。村里富裕之后，投资 90 余万元建设了综合文化广场、文化长廊和文化墙。有了文化活动场所后，村里成立了全市第一支广场舞专业队，分设老年队和青年队，又建立了村级“畅想艺术团”。村党支部一年两次邀请市里的专业艺术团体来村里演出。定期的文娱活动，活跃了群众气氛，陶冶了村民情操。

抓好民生，让老百姓的幸福感升上来。为了推进基础设施建设，改善人居环境，村里多方筹资 130 万元，铺设柏油路面 600 多平方米，实施村庄路面硬化；投资 10 万元，在大街小巷全部安装了路灯；投资 18 万元，粉刷仿古墙壁 3 万余平方米；将街道两侧明沟改成了暗渠，彻底解决了脏、乱、差、臭等问题；投资 16 万元栽植了广玉兰、红叶石楠等苗木 6000 余株，村容村貌变美了。燃气入户，家家改厕，改善了生活环境，提高了生活质量。实行网格化管理，邻里守望相助。胡同、街口安装监控摄像头 36 个，村内监控全覆盖。调解员、巡逻员、信息员“三员”联防联治，不留死角，使村民有了安全感。增加福利，让村民得到实实在在的好处。65 岁以上的老人，每月发放 40 元到 60 元的生活补助费，节日发放礼品；80 岁以上的老人增加发放寿礼和蛋糕；70 岁以上的空巢老人村里集体供养；考上大学的学生奖励 2000 元现金。人有所居，老有所养，少有所学，困有所助，村里一片欢乐祥和的景象。

近年来，钱家村党支部先后荣获“山东省干事创业好班子”等荣誉称号，史国强获得“曲阜市劳动模范”等山东省、济宁市、曲阜市颁发的 30 余项荣誉称号。钱家村已成为远近闻名的“山东省文明村庄”，它正朝着“全国文明村庄”的方向迈进！

宫建

用企业理念经营农村

孔令绍

● 宫　建

一落座，我们就问："听说你经营过企业？"

"不用羞羞答答，俺村里都说我是'小能人''企业家'。"宫建快人快语，直截了当。

"经营企业与当'书记'，二者之间有关联吗？"我们找到了兴趣点。

"我可以用企业理念精细化经营农村。"宫建胸有成竹地说。

他就是曲阜市书院街道办事处宫家村的党支部书记宫建。

家里的"娇宝宝"有了新担当

宫建生于1967年，他排行老五，上边有4个姐姐。"物以稀为贵"，他一出生就成了家里的"娇宝宝"。

宫建是村里天生的"小能人"。常言说，"一岁看大，三岁看老"。宫建从小学什么像什么，干什么成什么。下学就创业，一干就赚钱。1985年，在曲阜市书院中学毕业后就进了曲阜市第二建筑工程公司学装修。他学木工、学粉刷工、学油漆工，样样出色。1987年开始当起包工头，一干就是10年，这让他掘得了人生的第一桶金。干着装修开网吧，让钱滚雪球。进入21世纪，开网吧是一种时尚。为使搞装修挣来的钱能再生钱，2002年至2006年他开起了网吧。开着网吧的宫建又在探索中寻找其他商机。2005年7月1日，宫建创办的“曲阜市建功机电制造有限公司”正式开业运营。为什么选择“七一”开业？宫建说，“是为了纪念自己入党一周年，因为那是一个既让我激动又不能忘怀的日子”。他还告诉我们，“原来的创业都是摸索，有了公司这个平台才找到了发展方向”。如今，他的机电制造公司一年一个台阶，年产值达到3000万元，年利润上百万元。

宫建出色的创业成绩赢得了社会的青睐。2004年12月，宫家村的村民们选他当了村主任；2006年3月，党员们又选他当了村党支部书记。上任那天，家人们都围坐在一起，说着各自的心里话。爸爸妈妈还没说话，二姐宫兴菊先开了腔：“宫建啊，咱家男孩儿稀少，咱爸咱妈生了你之后，可是全村人都景，给你做‘百岁’时一家不落地都到场。你当了干部可要给老百姓干好事，甭让大家白景你。”

宫建不负所望。上任伊始，清理连续10余年拖欠的土地承包费，追回20万元的承包款。整修村中两条大街，安装自来水，更换80千瓦变压器……村民们看到了正气和希望。

最契合市场经济理念的合作社

“实践证明，村集体打净分光绝对是错误的。村里没有钱，你拿什么去支配工作，村民们凭什么听你的？”面对农村工作的现实，宫建深有感触：“正是基于农村工作的实际，我创造了最契合市场经济理念的合作社。”

宫建饶有兴致地介绍着他的合作社。“党支部＋公司＋农户”模式是宫建自己想出来的，它不仅契合市场经济理念，而且契合上级组织意图。我们党的执政理念就是“为人民服务”，为人民服务的最终目的就是让人民过上好日子。党的农村基层执政者，如果能以合作社为总抓手，牵动全体村民走向共同富裕，这才真能体现出党的意图。

2019 年，宫家村成立了党支部领导下的“今胜昔果蔬种植有限公司”，种植突尼斯软籽石榴。公司总投资 100 万元，股东 16 个。村集体为控股股东，村党支部书记任董事长。党支部争取到政府 50 万元扶持资金，再以村集体 13 亩土地折合股金 10 万元，以 60 万元入股。村集体作为公司最大股东占股 60%。剩余 40 万元股金，让村民自愿购买，再产生 15 个小股东。其中书记出资 6 万元，占股 6%；两个村支两委委员出资 5 万元，占股 5%。剩余 12 个股东，村党支部动员村民入股，按照报名先后顺序，满员为准。村党支部书记作为公司董事长，村集体作为最大股东，这样的结构一是确保了公司发展方向，二是确保了集体利益的最大化。

宫建告诉我们，会像爱护自己的眼睛一样，聚精会神抓好合作社的工作。3 年后，等公司见了效益，农民们看到了好处，他们入股的积极性会大幅度提高。到那时，我们会调整股份份额，争取让全体村民入股，实现“中国梦”的路上一个都不能掉队。

农村发展精细化

经济发展、农民增收是农村发展的标志。宫建带领宫家村的村支两委，朝着两个方向发力：一是精细化发展农业生产，二是精细化精准扶贫。

宫家村自从实行生产承包责任制以后，农业生产都是一家一户的粗放型经营，一麦一棒，一年两收，农民们都知道种地不划算。再加上宫家村人多地少，全村 1350 人，1070 亩的可耕地，一个人合不上一亩地。宫建心想，市场经济就是追求利润的最大化，经营企业是向管理要效益，搞农业仍然也

● 宫家村一角

要实现效益最大化。宫建利用各种宣传工具，帮助农民提高效益意识，改变种植观念，在全村1000多亩的土地上种植800多亩的大蒜，由原来的粗放型土地经营转变为产业化发展，农民的收益成倍增长。2018年，村边的泗河综合开发，宫建瞄准机遇，率领村民种植20亩莲藕，当年增收10万元。2019年，挖掘土地潜力，在集体所有的河堤、滩地种植120亩突尼斯软籽石榴。这种石榴籽软味甜、营养丰富、产量高，经济效益可观。2020年下半年，利用村集体13亩土地，流转村民90亩土地，种植突尼斯软籽石榴1万余棵，成立了“曲阜市今胜昔果蔬种植有限公司”，采用“党支部+公司+农户”模式经营，发展壮大集体经济。

宫家村有低保户和精准扶贫户共13户30人。对于扶贫工作，宫建进行着他的精细化操作，即扶贫—脱贫—不返贫。为达到这个目标，宫建采取了就业扶贫策略。首先把自己的建功机电公司做大做强，用工优先录用贫困户，现已吸纳58名劳动力进入了他的企业。同时，加大招商引资力度，营造良好企业发展环境，目前曲阜市建业电缆公司已经入驻宫家村，并吸纳本村劳动力16人。

宫建对农村的精细化经营，让村民的人均年收入增长到1.3万元，村集体年收入也达到了27万元。2015年，宫家村被命名为“济宁市创业型社区”。

社会管理精细化

“农村的社会治理必须纵到底、横到边。乡村治，百姓安，国家稳。”宫建精辟地概括着他的乡村治理理念。经过长期探索、调研与整合，宫建和村支两委创造了适应乡情村情的“宫家村治理模式”，形成了“党建为引领，自治为基础，法治为保障，德治为支撑”的“三治融合”乡村治理新格局。

以《村规民约》作统领，把农村村民自治真正坐实。宫建说，《村规民约》就是村里的治理大纲，在村里的地位相当于国家治理中的《宪法》。2020年8月，村党支部依据国家相关法律法规和历届《村规民约》，并根据宫家村变化了的新情况，把经村民反复讨论形成的新《村规民约》进行全民公决，获得一致通过。该《村规民约》包括“节俭办理红白喜事”“严格土地承包”“加强宅基地管理”“统一住房建设标准”“实行长效卫生管理”“禁止在家规模化养殖畜禽”等12项规定，涵盖了村民生产生活的方方面面，为村民自律、自治提供了操作性极强的制度依据。

以“乐和家园”为载体，把为村民的服务真正坐实。村党支部实行一个党员和一个村民代表为一组联系各家各户的“联户制度”，把党支部的意图告诉群众，把群众的诉求反馈给党支部。为了把对村民的服务落到实处，村党支部建起了600平方米的“乐和家园阵地综合服务载体”。这个载体是新时代文明实践站举行各种报告会的报告厅，是宫家村农村党校的大讲堂，是村里举行党员大会、群众大会、精神文明评选表彰大会的会议室，是村里举行春节晚会、中秋晚会、群众歌舞表演娱乐活动的大舞台，是全体村民举办红白喜事招待客人的大餐厅。宫建说，我的这个乐和家园大厅使用率极高，它不是形式主义，不是作秀，而是实实在在为村民服务。

以“五心”建设为抓手，把提高农民的素养真正坐实。曲阜是孔子的故乡，宫家村党支部将优秀传统文化深度融入基层党建，抓实乡村治理，抓好“孝亲养心，和合静心，守望暖心，诗书明心，礼乐愉心”的“五心”建设，村民素养大幅提高。“五心”建设的路上，发生了一个又一个既生动又暖心的故事。

村民的小纠葛引来了“和为贵”调解室。过去，群众因为鸡毛蒜皮的一些小事经常闹纠纷，宫建就在全市最早建起“和为贵”调解室，他和一名德高望重的老者充当调解员，大事小事不上交、不出村。两户东西邻居因建新房遮挡光线的矛盾大动肝火，“110”来了都无济于事，宫建把双方叫到调解室，三下五除二握手言和。山东省获奖的微电影《新事・心事》就是根据宫建调解的一起真实案例拍摄的，宫家村还获得了“全国模范调解委员会”荣誉称号。

一个癌症患者引来了“爱心基金会”。2013 年，低保户尹盘福患了脑瘤，妻子、孩子都没有收入来源，看病只能靠村里。这时，宫建萌发了成立“爱心基金会”的念头，经两委研究，遂向全村发出倡议。成立的基金会实行会员制，你今天献出一分爱心，明天就有可能得到十分回报。宫建带头捐款 5000 元，董福春、刘振涛捐款 3000 元，村民们都踊跃捐款。2014 年，基金会为尹盘福捐助 1.8 万元。2016 年，村民宫洪亮肾衰竭做手术，基金会与社会捐助达到 10 万多元。目前，“爱心基金会”的救助已形成机制。

宫家村党支部和宫建多次受到山东省、济宁市、曲阜市、书院街道的表彰。2020 年，宫建被山东省委授予“山东省担当作为好书记”称号。

宫建滔滔不绝地谈着他的基层工作理念，谈着宫家村的远景规划。

我们问他：“你认为农村的精细化经营，它的意义和作用在哪里？”

他随口而答：“提高了党在基层的执政能力，巩固了党的执政基础。”

苏高民

党员的担当，军人的血性

孔令绍

● 苏高民

2020 年 7 月 31 日一早，我们驱车从曲阜城里出发，辗转 30 公里，赴尼山镇东官庄采访村党支部书记苏高民。

说来也巧，第二天是建军 93 周年的“八一”节。一见面，苏高民告诉我们，市里慰问优秀退伍军人的领导刚走。这使我们得到了采访的第一素材——苏高民是行伍出身。

我是市里的退休干部，苏高民说认识我，在市里多次听过我讲的党课，因此见面特别亲切，他像见到了娘家人。一落座，他侃侃而谈，可说到回村任支部书记时的情景却哽咽了。想必其中一定隐藏着多少无奈，多少苦衷，多少委屈。

苏高民一米八的个头，魁梧的身材，黝黑的四方大脸，溜光的光头衬托出炯炯的眼睛。我们试图从与他的深度接触中，体味他共产党员的担当和退伍军人的血性。

回村当支书，血与火的考验

东官庄的前身叫“官庄”。在古代，是给孔府当官的种地的地方，故称“官庄”。这里土地肥沃，每人都有两三亩，农民的日子还算好过。1958 年到 1960 年，国家建了一座大型水库——尼山水库。官庄搬到了上边的凤凰山，一个村一分为二，山东边的叫东官庄，山西边的叫西官庄，每人还剩几分地，吃饭基本靠救济。

苏高民生于 1970 年，1987 年 11 月去了兰州高炮某部队参军，1990 年 12 月就入了党，可见他的进步是多么的快。1992 年初，他光荣退伍。

回到村里的苏高民，看到 5 年不见的东官庄大吃一惊，村里没有发生太大变化，还是过去的老样子。这时，父亲为了生计，早已去了邹城城里，买了台拖拉机搞运输。苏高民无路可走，只好去投奔父亲。他气壮如牛，有的是力气。父子俩抱团取暖，优势互补，运输搞得风生水起，一年收入三五万，家里的日子蒸蒸日上。春风得意马蹄疾。苏高民不仅事业高企，情场也顺利得出奇，他轻松抱得美人归，妻子还给他生了一对龙凤胎。

1998 年一开春，苏高民父子的生意越发红火。一天中午，家里来了一位“不速之客”，是尼山乡的领导，说想让苏高民回去当村支书。这一下子就炸了锅，父母双双情绪激动。领导解释说，来之前，乡里走访了村里所有的党员和群众代表，大家都认为苏高民能行，这只是一个意向，让他考虑一下。父母说，没得考虑，这村支书我们不能干。

乡里的领导走了，可给苏高民留下了天大的难题。他对组织的信任和群众的期待充满了热情，心想，我才 28 岁，是党员，是退伍军人，有什么理由只考虑个人得失，不去为人民做奉献呢。晚餐的饭桌上，苏高民小心翼翼地给父母说着回村的理由，没说几句，父亲就掀翻了桌子。避开父亲，他给母亲说了说心里话，母亲扑通给儿子跪下，求儿子不要回去。

的确，村里的一切让父母历历在目。现任村支部书记就是苏高民的本家四叔。曾有人给他家的房子浇上汽油放火，两次夜里往他家扔危险物品，大年初一夜里往他家放花圈。老百姓说，曲阜最穷的是尼山，尼山最乱的是东官。农户喂的肥猪、母猪，一夜之间就不见了；家里的羊群被盗贼撵走，翻下山去，扒掉羊的五脏扔了，装车就走……

父母的反对，村里的乱局，桩桩件件都让苏高民触目惊心，可丝毫没有动摇他的信念。自古忠孝难两全。我是共产党员，我是退伍军人，我必须听从党的召唤。

苏高民毅然决然回村了，他在长达 3 年的时间里再也没有进过邹城的家门。

找准症结，顺利踢开“前三脚”

1998 年，村党支部通过换届选举，苏高民正式担任东官庄党支部书记。面对着一张张愁眉苦脸，注视着一双双期待的眼睛，苏高民的心里像针扎一样。他拳头攥得咯吱响，再难也要破旧局、开新篇。

第一脚，稳人心。东官庄地处曲阜的最东部，南边与邹城接壤，东边与泗水毗邻，全村 936 人，耕地 360 亩，荒山面积 1200 亩。耕地本来就少，可对这点地的分配还极不公平，造成普通群众的极大不满。

自古以来，民以食为天。一人几分的可耕地，还被人不公平地挤占，这就形成了村里最大的矛盾。苏高民找到了突破口——公平调整土地。为使工作顺利开展，村党支部首先发动全体村民充分酝酿、充分讨论，制订了东官庄的《村规民约》，以使村民自我约束，自我管理。在此基础上，村里通过广播大张旗鼓地宣传将所有土地收回重新分配。这时，一个多占土地的原村干部的亲属蛊惑人心，大肆叫嚣，对工作进展直接造成严重影响。如不及时打击这种行为，以后工作肯定没法开展。到了晚上，苏高民召集村支两委干部和党员在办公室等候，又请村干部把多占地的村民请来，当场讲清问题的严重性，并告知其行为违背了《村规民约》第四条，必须做出书面检查并接受处罚。该村民当场认错。此后，村里收回全部土地，并按登记人口进行平均分配，村民们个个拍手称快。

第二脚，治乱源。当时，不仅外地人来村里偷，本村人也偷本村人，再加上猪、羊啃青，村民财产安全得不到保障，作物不能生长，村里乱成了一锅粥。苏高民发动党员干部，组成了专职治安联防队，党员、干部带班轮流站岗、巡逻。白天制止猪、羊啃青，夜间制止偷盗行为。一天夜里，一伙外地盗贼把一家农户的老母猪偷走，这可是他家的命根子。巡防队员发现后立即追赶，翻过山去，盗贼发现已无路可走，遂弃猪而逃。东官庄严密的防控，堵死了盗贼们在该村的生财之道，后来他们给苏高民提来一兜儿现金，想与他谈交易，苏高民微微一笑说："太小看我了。"打那以后，东官庄平静了，庄稼也长旺了。

第三脚，挖穷根。人常说，人穷志就短，越穷人越懒。夏天树下乘凉，冬天墙根晒晒太阳。伸手要扶持，张口要救济。等、靠、要成为常态。苏高民清楚地懂得，要想挖掉穷根，必须养成勤劳的习惯。从他回村这年开始，连续三年组织全村男女老少，村不落户，户不漏人，开展义务冬季大干。开山造路，开荒种地，拓宽街道，抬高土地，植树造林……几年下来，村庄变美了，荒山变绿了，良田变肥了，人也变勤了。

苏高民凭着他的担当和血性，艰难地踢开了"前三脚"。

抓民生，求发展，让农民提升幸福感

人只有富裕了才不会受苦，只有舒适了才会感到幸福。自担任村党支部书记以来，苏高民就紧紧抓住民生和发展这两大主题，步步为营，一路前行。

东官庄地处贫困的边远山区，又是库区。苏高民生于斯长于斯，他深知每往前走一步会有多么艰难。但他坚信，只要往前走，就会有明天。因此，他循序渐进，由易到难，做一件事成一件事。

解决行路难。自从搬到山上，村里就没有一条像样的街道，大石头挡路的情况随处可见，群众出行成了难题。苏高民甩开膀子带头苦干，遇石炸石，遇沟搭桥，村内道路全部硬化，街街巷巷一路畅通。条件稍好后，还安装了 80 盏路灯。

解决用水难。由于村里地形特殊，西高东低，村民吃不上正常的自来水。他们想方设法解决技术问题，不仅让村民吃上了自来水，后来还安装了大型自动饮水机。为解决浇地难，他们打深井、建蓄水池、挖水渠、铺管道，使旱地变成了水浇田。

解决用电难。当时村里只有一台容量较小的 50 千瓦的变压器，每天反复跳闸，老百姓经常摸黑，浇地更是问题。苏高民东挪西借买了一台 80 千瓦的变压器，又进行了农网升级改造，彻底解决了用电问题。

解决上学难。村里小学的教室全都是危房，只好用很多木头柱子撑住房顶，一到刮风下雨干部们就担心害怕，都围在教室外头，就怕房子塌了砸到学生。苏高民急得团团转，却也想不出高招儿。一天，他在乡领导的办公室汇报工作，领导突然接到一个电话，说是香港真维斯集团想来建希望小学。说者无意，听者有心。从那天起，苏高民天天跟在领导屁股后边跑，终于要来了“希望小学”。2002 年 4 月，一所占地 20 亩、投资 50 万元、三层教学楼、一处体育场，总建筑面积 1500 平方米的小学落成了。到后来，村里年年都能考上大学生，村里给每个大学生奖励 500 元，苏高民还跑前跑后为家庭困难的在校大学生争取来 5 万元的扶困资金。

解决看病难。东官庄地处偏远，附近没有医院，村民一旦得了急病只有等死的份儿。一天清晨，苏高民邻居的小男孩儿发高烧，他骑上摩托车带上她娘俩就走，到了几十里外临县的一个卫生室看病，虽然打上了退烧针，可后来还是死了。苏高民的心里忐忑不安，心想，再难也要在村里建个卫生室。1999 年，他借来 3 万元钱建起了卫生室，2015 年又投资 16 万元进行升级改造，现在村民们再也不担心得急病不方便救治了。

苏高民坚持两条腿走路，他重视民生，更重视发展。

深挖潜力发展生产，先让百姓吃上饭。不当家不知柴米贵，狼恶虎恶不如饿恶。苏高民知道，东官庄可耕地稀缺，一人只有几分地，每增加一分地就会增加一份保障。他带着村里人利用一锹一镐，填沟造地，拓荒造地，几年下来土地增加了 50 亩。他发动村民在荒山荒地种植核桃树，几年下来栽了 20 亩、上万棵，又把这些核桃园承包给村民，村民们很快就见了收益。他又顺着水库边沿建了 70 亩鱼塘，一年收入 10 万多元。

打造绿色银行，奠定发展底色。通过制订长期规划，实行分片包干，责任到人，每年都进行荒山绿化、雨季造林，目前整个东官庄的山头上已是绿树成荫，并且全部归集体所有，不仅获得了稳定的经济效益，而且为经济发展创造了美好的外部环境。

依托旅游胜地，寻求发展契机。通过多年的努力，东官庄出现了良好的人文环境和投资环境。尼山圣境项目入驻尼山以后，看中了东官庄植树造林形成的绿化带，该村流转山地 149.175 亩，该项目打造出尼山圣境的最美风景“百花谷”。2012 年，苏高民引来尼山书院酒店项目，流转山地 110 亩，为村里带来前所未有的发展机遇。与此同时，东官庄乘势而上，把村里无人居住的老房子租过来，修旧如旧，发展原乡民宿，采取“返租倒包”形式，使个人与集体双受益。

以物业为龙头，促使村民充分就业。围绕尼山圣境项目、本村酒店项目、原乡民宿旅游项目等，成立东官庄物业公司，引领指导村民就业。苏高民说：“我不能看到村里有一个闲人，特别是年轻人，有一个我就往外赶一个。出远门打工的村民，家里老人去住老年公寓，不能去的，我把我的手机号贴在老人床头上，方便老人有事找我。”

苏高民领我们走在宽敞的大街上，带我们参观老年公寓，看他们村的文化广场，啦他庄户剧团的演出，憧憬着村南的“鱼塘垂钓”，村北的“四季花海”，他的惬意油然而生。

“谈谈回村当支书的感受吧。”我们顺势而问。

他说：“我就像从城里下乡的银环，来到时面对的是一片穷山恶水，现如今却是一片幸福祥和的景象，我不会离开这里的。”

“这些年你得到了什么？”我们又问。

“前 15 年没拿过一分钱工资。后来，组织上发一点。现在村里富了，我也富了。要说这 20 多年得到了什么，我想，是党性的锻炼，我现在已经把自己完全交给了党。”他是那样的坦然。

好一个苏高民，你让我看到的是一个完全没有功利目的的共产党员。

武波

美丽乡村领航人

李赋春

● 武　波

宽敞整洁的水泥路两旁，幢幢民居鳞次栉比，盏盏路灯、花木绿草扮靓村庄；热闹繁华的文化广场，载歌载舞的村民洋溢着幸福；一面面文化墙“绘”出乡风文明新风尚。走进小雪街道武家村，呈现眼前的是一幅“美丽乡村”的动人画卷，一个“绿水青山”的世外桃源……

武家村，全国美丽乡村、全国生态文化旅游示范村、农业农村部向社会推介的21个全国村级“乡风文明建设”优秀典型案例之一，是曲阜市新农村发展的金色名片。“村子能有今天的喜人美景，得益于我们有一个俯身实干的领航人”，说起村支书武波，村民都纷纷竖起了大拇指。

担当作为，实干赢得民心

武家村，地处九龙山怀抱，为白马河源头，南与邹城市接壤，现有人口2500人，有党员66人，村支两委5

人，耕地面积 2060 亩，山体面积 2760 亩，九龙山有西汉鲁王墓、唐代摩崖造像石刻等名胜古迹。

武波，生于 1963 年 11 月，是土生土长的武家村人。1979 年初中毕业后在生产队劳动，先是种庄稼，后承包石子机。武家村是山村，有着丰富的石材资源，村民主要靠开山采石为收入来源。之前，20 多台石子机都是集体所有，1986 年开始承包给个人，武波也成为承包者之一。

每台石子机的年承包费是 7000 元，这些承包费就是村集体的主要收入。头几年，承包者上交承包费还算正常，但 1990 年以后，每年收入不足 5 万元，承包户以种种原因少交甚至不交。武波是承包户，也是唯一足额、及时上交的一家，他深思熟虑后想出了解决办法。

1999 年春节后的一天，老书记武怀祥找到武波说："咱村的承包费收不上来，你有没有好的办法？"武波说出了自己的想法和建议：承包费都一样，但每台机器出货量却相差很大，有的承包者实际上还是亏损的，建议与小雪镇矿管站在村口合作建一处武家村分站，让石子机老板都到矿管站来买出门证，每卖一车石子小车需要一张、大车需要两张，没有出门证的不让通行。这样既控制住村集体资源流失，又做到了相对公平。

"你别承包石子机了，来村里担任这个站长吧。"武怀祥一听这是好主意，但站长人选不能马虎。武波一听，当时就回绝了，包石子机每年能挣三四万元，回村担任站长最多一年挣几千块钱，家庭收入减少得太多了。

可是，没过几天老书记又找到武波说："你看咱村收不上来承包费，也没法给村民办实事、办好事，就连一些该做的公益事业也没法干，干部工资也发不下来，没有收入咱村以后怎么发展呢？"

武波终于被老书记的话所打动，他知道，要想让武家村发展，只有"舍小家顾大家"了。

1999 年 11 月，矿管站成立了，武波当了站长，每年给村集体增收十几万元。村里有钱了，给村民办的事也多了，当年就铺设农田地埋管道 1000

多米，改变了村民平时土垄沟浇地费水、费时还费电的局面。

民心所向，众望所归，2011 年 4 月武波当选为村委会主任。

党群一心，建设美丽乡村

2002 年，武家村被确定为中华文化标志城核心区，并全面封山，村集体的收入大幅度减少。武波当选村主任后，要做的事满满当当，但他认为首先要做的就是改变村容村貌。

武波的意见得到了村支两委的支持。2011 年他们用一年的时间疏通大小街道 6 条，2012 年对总长 1500 多米的道路进行硬化、绿化，安装仿古路灯 64 盏，村容村貌焕然一新。疏通田间及生产路两旁排水沟 8000 多米，使雨后山洪及时流入白马河，为村民粮食丰收提供了保障。

“当时修路花费了 40 多万元，村里没有钱，我们就盘活资产、追缴欠款，争取政府支持，不知道武书记受了多少苦和累。”66 岁的老党员韩丙申说，“没有 2011 年的村容村貌整治，也就没有武家村后来的发展机遇”。

武家村的村庄建设得到了曲阜市委市政府的肯定，2012 年 3 月 14 日，中共曲阜市委十三届十二次常委（扩大）会议在小雪街道武家村召开。“那天是我们武家村永远难忘的日子，村会议室坐得满满当当，领导们研究着全市农村建设的大事，也对我村的改造出谋划策。从此，我们村拉开了新农村建设的序幕。”说起这一段，武波充满自豪。

就是在这次会议上，武家村确立了“打生态牌、唱旅游戏、走致富路、建和谐村”的发展思路。随即，在村支两委的带领下，党员率先垂范，全村齐动员，开展了“清三堆、治三乱、美三口、创三化”活动；建立了“户打扫、村收集、街道运输”的保洁模式；对村内大街小巷全部进行硬化，硬化道路面积 2.4 万平方米；村内大街小巷栽植法桐、银杏、石榴、红叶石楠等大型苗木 6000 多棵，花灌木 10 万多株；对 32 处土坯房改造及全村供电线路改造、弱电入地；粉刷、改造仿古墙 2000 多米……

2013 年，武家村进行产业结构调整，把全村的 2000 多亩耕地流转出去一半，村集体收入从不足 5 万元增加到 40 余万元。同时解决了村内剩余劳动力 100 多人的就业问题，为集体增收、村民致富打下了基础。

2014 年，为防止山洪进村，砌垒了村东、村北大排水沟，共花费 40 余万元。2015 年，绿化荒山面积 200 多亩，砌垒了村内大街小巷排水沟 1 万多平方米，并且全部安装了盖板，进一步提升了村容村貌。2016 年，积极配合水利部门对白马河进行治理，并对南湖涝洼地进行复垦，使 100 多亩涝洼地变成了一级农田。

一个美丽富裕的武家村耀然展现在九龙山的怀抱，成为人们纷至沓来学习参观的“景观村”。2017 年 12 月村支两委换届选举，老书记武怀祥因年龄及耳疾问题退休，武波当选为村党支部书记、村委会主任。

“武家村有好的传统，党群一心，班子团结；有好的传承，村民满意度高，村风一直很好。”退休老教师，75 岁的村民武怀忍的一句话或许也道出了武家村发展的真谛。

塑形铸魂，让美丽乡村有“面子”，更有“里子”

乡村振兴，既要塑形，也要铸魂。乡风文明建设既是乡村振兴的重要内容，也是乡村振兴的重要推动力量和软件基础。“武家村富裕、漂亮，这是‘面子’，我们还要有乡风文明的‘里子’，培育文明乡风、良好家风、淳朴民风，促进文化兴盛，让村民有精气神。”武波的一番话，充满哲理。

2018 年，山东省首个新时代文明实践站在武家村揭牌成立。武家村以实践站建设为引领，发扬儒家文化，建设“儒家讲堂”，通过创新授课形式、丰富活动载体、探索文旅融合等方式，传承发展优秀传统文化。

武波告诉我们，武家村以“仁”为核心，倡导“做好人、做君子”理念，培育家风正、民风纯的良好村风民风。为使“好家风”带出“好民风”，武家村新时代文明实践站专门建起“家风展览室”，组织志愿者挨家挨户听故事、做总结，把一个个几近遗失的“祖辈叮咛”重新拾了起来。走进武家村新时代文明实践站，有一面引人注目的“家风墙”，贴满村里文明家庭、家风家训、“十佳孝星”的照片。照片里都是普通的村民，但却是大家眼中的“明星”。

武家村整合村里现有场所和设施，开展群众“点单”式活动，宣传思想理论政策。通过“相约黎明”“日间照料”等方式，发挥党员、群众的志愿服务作用，定期开展“好媳妇”“好婆婆”评选等文化活动，高标准打造乡村宣传栏、善行义举“四德榜”，修订完善《村规民约》，为很多独居和空巢老人解决了吃饭的难题，吹响“文化孝老”主旋律。通过常态化开展“讲、评、帮、乐、庆”系列活动，形成了人人讲文明、家家比诚信、户户争光荣的良好风尚。

整合村里闲置农资超市，重点打造“乡村记忆馆”，通过“追历史印记”“访古村旧韵”“赏石雕文化”“走强村之路”四大轴线，介绍武家村人文历史与文化特色，寻找乡愁文化，留住美丽乡愁。

“大哥叫张万仁，二哥叫张万义，再加上后面几个兄弟，名字的最后一个字连起来就是‘仁义礼智信，温良恭俭让’。”在曲阜市小雪街道武家村的家风展览室里，村民张万让指着墙上的全家福，如数家珍地介绍起来。“平凡、勤俭、朴实、孝顺、厚道、真实”，便是老张家的家风家训，老辈人用起名字这种方式教他们做人的道理。

2019 年 4 月 22 日，全国政协副主席陈晓光来武家村专门调研家庭家教和家风建设，问武波：“你们村的村风民风这么好，你们是怎样抓的？”武波回答说：“那是因为我们的祖先给我们留下了一个传家宝，这个传家宝就是我们的家训。”

武家村还积极开展美丽庭院创建活动，以“清洁、绿色、健康、文明”

为目标，倡导文明健康的生活方式，以家庭“小美”聚乡村“大美”。走进75岁村民徐金龙老人的家，满目姹紫嫣红，房前小院种满了老人喜爱的花卉，每天浇水剪枝，生活悠闲惬意。

“好邻居，有事你就大声说出来”，一句普通的话语却是乡风文明的体现。2020年9月4日，在武家村文化广场的宣传栏里，我们看到了占满6个橱窗的“工具地图”，榜上公示了村民资源共享的家中物件。147位村民的342件家庭常用工具包罗万象，有手电钻、电锤、切割机、电焊机……

产业兴旺，让美丽乡村“动力十足”

靠山吃山，武家村人原来是靠“采石”养家，现在打造绿水青山，还是要做足“山”的文章。九龙山因发掘出土西汉诸鲁王陵墓而著名，陵墓依山开凿，是中国最大的山崖墓群，九龙山摩崖造像石刻为国家级重点文物保护单位。得天独厚的地理优势，让武波看到了武家村产业发展的方向和动力。

2019年，在市乡村振兴服务队的指导下，武家村种植了40亩四季金银花试验田，每亩收益达到5000元，在取得经验的情况下，还将加大种植面积。

2020年6月，采用“党支部+农户”的方式，村集体出土地、首批5名村民入股，党支部引领成立了“曲阜市众和生态农业农民种植合作社”，流转荒山200多亩种植苗木果树，2021年将扩大到1100亩，吸引更多的村民入股。

村党支部牵头，村民与村集体联合成立了“九龙山旅游开发合作社”，围绕“吃、住、行、游、购、娱”开发项目，让村民广泛参与“农家乐”等三产服务业，辐射带动集体和群众增收。通过新文化景点建设，与九龙山汉墓群、摩崖石刻、孟母林等现有景点相互补充，相得益彰，促进“双增双富”。

2020年9月4日，武波带我们来到村东北山坡的一片民居——一个正在装修打造中的民俗文化体验区。浓厚的特色乡村文化，高标准“农家乐”、民宿等旅游配套服务设施，形成了民俗乡村旅游与生态休闲观光的有机融合，打造了“村中有园、园中有景”的美丽景致。

“老房屋有38套，预算总投资3200万元。第一期5套客房已完工，前来咨询入住的游客络绎不绝。”武波介绍说，“山清水秀，美丽乡村，吃农家饭，体验农家生活，还可游览九龙山文化，这是我们的优势。”

绿水青山就是金山银山，武家村做出了最好的诠释。产业兴旺的武家村，让我们期待起这个美丽乡村更加美好的未来。

“每天都能看到武书记忙碌的身影，晚上他的办公室总是灯火通明，一直工作到深夜，他为武家村的发展付出了太多，我们看着都很心疼。”在武家村幸福食堂，77岁的村民武贞振拉住我们的手说。

而在武波的心里，对于武家村的发展却有着更大更远的目标，那就是“以发展乡村旅游为抓手，完善各项设施，通过招商引资，吸引大项目进驻，打造采摘、观光、体验为一体的旅游综合体，把武家村建设得更美、更富、更强”。

孔庆志

想当好村支书，就得敢创新

孔令绍

孔庆志

2020年10月11日，中央电视台报道：在山东的玉米收获现场，曲阜市大王庄村玉米种植户宋从刚告诉记者，往年秋收时节需要自己忙着收割玉米，但他把430亩地托管给一家合作社，不仅不用操心，亩产还超过了1200斤。

大王庄村的党支部书记就是孔庆志。他在1986年被选举为村主任，2002年担任村党支部书记兼村主任，在村干部的位置上一干就是30年。

“想当好村支书，就得敢想敢干，就得敢创新。”一见面，孔庆志就给我们谈起了当好村干部的感受。

转业军人甘当孺子牛

村支两委的办公室里挂满了荣誉牌匾和锦旗，我们深知这里边凝聚的是大王庄村党员干部的心血和汗水。孔庆志一一给我们介绍在座的两委干部和党员代表、村民代表。他的脸上满是喜悦，皱纹虽爬上了额头和眉梢，但眼神里却充满着朝气和魄力。他生于1951年12月，1969年2月至1974年3月在北京工程兵部队服兵役5年，1975年7月加入中国共产党。

孔庆志不愧是工程兵部队锻炼出来的汉子，退伍后随即投入到干事创业的征程中。村里安排他干副业，当民兵排长，当广播员，干电工，他像一颗螺丝钉，拧在哪里就在哪里发挥作用。1977年，村党支部安排他去滕州电厂学习深造，回村后管理村农电网。1986年9月，村委会换届选举，工作表现突出的孔庆志当选村主任，而后担任村党支部书记兼任村主任。

把抓班子带队伍当成乡村治理头等大事。20世纪80年代中期，正是改革开放后社会转型的初期，以经济建设为中心的基本路线刚刚形成，各个村庄都在狠抓经济，不少人认为党的建设、精神文明是虚设，抓了也没用。孔庆志却说，别人不干的事我干，不能光跟着别人跑。一个村庄能否搞好，关键看党员、靠干部。软件建设绝不是可有可无的东西。他把部队的老传统拿上来，抓好“三会一课”，整顿党员队伍，狠抓党支部、村委会思想建设和组织建设。他告诫村支两委的干部们：“老百姓把咱们选上来，就是想让咱们给大家办点实在事，咱们可不能让群众骂咱占着茅坑不拉屎。”孔庆志把在军队的思想作风和工作作风带到了农村，使党员干部的思想面貌焕然一新。

一个30多岁的青年人，甘愿把全部身心都奉献给村里。他走村串户，了解村里存在的问题，摸清农村发展的脉搏。为了给老百姓服好务，让村民们办事方便，他带头在村里值班。他说，我尽量让老百姓天天能看到我，这样，他们心里就有了依靠。为了形成值班机制，村支两委研究决定：村委大院由两委干部轮流值班，24小时有人在岗。夜间由两委成员带班，常年固定10人夜间巡逻、站岗，确保让老百姓过上安稳日子。

下大气力对村庄整合、整治

大王庄村地处山区丘陵，自然条件恶劣，全村2973人，3500亩耕地。

孔庆志上任以后最大的难题就是对村庄的整合。大王庄村由大王庄村、小东村、小北村3个自然村组成。当时，小东村、小北村都在山上。自然村之间距离太远，村民居住散乱，给管理带来很大难题。孔庆志心想，一个国家想发展、想振兴，首先要进行资源整合。一个村庄想发展，也要根据现状整合村庄和村民，小东村、小北村不从山上搬下来，就达不到共同发展、共同致富的目标。村里召开党员会、两委会、村民代表会反复研究后，形成一致意见——小东村搬迁。意见确定后，做通全村人的思想工作是个大事。山上的村民恋老宅不愿搬，山下的村民怕挤占他们的资源也不配合。党员、干部全出动，终于疏通了大家的思想和情绪。然后，开始选新址、建新房，搬完小东村，又搬小北村，近3000名村民最终融为一体。

乘势而上，整治村庄环境。原来村内道路多为断头路、死胡同，基本上没有畅通无阻的大街小巷。柴火堆、垃圾堆、粪堆挤占道路，蚊蝇乱飞，臭气熏天，脏、乱、差现象极其严重。孔庆志自筹资金、积极争取上级补助项目，共筹资金450万元。发动党员、干部、全体村民齐上阵，修通了10条南北路、21条东西路，铺设水泥路面5万平方米，主要街道安装了路灯和监控摄像头。同时，清理全村垃圾，做好绿化、净化工作。在此基础上，建成一处文化广场。全村面貌彻底改观。

创新思维，振兴农村经济

“庆志同志一上任，就是大手笔。1992年，他还是村主任，就筹资26万元，引水上山，山上的地成了‘水浇田’。”村会计孔令顺赞叹地说。

“对啊，说得天花乱坠，还得靠种粮吃饭。”孔庆志胸有成竹。

大王庄村过去基本上是靠天吃饭。孔庆志认为，水利是农业发展的前提，是农民吃上饭的保障。因此，大王庄村常年确保水利设施完备、正常运转，先后打深井 5 眼、浅井 10 眼，铺设地下管道 3000 多米。

农业发展有了基础，孔庆志开始大刀阔斧地挖掘农业潜力，最大限度地向土地要效益。

土地流转，规模经营。孔庆志虽然是一个久经沙场的老同志，但他的思想并不老化。那是在党的十七届三中全会刚刚释放出农村土地流转的信息不久，2011 年春天，大王庄村村支两委就做出大手笔，从农民手中一次性流转土地 1041 亩，给农户每年每亩地 913 元。这次土地流转，就是对农民的一次大解放，接下来外出务工者就达到了 1300 多人。流转后的土地，全部种植高附加值经济作物，每年的经济收入都达到 1000 多万元。孔庆志紧跟党的政策，把农民们无序的致富冲动转化为自觉有序的整体行动，在创新实践上迈出了关键一步。

以党员为主力，培育家庭农场。在加强党的建设过程中，孔庆志喊出一句响亮的口号："战争年代，党员要冲锋在前；和平时代，党员要成为致富能手。"大王庄村共有 69 名党员，他从中筛选出 20 名进行重点培养，引导创业思路，帮助选择创业项目，培训致富技能，并且做到了党员带农户，共同创业、共同致富。党员赵汝忠带领 8 户村民栽植果树、发展用材林等共 90 亩，户均年收入在 5 万元左右。党员、村民组长孔庆友带动本组村民种植大蒜 150 亩，每亩收入 8000 余元。通过互相带动学习，大部分党员都掌握了一项致富本领。2019 年，仅畜牧养殖业一项，全村年收入就达到了 500 万元。

依托农机大户，建立农业生产托管合作社。农业农村部发布数据：2020 年中央财政共支出 45 亿元，在 29 个省区市开展农业生产托管项目。可大王庄村早就依托本村在曲阜市最大的农机户刘成河组办起农机合作社，又基于这个农机合作社组办起农业生产托管合作社。农户把土地交给托管合作社，

● 孔庆志在农机合作社指导工作

只需缴纳一定的服务费，从种到收再到销售完全不用操心。由合作社整合农机、植保、农资等一系列资源，为农民提供耕、种、收等系列服务，有效提升了农业生产效率，降低了生产成本。托管合作社通过统一采购种子、化肥、农药，每亩地可以节省生产成本 50 元，通过集中粮食销售，每亩地增加收入 150 元，一降一升，每亩地实际增加收益 200 元。宋从刚把土地交给托管合作社，亩产超过了 1200 斤，比往年增产 200 多斤，他外出打工一年还能挣 2 万多元。

创新的农业发展思路，带出了一个富裕村。2019 年，大王庄村除种植业、畜牧养殖业收入外，还增加外出劳务收入 3000 多万元，总收入达到 4500 多万元，人均年收入达到 1.8 万余元。

当干部就要有正气

“红白事上，能给人家当 3 天‘大总理’的，就不能图吃图喝；在村里，能干 3 年支书的，就别想发财。”孔庆志的话说得既朴实又直白。

面对着市场经济形形色色的诱惑，想当一个好干部比登天都难，而要当一个坏干部可能就在一念之间。在孔庆志看来，要想做到自身清白，除了严格自律以外，还必须要用制度来进行约束。多年来，大王庄村始终严格遵守“四议两公开一监督”制度。村里重大事项、每一笔支出都坚持做到村党支部会提议、两委会商议、党员大会审议、村民代表会决议；每个月各项支出预决算张榜公示，报销完毕再张榜公示；村民民主理财小组对每笔支出逐笔审议、签字，严格监督。由于坚持了严格的制度，村民的知情权和监督权得到了保障，干部的廉洁有了保证。

打铁还需自身硬。当干部的只有做到自身清白，说话才能有底气，做事才能有力度。2017 年，京沪高速铁路修建工程在大王庄村开工，有一村民借机谋求多要国家补助款，村支两委干部出面阻止他的错误行为，严肃批评他的错误思想。该村民不仅没有认识到错误，而且认为是村干部得了好处，才阻止村民争取更多利益。为此，该村民给孔庆志贴了大字报：“高铁进入王庄村，留下一地是黄金。村民本该富一富，就叫庆志断了路。”孔庆志一边请来上级纪检部门查自己得没得好处，一边同村干部对该村民进行批评教育，最终确保了高铁工程修建的进度。

孔庆志告诉我们：“正气就是人身体上抵御疾病的能力。干部有了正气，村里的工作才会减少偏差。”

30 年岁月弹指一挥间，可孔庆志却是从青年走到了老年。创新的路上，他依然宝刀不老、锐气不减。他一辈子都在农村摸爬滚打，他把一切都交给了党和人民，他是我党优秀基层党员的代表！

孔祥军

用商业模式打造城中村

孔令绍

● 孔祥军

"用商业模式打造城中村，这是我的农村治理之道。"孔祥军一张口就说出了他的农村治理秘诀。

李官庄，始建于明末清初，因李姓村民租种孔府土地故得村名。该村今位于曲阜市新城区规划西外环以内，是个标准的城中村。

孔祥军，现为李官庄社区党支部书记，兼任崇文社区党委书记。

炒菜"炒"出了商业头脑

一见孔祥军，就给人留下了深刻的印象。中等身材，乌黑的头发，黝黑的脸膛，四方大脸上镶嵌着炯炯有神的双眸，上唇的黑痣透出他的灵透和睿智。

孔祥军是地道的农民后生。他的祖祖辈辈都是面朝黄土背朝天以种地为生的农民，若不是年轻时出去学厨艺，时至今日，估计他依然是个地道的农民。

孔祥军生于1970年11月9日，1987年初中毕业。那时候家里穷，父母觉得他是个鬼机灵，出去学点手艺准能混出个样来。刚下学不久，孔祥军就去了曲阜市商业局下属的“阙里孔膳”学厨师。

改革开放的春潮在人们的心里涌动，过惯了穷日子的农民干起活来没有一个不出力。十七八岁的孔祥军，全身都迸发着力气。厨师的工作环境是“热火朝天”的。孔祥军一天忙得看不见太阳，做菜一站就是十几个小时，烟熏火燎，浑身是汗水，他拿起毛巾只擦擦被迷住的眼睛，仍继续制作一道道美味佳肴。孔祥军是幸运的，茫茫人海中他得到了孔府菜非遗传承人彭文瑜大师的指点，还频频受到赞许。锅碗瓢盆的叮当声，伴着流淌的汗水，正在成就着一个人的事业。3 年后，孔祥军出师了。

天高任鸟飞，海阔凭鱼跃。有了金刚钻，才能揽瓷器活。孔祥军的心里美滋滋的，打下手不如当掌厨，做生意就应该追求利益最大化。那是他第一次离开家乡，远走高飞。1990 年，他远赴河南省濮阳市，在鲁豫大酒店当了掌厨。他扬长避短，如鱼得水，只做孔府菜，甚得顾客青睐。一年后，他离开了濮阳，去兖州矿务局述圣孔膳酒店当了厨师长。

看似不起眼的厨师职业，却在潜移默化中影响着孔祥军的经营意识。两年后，他的思想又发生了变化。跟着人家干，拿再高的工资，也是帮人家挣钱。自己当老板，那才会出人头地！他豁然开朗，心里乐开了花。

1994 年，他回到曲阜搞个体经营，自己开起饭店。先在西关酒城，后在孔源酒厂。2002 年，他看中了自己家乡的那块风水宝地，开起了“新村大酒店”。他既当经理，又当大厨，酒店开得一直红红火火，人们说它是曲阜城西的“阙里宾舍”。

村里人看中了“生意人”

孔祥军懂市场、会经营，虽常在外地，却与村里百姓相濡以沫。村支两委的同志动员他参与村里的工作，村民们对他也有期待。

2004年12月27日，对于孔祥军是个人生转折的日子。这天，村委会换届选举，他壮了壮胆子回村参加竞选。不出所料，顺利当选村委委员。从这一天开始，就意味着孔祥军由原来的单打独斗做生意转变为面对社会上更多的人和事，参与村里管理。

村委会分工，安排他主抓调解工作、计划生育，兼任团支部书记、现金出纳，样样都是硬活。孔祥军有的是精力，有的是办法，桩桩事安排得一了百当，件件活干得顺风顺水。2006年，他加入了中国共产党。2007年8月，村党支部换届选举，他当选为党支部委员。这年年底，村委换届，他又当选为村主任。

孔祥军在村里的工作脱颖而出，不仅得到了村里干部和群众的认可，也引起了上级党政领导的关注。就在他当选村主任不久，市委组织部、时庄镇就把他列为农村干部重点培养对象。2007年，他带着村里人的期望，怀揣着自己的人生梦想，赴济宁农校干部大专班学习深造。

3年的学校生活孔祥军是用心的。当年家里穷，没有上大学的机会，现在有了这样的学习环境，说什么也得补上文化这块短板。他不仅刻苦学习书本知识，还努力向同学们学习社会知识。他们班里有108名同学，全都是村干部，有很多同学还是先进村的村干部。孔祥军如饥似渴，如鱼得水。周六、周日，同学们大都回家休息，可他却随先进村的同学回村调研，学习人家的管理经验，参观他们的新农村建设。济宁、兖州、汶上、邹城，他跑了个遍。

即将毕业的那些日子里，他通宵达旦，夜以继日，写出了上万字的《李官庄新农村建设报告》，绘就了《李官庄商业开发草图》。他几乎夜夜都在构思：俺李官庄村，隔一排拆一排，建成的条条都是商业街；俺村里的老百姓，从农村走进城里，吃不愁，穿不愁，家家富得都淌油……

孔祥军毕业了。他领到了红灿灿的大专毕业证。可在他的心里，这毕业证远不如他的“新农村蓝图”更有分量。

破釜沉舟，改造城中村

回到村里的孔祥军激情似火、迫不及待，拿着“报告”和“草图”去找党支部书记孔庆莹。打开“报告”和“草图”，书记被眼前这位年轻人的热情和魄力所折服。村支两委研究后，选出以孔祥军为首的 7 个代表将材料报送时庄镇和市政府。但由于孔祥军的“报告”商业化的步子太超前、规划太宏伟，结果他的计划流产了。一记闷棍砸在孔祥军头上，让他一时反应不过来。

痛苦中的迷茫是短暂的。冷静下来，他深刻反思着李官庄的现实。因为城市建设，村里的土地已经征用殆尽，村庄四周的建设日新月异，高楼大厦林立，把一个破烂村庄紧紧包裹其中，如果村里跟不上城市建设的步伐，不久的将来，就会被这座城市抛弃。

村支两委的会议上，孔祥军提出了招商引资开发“城中村”的建议。大家一致认为：自已建，没钱，必须“借梯上楼”。孔祥军带领着他的团队四处谈判，最终与山东君泰房地产开发公司达成协议，将本村 280 亩土地及 275 亩耕地交与该公司商业开发。2009 年 9 月，孔祥军代表李官庄村和时庄

孔祥军（左一）与笔者（左三）参观李官庄村村史馆

镇政府与君泰集团正式签署了《曲阜市时庄镇李官庄村旧村改造协议书》，2010 年 4 月开工奠基。

村里的这场大戏刚刚拉开大幕，就等各路人马粉墨登场。可在这时，突然发生了人事变动。村党支部书记孔庆莹参加公务员招生考试，录用后已到镇政府报到。在村里，党支部书记是掌舵人和主心骨，临阵换将意味着什么可想而知。对于此事虽有预知，但孔祥军的大脑还是出现了一片空白。夜深人静，独自一人走在空荡荡的大街上。本应是机器隆隆一片繁忙的开发现场，现在却是死一般的沉寂。他百无聊赖，凄凉、懊恼、无助，一股脑儿涌上心头。

2010 年底，村党支部补选，孔祥军顺理成章当选为党支部书记。配角变主角，对他来说并没有多少实质上的变化，商业化开发的大动作本就是他本人策划的。可工程上半年奠基以来，大半年过去了，应该拆迁的一户都没动。当然，道理孔祥军也懂得一点，开发商是追求房地产开发利益的最大化，农民们是追求拆迁补偿利益的最大化。“最大化”都没有毛病，但要做到合情、合理、合法，双方都满意并非易事。

一手托两家的事，难啊。一边是支撑着全村希望的开发商，一边是生我养我的衣食父母。孔祥军陷入深深的沉思。从小在村里长大，父老乡亲相处融洽，并无什么刁蛮之人。可为什么这次拆迁群众反应这么激烈。过激行为屡屡出现，一次，一位姜姓女村民喝了农药，若不是孔祥军及时赶到，必将酿成大祸。对于补偿，谁多要肯定有多要的说法。

不入虎穴，焉得虎子。必须要弄个水落石出。孔祥军调查后发现，开发商在这一次拆迁补偿中使用的是多年前贫困地区的补偿标准。他马上反馈给开发商，并及时做出了调整。问题解决后，拆迁工作一路绿灯。2012 年，11 栋回迁楼顺利竣工。

我们为孔祥军庆幸着：“建楼难，到分楼了，你该轻松了。”

孔祥军摆摆手：“我一个当厨师的，炒菜倒是在行，对分楼这事还真是

李官庄村大事记展板

门外汉。”

果不其然，第一批上房的 76 户居民，拿到钥匙进去一丈量面积，一下子全炸了锅，都说面积不够，谁也不进房。

不懂不能装懂。孔祥军去城里请来房管局的专家到场细说缘由。原来，每户的楼房面积都有公摊部分，光丈量室内是不行的。

理儿明白了，气顺了，村民们上楼了。

看着一个个农民走进楼房的背影，孔祥军的心里五味杂陈。

要确保“失地农民”吃上饭

李官庄的村民全住上了楼。冬有暖气，夏有空调，做饭用天然气，喝的是自来水，乡下人彻底成了城里人。可从这时开始，李官庄人没有了一分一厘的土地，钱从哪里来？

孔祥军带领我们去看他的商业一条街。一看就让我们傻了眼：商业门面房鳞次栉比，商品琳琅满目，人流如同穿梭。他胸有成竹地告诉我们：“这是原先就设计好的，100 多个门面房，5000 多平方米的面积。现在已经全部出租出去，一年的租金收入要有 300 多万元。”

边说边走，我们来到宽广的城区大道——春秋西路。孔祥军挥手指指路南偌大的绿化带，精致的园林小品，珍稀的苗木花卉，美不胜收。孔祥军说，政府租借了我们 81 亩土地搞园林绿化，一亩地收入 1500 元，一年收入十几万元。他又指了指路北，那是我们建设的农贸市场，有 20 多间，租金收入一年 40 多万元。

春秋路西端路北，是这个区域内最气派的一处建筑——曲阜市人民医院。村里会计的数据最准确：“医院占了我们村 127.74 亩土地，一亩租金 1500 元，一年租金收入将近 20 万元。”

回到李官庄社区办公楼。孔祥军带我们从一楼看到三楼，幸福食堂、幼儿园、报告厅、实践站、调解室、乡愁馆，一切设施应有尽有。

没等我们发问，他却反问起我们：“知道为什么建这么大的办公区吗？”

“不知道。”我们随口而答。

“出租资产，这不又是一笔巨大的集体收入吗？市里组建了崇文社区，让我兼任党委书记，管理 5 个小区，办公地点就设在这里，一年光租金就给俺几万元。”从孔祥军的口气里我们看到了他的底气。

“村民的生活怎么保证？”这才是我们要得到的谜底。

“首先足额发放村民每年 1500 元的口粮补偿款，给 45 岁以上的失地农民全部办理了保险，物业管理费一分钱不收，村民的福利、补贴及时到位……”说起来他就刹不住车。

村里年龄最大的干部孔庆发顺势插嘴道：“孔祥军的思维就是和别人不一样，他不走平常路，总是走在别人前头。”

听着大家的评价，体味着孔祥军的快乐，我禁不住逗他：“与炒菜相比，当村支书累吗？”

“那不一样，当初炒菜是身上累，现在却是心里累。”看上去，他很欣慰。

累，并快乐着！这就是一个基层党员干部全力付出以后的心境。

裴凤华

西息陬村巨变的『密码』

李赋春

● 裴凤华

来到曲阜市息陬镇西息陬村，驻足春秋嘉苑小区，宽敞通畅的通村大道、整齐靓丽的楼房、鲜花盛开的休闲公园、欢乐嬉戏的孩童、悠然自得的老人……这是一幅清新祥和的美丽乡村画卷，一个令人向往的桃源世界。

2020 年 8 月 6 日，我们刚走进息陬社区，就遇到了 76 岁的村民孔繁银，听说我们是来采访裴书记，老人激动地握着我们的手说："这一切都是因为我们有了一位好书记，好带头人。"

是啊，谁能想到，就在七年前，这个村还是远近闻名的"穷村、乱村"。让它发生改变的，是位勤劳朴实的西息陬人，更是他们的带头人——村党支部书记裴凤华。让我们走进西息陬村，走近裴凤华，一起探寻乡村巨变的密码吧！

市场磨砺显身手

生于 1969 年的裴凤华，自幼勤奋

好学，1985 年考入曲阜市职业中专学校学习。1988 年，中专毕业的裴凤华看到了海鲜产品在这个内陆小城的市场，决定自主创业，他在新设立的曲阜东关市场租赁了一个摊位，做起了海产品批发业务。在那个人们还抱着“铁饭碗”不放的年代，走出这一步就意味着成功了一半。日照、烟台、济南、临沂，晚上乘车去，晨曦带货回，裴凤华凭着勤奋的努力加诚信的品质赢得了客户的青睐，也挖到了人生的第一桶金。虽说经历了太多的艰苦和曲折，但裴凤华的生意也由小变大、由弱变强，成为曲阜市海鲜批发的大户。同时，“市场意识”也深深地植入到青年裴凤华的脑中。

在城里做生意，时常要回到西息陬村看望父母、亲戚。从曲阜到息陬十几公里，现在看这十几分钟的路程不算什么，但那个时候却很艰难。车少，等候，倒车，回一次家一两个小时是常态。裴凤华看到了商机，2000 年拿出全部积蓄投资购买了 6 辆中巴车，买断曲阜至息陬公交线路运营权，做起了客运生意。优质、准时的服务，赢得了顾客的信赖。度过了一年的市场培育期后，客运生意成了裴凤华的又一个“聚宝盆”。

做着海鲜生意，跑着公交线路，精力旺盛的裴凤华还做着土建工程、绿化项目，事业可以说是如鱼得水、风生水起。

2005 年春天，由于裴凤华良好的信誉和较高的威望，息陬工商所找到了他，请他回镇上任个体工商协会会长。名称很好听，实际上就是请他回乡治理息陬集贸市场。此时的息陬集贸市场环境脏、乱、差，小偷猖獗，管理集贸市场的重任让很多人望而生畏。裴凤华上任后，“规范摊位，便衣抓小偷，卫生责任制”三板斧下来，市场便走向了正轨。2008 年 6 月，工作取得优异成绩的裴凤华光荣地加入了中国共产党。

2008 年，曲阜开始建设高铁。裴凤华又把握到了创业的机遇，几年的时间里，他的工程队修涵洞、做绿化，个人财富、事业发展达到一个鼎盛的时期。此时的裴凤华展望着自己事业的发展前景，规划着更美好的未来。他没有想到的是，就像息陬工商所请他治理集贸市场一样，这次是生他养他的乡村“呼唤他回家”。

无私无畏谱新篇

2012 年 12 月，西息陬村原党支部书记因工作不力被免职。此时的西息陬村，村里没有一分钱，没有一点集体资产，因为土地划分不公的问题，100 多人常年上访，村街卫生、治安更是一塌糊涂，连续两年排名全镇倒数第一。

时任息陬镇镇长的丁刚同志找到裴凤华，代表镇党委、镇政府谈话，希望他出任西息陬村支部书记。村主任姜成才找到裴凤华，代表全体村民，请他回村主政。还有老党员李长友、王玉金等一批村民，通过各种方式请他回村……

“说实话，能回村为父老乡亲服务，是一件光荣的事，但能不能干好，却是顾虑重重，并且还要牺牲个人利益。”几年后的今天，说起当时的决定，裴凤华依然难以释怀，“我家小门小户，我又年轻，常年在外地创业，村务管理又没有经验。”

2013 年 2 月 1 日，农历腊月二十一，镇党委的任命下来了：裴凤华任西息陬村党支部书记。受命于危难之际的裴凤华只有满弓出征。

通过望、闻、问、切，裴凤华认识到：村穷乱的根本在于村领导班子“不懂政策、不懂经济”，班子软弱，人心涣散。但村民、村干部都是好的，没有一个想把村庄搞垮。

牵牛就要牵牛鼻子，土地分配不公就是主要矛盾。十几年没有进行重新分配土地，“增人不增地，减人不减地”的矛盾突出，加之村务管理混乱，土地没办法进行合理分配，100 多位村民不断去市、镇上访。裴凤华上任第一件事就是带领村两委挨家挨户做工作，打破原先的不公平做法，调整为“增人增地，减人减地”，同时土地由村集体统一流转，种植经济作物、苗木等，村民按户口人数领取承包费，既解决了多年的上访问题，又使土地增值，有效增加了村集体收入。

流转到集体的412亩土地，全部种植法桐、白蜡树。树木生长需要周期，村民的收入却需要年年兑付。裴凤华发动村干部、经商户集资设立专项基金，自己带头拿出22万元，不到一周就筹集了53万元，保证了村民承包费的按时足额发放。三年后，这片绿油油的森林，成了村里的“绿色银行”。

2014年，曲阜高铁建设、曲阜高铁经济开发区建设，拆迁市场前景广阔。裴凤华看到了商机，认真分析了其他拆迁队施工中的弊端和不良行为。“你无我有，你有我优”，裴凤华成立了西息陬村拆迁队，把村里的拖拉机手、闲散劳动力组织起来，开展文明拆迁、经济拆迁。2015年，西息陬村拆迁作业队在得到政府、相关单位和村民的一致好评的情况下，实现收入50余万元，终结了村集体“零收入、零资产”的境况。

与此同时，村庄建设同步展开。裴凤华多方筹集资金，一年的时间就修建了1.3万多平方米的村内道路，所有房屋粉刷一新，道路安装了路灯及视频监控。为了节约资金，村里成立施工队，并请专业人员指导。“核算下来，节省了三分之一的资金，村民还增加了收入。这是修自己家里的路，质量更是没的说。”老会计王玉金竖起大拇指说，“凤华心底无私，还懂经营会算账，是西息陬的主心骨、村民的贴心人。”

路通畅，灯明亮，“人人彬彬有礼，户户干干净净”的西息陬村一改多年的“衰样”，迈入了文明村的行列。

真诚奉献铸辉煌

“村民富裕，村街文明”是裴凤华的职业理想。面对高铁建设、经济开发区建设对村庄土地占用和村民搬迁等实际，“发展壮大农村集体经济，增强村党组织的凝聚力，坚持党建引领各项工作”成为裴凤华的坚定信念。

“村集体有钱、有资产、有就业岗位，村民生活才有真正的保障，做事才有底气。”裴凤华相信集体的力量，并通过努力实践来壮大集体经济。

2015 年，村建筑队承建了息陬镇集贸市场附属工程，工程款抵账的 600 平方米的门面房成为村集体资产中的“不动产”，租金成为稳定的集体收入，村民经商也有了更加便利的条件。

2016 年，村成立了西息陬凤华种植合作社，种植了 100 多亩苹果、核桃，几十亩的蔬菜，2018 年又流转了其他村 500 亩土地种植经济作物。村集体增加了收入，还解决了几十位 50—70 岁村民的就业。

村建筑合作社（拆迁队）现有挖掘机、铲车、搅拌机等机械设备 26 台（套），价值 130 余万元。近年来，先后承担了孔子大道排水工程、日兰高速公路南延伸路修建等数十项工程。

“年轻人到外地打工，在附近企业打工、家里离不开的、年龄大的村民，我们就千方百计安排在村集体就业。”村主任姜成才自豪地说，“人人有事干，村里无闲人。”

80 多岁的村民、老党员李长友听说我们来采访，专门赶过来，“裴书记扎扎实实地为老百姓办事、办实事，我说三件事，一是村里为全体村民购买了‘失地保险’，60 岁以上的老人每年领取 1000 元、70 岁以上每年 1500 元的‘失地养老保险金’，这是真正的保障。二是村里设立了爱心基金，党员带头捐助 3 万多元，裴书记捐了 1 万元。这个爱心基金，用于村民帮困救急，暖了村民的心。三是安装了大型净水机一台，每家一张纯净水卡，免费用水。还有 60 岁以上的老人每月 5 斤鸡蛋，80 岁以上的老人再加一袋白糖，中秋节、老人节、春节给 60 岁以上的老人发米、面等生活用品”。这些亲民惠民的政策，赢得了老百姓的口碑和尊重。

现在的西息陬村已成为远近闻名的富裕村、文明村，无一分钱外债，集体资产加账面资金上千万元。“账户上有 300 多万元，还有几百万元的应收款。这样的账面，看着高兴，想想就笑。”现任村会计姜守坤告诉我们，抑制不住的笑声朗朗。

“红色物业”诠释党建引领

息陬社区，又名春秋嘉苑小区，是一个占地420亩，建筑面积25万平方米，74栋楼房，243个单元，2430户的万人大型社区。居民来自东息陬、西息陬、南息陬、北息陬、郭庄五个自然村。几年来，小区内居民各自为政，物业管理严重失控：绿化带被占用种菜，家家煤炉烧水做饭，烧“穿心炉”的，散养鸡、狗的，小区空气污浊，脏乱的街道与漂亮的楼房形成了巨大的反差，治安状况堪忧。

2019年春节刚过，镇领导找到裴凤华，让西息陬村成立物业公司接管息陬社区的物业管理。这一次，裴凤华马上接受了任务，原因有二个：一是社区里有西息陬村民170户，二是有信心、有能力做好。

在党员大会、村民代表大会上，裴凤华提出了通过“党建引领”创办“红色物业”的口号和目标。一个党员，就是一个阵地、一个堡垒、一面旗

● 春秋嘉苑社区一角

帜；一个支部（小区内各村支部）就是一个阵地、一个指挥部。社区 200 多名党员划片包干，5 个支部守土有责。

政治上“红色一片”，经营上独树一帜。新成立的物业公司，一方面整顿小区秩序，增添垃圾桶，坚决制止破坏绿化私自种菜和烧“穿心炉”的行为，保安 24 小时巡逻管理和服务；另一方面改造小区设施，投资 50 万元，购置了太阳能路灯、洒水车、巡逻车等，每天洒水两次，不定期抽污水池，让小区彻夜明亮。同时，免除了小区所有住户 2019 年全年物业费。

“整治不好，就不收物业费。”裴凤华的这一句承诺“价值百万”。2019 年物业公司投入资金 51 万元，亏损 49 万元。

“但一切都是值得的，不到三个月，小区大变样，成了花园式小区。2020 年社区开始征收物业费，每平方米 0.1 元，贫困户免收，账目显示这是维持运行的最低标准。裴书记说，物业公司是为村民服务的，服务好、群众满意是最高效益。”物业公司经理李迁告诉我们。

物业公司还拿出 6 个岗位用于解决贫困户的脱贫。76 岁的孔繁银老人是村里的贫困户，但身体还算结实，裴凤华就把他安排到保洁队，每天工作 3—4 个小时，每月有 700 元的收入。“授之以渔”“授之以鱼”并举，西息陬村的 25 家贫困户实现了精准脱贫。

如今，走进息陬社区，就是走进了一个整洁美丽的温馨家园。主要街巷张贴着“论语二十句”和“二十四孝图”典故，橱窗里张贴着“评先树优活动”的名单：文明示范户、“美、洁、净、雅”示范户、“好媳妇、好婆婆”、“卫生标兵户”等。漫步在整洁的社区大道上，嗅着扑鼻的花香，农闲时在书屋里看看书、下几盘棋，西息陬村已逐步发展成为一个经济增长、诚信文明、群众富裕、尊老爱幼、邻里和睦的社会主义新农村。

2020 年 6 月，为更好地管理社区，发挥党建引领作用，息陬镇党委决定成立息陬社区党委，裴凤华当选为党委书记。

说到对未来的展望，裴凤华说：“把西息陬村、息陬社区建设成为环境优美、和谐幸福的新农村，是我们党委一班人的使命和责任。坚持党建引领乡村治理，把自治、法治、德治贯通起来，发挥党员带头作用，在脱贫攻坚、发展村集体经济、完善基础设施建设、治村理村等方面打先锋、站排头，领着大家干、干给大家看，接续奋斗，永无止境。”

文章写到这里，似乎已经找到了西息陬村发展巨变的密码！

王义

热血担当，谱写犁铧新篇章

李赋春

● 王 义

犁铧店社区毗邻曲阜师范大学，豪华气派的大门，一排排美观整洁的楼房，宽阔通畅的道路，处处都有景观绿化，车辆停放井然有序。小区中央近千平方米的花园广场，里面种着香樟、竹子、樱花、海棠、玉兰、杜鹃等植物，还配有走廊、座椅、水池、小桥等各种娱乐休闲设施。正在广场散步的居民对我说："小区环境好、卫生好，并且我们是一个村的，人熟、人亲，还有村支两委为我们服务，城里的小区都没法比。"

从犁铧店村到犁铧店社区，从城郊村到城中社区，对于1820位村民来说是居住环境的变化，是生活方式的改变，更是新的幸福生活的开始。村民言语之间表露出来的幸福，让人心生羡慕。

任何幸福都是奋斗出来的，犁铧店的发展也是一样。"有了王义书记作为我们的领头雁，才有了犁铧店的今天。从混乱无序到乡风文明，从找不到方向到安居乐业，十五年如一日，王书记付出了很多很多。”村民孔宪富说。

热爱故乡，勇当“头羊”印初心

犁铧店，地处曲阜市西郊，清修《阙里志》记载：“神农祠在鲁城归德门外，今村名犁铧店，神农试耕之所也。”犁铧店因地处圣城，又系神农氏发明犁铧并试耕于此的传说而久负盛名。

王义生于1971年2月，是土生土长的犁铧店人。1988年初中毕业后，只身到济南高级烹饪技校学习烹饪技术，经过4年的艰苦学习和磨炼，他获得了国家二级技师证。1992年至1998年，他在曲阜市龙泉宾馆工作，从一般厨师做到厨师长，再到宾馆副总经理，优秀的品质、勤奋谦虚的为人，得到客户和同事的拥戴。

1999年，王义投身于建筑行业，到2004年时就从建筑行业的“门外汉”成为曲阜小有名气的建筑承包商。多年的摸爬滚打，收获了成功的快乐、实现了财富的积累，2004年5月王义光荣地加入了中国共产党。

“王义言语不多，为人低调，做事清清白白，从他身上一点也看不出‘发迹’年轻人轻狂的影子。并且，业务再忙，也经常到村里转转，到村委跟老干部、村干部、村民交谈，了解村情民意、谈论乡村发展、出谋划策，和村里老少爷们打成一片。”村党支部副书记张宝才介绍说。

2004年，犁铧店面临着前所未有的机遇和挑战。机遇是曲阜城市发展的浪潮使犁铧店成为风水宝地，村民面临着前所未有的变革机会。挑战是村民因失地补偿纠纷不断，乱搭乱建、无序建房、抢占宅基地现象普遍，村内治安混乱、失窃严重，村民财产没有了安全保障。

村子不能再乱下去了，此时的犁铧店需要新的带头人，部分村民向镇工作组提议让王义回村担任村支书。“大家做做工作，让他回来参选吧！”村里的老干部也纷纷提议。

● 2010 年 11 月 30 日，犁铧店社区建设项目签约仪式

2004 年 12 月，村两委换届选举如期进行。众望所归，王义高票当选为村党支部书记兼村委会主任。不善言谈的王义在就职演讲中就说了三句话："心在村民，村民就会支持；自身廉洁，村民就会拥护；党群一心，没有办不好的事。"

上任后，王义要做的第一件事就是狠抓村两委班子的凝聚力和战斗力。他特别强调："群众有问题，首先是干部的错。办好犁铧店的事情，关键在于充分发挥党员干部的作用。"在他的倡导下，村里一方面统一思想，增强信心，抓村干部、骨干的学习能力、领导能力、致富能力的提升；另一方面建章建制强化管理，严肃财经纪律，增加透明度，打造"阳光村务"。

人心齐泰山移。上访户在村干部、党员无数次的交心沟通下，表示了理解。"一碗水端平，不让老实人吃亏"的准则，让私搭乱建消停下来。村里成立了 12 人组成的治安联防队，配备了办公室、休息室、通信器材、安保用具、交通工具，日夜值班巡逻，偷盗现象戛然而止。成立了 10 人的专职保洁队伍，与村民签订了《门前三包责任书》，做到了垃圾日产日清，长期保洁。

一个平安祥和的生活环境又回到了村民的身边。

担当作为，历史名村完美嬗变

稳定下来的犁铧店又面临着新的矛盾和焦虑：地越来越少，长期以种地为生的村民感到了困惑；村庄拆迁已势不可挡，可怎么拆？如何建？都茫然没有头绪；现在的村庄基础设施老化，经济薄弱，眼下的局面如何破题？

2006 年春节后，王义走家串户征求意见，召开两委会、党员大会、村民代表会，集思广益。终于，一条适合犁铧店发展的道路展现在了他的脑海里，那就是：以民生为本，建设村庄、发展经济；建设新社区的速度要快、要主动。

抓环境促发展，让村庄“靓”起来。村里筹资 120 万元，村庄道路全部硬化、美化，重新安装了 40 多盏路灯，打造了“济宁市文明一条街”“三八文明街”“青年文明街”。投资 20 余万元新打深水井 2 眼，改造供水管道 1000 余米，让村民吃上了卫生、清洁的放心水。成立了保洁队、联防队，在全市农村中率先安装电子监控系统，使全村每个路口实现全方位 24 小时监控。

抓项目促经济，让村庄富起来。2006 年，扶持新科矿业公司民营企业入驻；村民自有大型运输车达到 50 余辆，个体工商户达到 60 多户。2008 年，又引进山东桥润置业有限公司，在村东开发“学林雅苑”房地产项目；与教师新村联合投资 1000 余万元，建设建筑面积 1 万多平方米的高标准农贸市场。

抓乡风文明，让村庄美起来。多方筹措资金 60 多万元，建起了文化大院和科普宣传阵地，创建了高标准的文体活动室、道德教育室，组建了 20

多人的文体宣传小组。开展“十星级文明户”“五好家庭”“好媳妇、好婆婆”评选活动，编印了《村民手册》和《村规民约》。关心老年人，60岁以上的老人每月补助50元，并办理了银龄安康保险，为全村村民办理新型合作医疗和养老保险。村里还每年拿出3万元以上，走访学校、慰问师生、奖励“三好学生”、资助困难学生、激励考上重点大学的学子……

党建引领，让村庄“红”起来。村支两委班子团结，坚强有战斗力，建立健全了各项规章制度，村务账务按时公布，完善了“一事一议”，重大问题“一事议”，在全体村民中树立了威信，为新农村建设奠定了坚强的组织保障。

与此同时，新社区建设开始破题。2012年与山东桥润置业有限公司签订协议，在327国道以北建设新的“犁铧店社区”，并于当年开工建设。从2015年12月12日第一批村民分房开始，截止到2018年11月已经有95%的村民入住新社区。

从村民变成居民，从平房住进高楼，如何让动迁居民尽快适应环境？党建服务口号是“民情365，服务零距离”，亮出了社区的服务承诺，并公开了每位工作人员的照片、职务、负责范围、联系方式等，以方便服务居民。规范乱停车、清理僵尸车、畅通消防通道、安装门禁、疏通烟道、解决邻里纠纷、改善环境卫生……任何业主反映的“小事”，党支部都一件件记录在册，并认真落实解决。“有困难找支部”，逐渐成了小区居民的“流行语”。

古老的犁铧店，在新时代发生了天翻地覆的变化：村民住进漂亮的小区，并且全部办理了不动产权证，户均资产达到百万元；村集体资产近1.5亿元，2020年，集体收入可达到230万元。犁铧店村先后被授予济宁市文明村、曲阜市文明单位、曲阜市首届“十佳文明村居”、精神文明建设先进单位、新农村建设示范村、生态文明村、时庄镇发展经济模范村、科普先进村等多项荣誉。

抗击疫情，勇当先锋

2020年春节，新冠肺炎疫情突然来袭，王义身先士卒，毫不犹豫地冲锋在前线，他是最美的逆行者。“大年三十，王书记就来到村里召开动员会议，布置人员在村子里日夜坚守，带头在监测卡点值班，带头保障消杀物资，带头冲锋在前。”村委孔广生说。

在王义的带动下，村两委干部实行24小时工作制，制定轮流值守表，无缝交接。他们为村民测量体温，逐家逐户摸排，向村民派发宣传单，耐心做好政策宣传，劝导村民不聚集、戴好口罩、做好自身防护。

“你好！你要到哪里去？”“来来来，量个体温，口罩戴好，没事别出门咯！……”非常时期，这些特殊的对话成了王义和大家打招呼的方式。值守道路卡口、在社区门口测体温，戴着红袖章的村干部被犁铧店人亲切地称为“蒙面大侠”。他们没有身着救援服、隔离衣，只有一只普通的口罩，但他们的坚守与付出，让群众看在眼里、暖在心里。

疫情防控期间，犁铧店先后有两位老人去世，王义带领村两委干部几次三番上门做工作，以情动人、以理服人，给老人亲属讲道理、提要求，说服他们将骨灰寄存在殡仪馆，等待疫情警报解除后再举行葬礼。坚决杜绝了人员聚集，避免因聚集造成交叉感染的事情发生。

犁铧店正值新农村改造的特殊时期，形势比较复杂，王义克服重重困难，每天走遍社区和老村，与医生一道给居家留观群众测体温、记录身体状况、一户一户的劝导少出门不聚集……每天坚持挨家挨户摸排，他的手机微信显示步数经常超过2万步。

2月10日，王义感觉到身体疲累，但他一刻也不敢休息，仍坚持工作。2月11日早上，感到头有点儿疼，但还是匆忙起床，去劝返点开会，部署防控疫情工作。在身体已经有了“报警信号”时，王义仍坚持连续值班两个晚上、三个白天。直到2月12日晚，他的手脚行动不便、说不出话，这才到医院就诊。住院期间，他的心里一直牵挂着村内的疫情防控工作，只要身体情况允许，就会打电话询问村内防控情况。

同时，为支持和保障街道防疫工作，王义同志以个人名义向时庄街道捐款 5 万元，并且动员爱人向工作所在地捐款 5 万元，以实际行动践行着入党时的铮铮誓言。疾风知劲草，烈火炼真金。疫情防控是村干部守初心、担使命的重要考场。在这个没有硝烟的战场上，王义心系群众生命安全，以高度的责任担当筑起了疫情防控的钢铁长城。

默默的奉献，真诚的付出，没有豪言壮语，只有朴实无华。王义用自己的言行实践着一个共产党员的诺言，为党和群众架起了一座连心桥。近年来，他先后被评为“曲阜市优秀村主任”“曲阜市优秀农村党支部书记”“曲阜市十佳孝贤村居支部书记”“曲阜市劳动模范”，多次被时庄街道党工委授予“优秀党员”“优秀党支部书记”荣誉称号，2007 年 12 月当选曲阜市第十六届人大代表，2011 年当选曲阜市第十三次党代会代表、2017 年当选第十四次党代会代表。

牛中兴

风清帆满自远航

李赋春

● 牛中兴

平坦宽阔的柏油路，儒雅秀丽的文化广场，如诗如画的公园，古香古色的长廊，整齐美观的楼房，洋溢着幸福笑容的村民，广场上打牌下棋的老人们……走进曲阜市防山镇齐王坡社区（金福苑），映入眼帘的是一片温馨祥和的景象，一幅美丽乡村动人的画卷。

“我们村的书记有想法、敢担当，看到村里变得这么美，社区设施这么好，我想把房子装修一下，从城里搬回村里居住，这里人熟、人亲。”在城区经商的孔女士笑着告诉我们。她口中的“书记”，就是齐王坡村党支部书记牛中兴。

“为村民做事，就是为自己的老人、兄弟姐妹服务，让村庄文明、美丽，让村民富裕、幸福，是党交给我的任务。”这是牛中兴常说的一句话，并且用勤奋扎实的工作和一心为民的情怀诠释着这句朴实无华的语言。

从“火线入党”到“火线支书”

牛中兴生于1987年，2006年从杏坛中学毕业后报名参军，在山东莱芜某部警卫连服役，因表现突出，新兵连一结束就升任副班长，不久就担任了门岗值班班长。2008年7月的一天，有两人醉酒闯门岗，威胁哨兵安全，牛中兴不顾个人安危只身将他们制服，并进行教育后送回。处置及时、有力、得当的牛中兴得到了部队的表彰，党组织8月批准了他的入党申请，战友们都说这是“火线入党”。

2008年9月，经部队推荐，牛中兴以优异的成绩考入青州炮兵士官学校工程机械专业大专班学习。2011年11月退役回到家乡。5年的军旅生涯，磨炼了他的胆识与性格，养成了坚毅与担当的品行。

退役后的牛中兴自主创业，在曲阜、济宁、济南、金乡等地开饭店、经营宾馆、办酒厂，生意风生水起，成为拥有6家宾馆、饭店和参股一家酒厂的“大老板”。事业成功的牛中兴致富不忘家乡，时刻关注着家乡的发展和变化，只要需要，随时出钱出力。2013年，齐王坡社区开始全面建设，村里的工作千头万绪，牛中兴回村义务工作，利用自己“年轻、有文化、见识广、责任心强”（村民语）的优势条件，帮助协调相关事宜，得到了村支两委和村民的好评、赞许。

“2015年7月，富华燃气管道铺设到社区，首批入住的310户居民用上了管道天然气，这在全镇是第一家，别的社区都很羡慕。”村民牛中华介绍说，“这都是牛中兴洽谈、协调、努力的结果，忙活了近一年，扔下自己的生意，村民们很感激。”

齐王坡村地处防山镇西部平原地带，由2个自然村组成，5个村民小组，571户共1806人，耕地面积1720亩，仅村庄占地就达300余亩。2012年5月，齐王坡社区开始立项建设，并被列为市、镇新农村建设的重点工程，小区设计楼房32栋900余户，按照文化站、文化广场与社区联建模式，着力建成新农村社区的典范。

村支两委、全体党员在支部书记牛福志的带领下，倒排工期、挂图作战，为了做好群众的解释说明和安置保障工作，坚持天天在一线攻坚，确保拆迁复垦工作顺利推进。截至2019年5月，村民已分三批入住新建社区，拆迁安置率达90%。长期高强度的工作及压力，老书记牛福志身体状况出现了一些问题，医生建议他休息。为了社区建设的顺利进行，牛福志选择辞去村支部书记职务，同时推荐了年轻有为、德才兼备的青年党员牛中兴。

2019年6月，牛中兴当选村支部书记兼村主任，从老书记手里接过了带领村民建设美丽社区、共同致富的重任。“开始我是犹豫的，但组织信任、村民需要，我义不容辞，并且还要全身心地投入，全力做好，不讲条件，没有退路。”牛中兴说起当时上任，显示出了一名军人的品格和一位党员的担当。

贴心服务村民，实干赢得口碑

牛中兴上任后的第一件事就是要全力把老村的占地腾空复垦，“当时，老村还有100多户人家没有搬迁，各种理由、各种条件，老书记没少犯愁”。村支委牛中华说，这也是考验牛中兴的第一个难题。

走访下来，牛中兴把情况分门别类，同两委成员商量出解决的办法，大家分头去做。有个别没买房子的，先安置住处，再协商买房办法；有认为分配不公、不合理的，牛中兴带领村两委接受质询，面对面说清楚；有想获得超额补偿、胡搅蛮缠的，他们摆事实、讲道理，耐心说服……

“一个月的时间，每天晚上我在村委办公室等到10点，村民可以随时来找我，我的电话24小时开机，随时接听。”牛中兴说。有一户村民提出不合理要求，牛中兴找他谈了不知多少次，好话说尽，就是没用，最后千方百计找到他的女儿、儿子，让他们做工作，来来回回几十次，终于同意。他说：

“中兴，我算服了你了，我再不搬迁就要众叛亲离了。”

2019 年 9 月，齐王坡村仅用一个月拆迁腾空了复垦土地 150 亩，无一投诉，无一上访，牛中兴的工作得到镇委镇政府的高度评价。

新社区楼房美、环境美，但村民从“平房”到“楼房”，生活方式和行为习惯的转变还有很多困难和障碍。牛中兴逐户调研，帮助村民一一解决。

针对家家户户用“穿心炉”烧水，既不安全又污染环境的现象，牛中兴下决心要彻底解决这个问题。在村里每周一次的“拉呱说事”上，村民牛中华反映了老年人的困惑：“不让用‘穿心炉’烧水之后，老年人的吃水问题就不好解决了，都是七八十岁的老人，他们用电、用气都不习惯。”

牛中兴同两委成员连夜召开村民代表会议进行研究，最后决定安装一套热水净水装置，70 周岁以上的老人免费用水，既解决了老年人的喝水问题，也美化了环境。针对晾衣难的情况，牛中兴安排为每户村民统一免费安装晾衣架，既美观又实用。

现在的齐王坡社区硬件设施和服务水平日益完善。水、电、气等各类资源配套到位，新建的五层老年公寓楼一栋，建设了社区卫生室，新建文化广场和仿古长廊 1500 余平方米，建设社区服务中心和组织活动场所，利用楼下空地新建两处健身小广场并安装有各类健身器材，社区内的路面硬化和绿化、美化也不断完善。老村 300 亩占地全部完成复垦，增加了村集体发展的动力。

推动产业发展，促进集体增收

“产业兴旺，村民富裕，才会有真正的乡村文明。”牛中兴说，“村民富不富，关键在支部，我更是责无旁贷。”

齐王坡村 2300 亩土地，有 1000 亩土地是村集体流转过来的，规模化种植了粮食、土豆等作物。科学的种植、细致的管理，连年喜获丰收。为提高土地使用效能，增加村民与集体收入，牛中兴领导下的村支两委确定了“纵横联合”“向大型农业产业化发展”的思路。

2019年10月，与曲阜润强合作社达成合作意向，在支部引领下，成立了集农业技术培训、服务，种子、化肥、农药、农资、电商销售一整套的“为农服务中心”。一期工程由润强合作社投资400余万元建设现代化农业观光大棚，齐王坡村提供50亩土地，每亩土地收取400元管理费用。两年后，村里出50亩地、20万元，由润强合作社提供技术支持，建设玻璃温室大棚、联栋大棚、冬暖式大棚，计划种植美早樱桃、黄心猕猴桃、红心火龙果、草莓、金银花等经济作物，同时开展农业观光、采摘、青少年农业实践等活动，打造现代化农业采摘园，促进集体经济发展，预计村集体收入能达到75万元。

社区临近镇里繁华街道，人员流动大，商业氛围浓厚。村党支部决定建设一个小型的集贸市场，方便村民购物，同时建设了160平方米的门面房出租，增加集体收入1.5万元。盘活闲置的村集体大院，增加集体收入3万元。

为增强社区党组织的创造力、凝聚力，拓展、更新工作思路，提高新农村社区建设和产业发展水平，牛中兴重视村民特别是村支两委、村民组长的眼界开阔和技术提升，经常组织各种技术培训和外出学习。

2020年8月16日，村党支部组织全体党员赴临沂兰陵县现代农业示范园和代村社区参观学习。“我们学习了现代农业生产种植方式、未来农业发展方向和为民服务的经验做法，了解了无土栽培、海绵栽培、管道培植、浮板式栽培等先进种植技术，大开眼界，受益匪浅。”一名去学习的党员说。

多管齐下，以农为本，全面发展，村集体经济稳定快速发展，2019年实现收入120万元，2020年突破200万元，村民人均年收入1.5万元。实现集体经济的“造血”功能，不仅富了集体，同时也“甜”了百姓。

村民的福利不断提高，每年为每户村民发放600元取暖补贴和400元用电补贴，70 岁以上老人每月免费领取 3.5 斤鸡蛋……2019 年底，给村内每户分发现金 1000 元，共计 40 余万元；筹集资金 3 万元，为 160 名老人和 40 名“好婆婆、好儿媳”每人发放价值 150 元的被子。

大事难事看担当，危难时刻显本色

牛中兴任村支部书记后的第一个春节就遇上了新冠肺炎疫情防控。“这也是考验我们班子为民服务能力的时候。”牛中兴说，“讲奉献，讲担当，才能当好‘带头人’。”

疫情就是命令。一个半月的时间里，牛中兴同两委成员、全体党员始终坚守在工作岗位。冲在前面、站在一线，在落实好临时管控、摸底排查、24 小时值班值守、宣传动员等基础防控的同时，带头为社区群众当起

● 疫情防控中，牛中兴给村民配送食品

● 牛中兴与93岁的任发顺老人

了“代办员”，帮助大家集中购买蔬菜、柴米油盐等生活必需品，收集燃气缴费卡统一进城办理交费。

同时，牛中兴自掏腰包3万余元，购买5吨蔬菜、鸡蛋免费发放给村民。当听说有的一线执勤民警已经半个多月没有回家了，他第一时间向镇派出所捐赠了部分生活物资和防控用品。“为群众做好后勤保障，让群众安心宅在家中，保障了村民的健康和安全。危难之际，我必须冲在前面。”牛中兴对我们说。

在村“幸福食堂”，93岁的村民任发顺老人一见到牛中兴就拉住他的手不放，唠起来没完，“你真是一个好领导啊，我们这些老人有福、村民有福，你看看咱这社区太好了，比城里的都好……”

就是这样一位“80后”村党支部书记，上任仅仅两年时间便给村里带来了翻天覆地的变化，赢得了村民的交口称赞。2019年，牛中兴被防山镇党委授予

“优秀党支部书记”称号。2020 年 5 月，中共济宁市委、济宁市人民政府对全市各行各业、各条战线涌现出的为经济社会发展做出突出贡献的 359 名“建功济宁”先进个人进行表彰，牛中兴榜上有名。

风清帆满自远航。为实施乡村振兴计划，牛中兴给自己定了目标：“利用两年到三年的时间，让全村家家有产业，人人有技术；成为四方宾客纷至沓来游玩垂钓休闲、体验农耕采摘、吃农家饭菜的旅游亮点……那时候的齐王坡村就真正成为一个产业兴旺、生态宜居、乡风文明、治理有效、生活富裕的美丽乡村。”

邢振来

实干成就『美丽乡村梦』

李赋春

● 邢振来

宽阔整洁的街道，整齐亮丽的房屋，鲜花盛开的文化广场，与优美的人文环境交相辉映，文明和谐的气息犹如炎夏的一缕清风扑面而来。走进曲阜市息陬镇一张曲村，一幅美丽乡村的画面展现在我们眼前。

“这都得益于我们村支部书记邢振来的‘美丽乡村梦’。”2020 年 8 月 5 日，我们来到一张曲村，村民们便争相诉说起家乡的变化。

“火线”上任，实干赢得民心

2011 年春天，曲阜市创建全国卫生城的工作进入到攻坚阶段，各镇街、村庄、单位全都行动起来，按标准整治，高标准运行。而离城区仅 3 千米的一张曲村却迟迟未动，村里街道坑洼不平、卫生脏乱差、积水严重、气味难闻。60 多岁的老书记身体不好，心有余而力不足，便提出了辞职。

就是这个时候，镇党委领导找到了

邢振来，希望他能担当重任；党员、村民也联名推荐邢振来，希望他来当村里的领头人。

在村民的心里，邢振来是一个有思想、有闯劲的实干家。出生于1976年的邢振来，1994年从职业中专机电专业毕业后，分配到曲阜美佳食品厂做业务员，跑遍了大半个中国，把孔府糕点推向了大江南北。之后，他又自主创业，做建材生意、搞养殖，事业顺风顺水。2002年他光荣地加入中国共产党，成为村里最年轻的党员之一。

“组织信任，村民信任，我没有资格说什么，只有服从，只有认真去做。”邢振来说起2011年3月上任时，依然感慨万千，“我知道艰难，但也要勇往直前。不辜负组织、村民对我的信任，就是我的信念。”

“创建卫生城，美丽我们自己的家园，这是天大的好事。群众不行动、不支持，不是群众的问题，而是我们村干部的工作不到位。”邢振来在支委、村委会议上强调，“我们必须依靠党员，依靠村民，把道理讲透，讲到村民的心里去，让村民把‘要我做’，转变为‘我要做’。”

邢振来同村支两委成员、党员分片包干，一家一家地做工作。功夫不负有心人，一周后，全村村民就行动起来了。同时，村街道路铺修工程、绿化工程也全面展开。

同年6月完成了南北大街的整修、加宽，11月完成绿化工程。2012年拓宽了1100米的东西大街。更换及安装路灯67盏，实现了“村庄亮起来”的目标。2014年，全村道路硬化工程结束，村民彻底告别了“晴天坑洼洼，下雨两腿泥”的历史。

曲阜市成功创建全国卫生城，一张曲村留下了浓墨重彩的一笔。借着创建卫生城的东风，一张曲村各项事业步入了发展的快车道。2015年建成高标准的文化广场，村民从此有了健身、休闲的场所。每天晚上的广场舞，每年的“百姓儒学节”，使村民的文化生活丰富多彩起来。2020年6月，针对自来水管道老化的问题，村里出资更换了全部管道、水表，让村民喝上放心水。

发展集体经济，实干出效益

一张曲村地理位置优越，距离城区3.5千米，距离镇驻地2.5千米，紧邻曲尼公路和孔子大道，现有居民465户，共1865人，可耕地面积800亩，人均只有4分地。因为适龄劳动力都到外地或市镇企业打工，这些微乎其微的土地多是村里的老人们在耕种，还有一些被直接撂荒。

2015年，邢振来通过广泛调研，召开村支两委会议、村民代表大会商议决定，将土地收回，并按每亩1200元的流转费发放给村民。当年收回土地200亩，截至2017年全部收回，村民每年按人数领取“应分得土地的承包费”。

土地集中起来，一则提高了土地效益，减轻了部分老弱病残村民的劳动压力，杜绝了撂荒，二则村民在得到土地承包费的同时，到集体土地作业打工，还可多得一份收入。

“土地集中到村集体，如何实现规模效益、增值效益？”邢振来和村干部们也感到了压力。2015—2016年，他们种植过土豆、大豆、药材，有成功，但更多的是失败。分析原因，找到的答案是：必须走科技发展的路子。

2017年秋天，一个偶然的机会，邢振来听曲阜市农业局的技术人员说起猕猴桃种植的技术和效益，感到眼前一亮。第二天，就同村主任董福田慕名前往淄博市博山区源泉镇考察。博山源泉是山东最大的猕猴桃生产基地，生产的猕猴桃口味醇正、质量上乘。此时恰好举办第五届山东博山（源泉）猕猴桃旅游文化采摘节。邢振来很受鼓舞，又带领村支两委成员进行了三次考察，请农业局技术人员对土壤的适用性进行检测后，决定规模种植猕猴桃。村里的“秀才”董长征被派往博山学习种植技术。

2018年春天，第一批猕猴桃树苗在一张曲村10亩的土地上扎下了根须；2019年，第二批种植30亩；2020年，第三批种植40亩。“之所以分批种植，一是逐步掌握技术，二是量力投入，稳扎稳打。”邢振来说，“我们计

● 一张曲村猕猴桃种植园

划2022年，种植面积达到200亩，同时新建一座冷库。”

2020年8月6日，我们来到一张曲村猕猴桃基地，看到2018年种植的树苗现已硕果累累，2019年种植的树苗也长势喜人。“猕猴桃三年结果，五年进入丰果期。2018年种植的树苗今年可达到亩产3000斤。”技术员董长征介绍说。

“村里成立了‘曲阜民富种植合作社’，吸收村民入股。我们注册了商标，设计了包装，开通了网上销售。”我们站上果园的瞭望台，邢振来看着远处，信心满满，“一果先行，诸业并进。我们计划明年种植50亩旱藕，并形成集采摘、垂钓、游玩于一体的休闲农业园。”

老有所养，少有所托，实干造就幸福家园

村民在外工作，最挂念的就是老人和孩子。“邢书记常讲，把老人和孩子的事办好，就是对村民最大的关爱、最大的支持。”村两委成员邢海通给我们介绍说，“一张曲人有句自豪的话：老有幸福食堂，小有儿童服务站。”

下午五点半，我们走进一张曲村幸福食堂，正是老人们吃饭的时间。宽

敞明亮的大厅，20 多位老人边吃边唠嗑，个个脸上洋溢着幸福的笑容。一荤一素一汤，每天 5 元的收费标准。“菜香，饭好，服务也好，真是让人幸福的食堂。我这把年纪，想不到还能过上这样的好生活。”一位 76 岁的孤寡老人见到我们，拉着手就聊了起来。

“去年就听说人家石门山镇西焦沟村有个这样的食堂，想不到俺村里也有了，你瞧这饭，有菜有肉的，真好！”接过两菜一汤的“幸福套餐”，曲阜市息陬镇一张曲村 80 岁的老人田瑞英高兴地说。

帮着给老人们盛完饭，一张曲村党支部书记邢振来说，这些老人都是生活困难或者孤寡老人，多半是贫困户，伙食问题不仅是老人们的苦衷、儿女们的牵挂，也是村“两委”成员们心里的一块大石头。有了“幸福食堂”，困扰多年的难题终于迎刃而解。

“村里每年中秋节都会给 60 岁以上的老人发放月饼，春节发 100 元钱；66 岁生日送蛋糕；每年的九九重阳节，全村 70 岁以上的老人在村文化广场聚餐。”村会计张凤喜说，“去年的重阳节，摆了 18 桌，老人们聚在一起拉

● 村助学所

不完的家常，高兴得合不拢嘴”。

2019 年 11 月，曲阜市新时代文明实践志愿服务中心“壹基金 · 儿童服务站”落户一张曲村，200 多平方米的房子按年级划分为数个区域，每天下午放学后或周六日，1—5 年级的孩子们就会来到这里写作业、阅读图书，曲阜水滴公益服务中心的志愿者给孩子们辅导功课。寒暑假，村里请来大学生志愿者每天陪护辅导孩子们。

2020 年，新冠肺炎疫情出现后，邢振来同志带领全体党员干部、群众及志愿者坚守在防疫防控岗位上，圆满地完成了防疫攻坚战的各项任务。

现在，邢振来带领全体党员干部、群众，依照上级党委、政府创建全国文明城的工作要求进入了人居环境大治理的攻坚战，组织人员成立了环境卫生治理突击队。对村内外的空闲地、自然沟进行了全部规划清理，村容村貌焕然一新，赢得了村民们的大力支持和广泛好评。

在邢振来的带领下，一张曲村党支部连续 5 年被镇党委、政府评为“先进党支部”，先后荣获镇、市“为民服务 · 农村基础设施双提升先进单位”“五好党支部”“农村环保综合治理先进单位”“精神文明先进单位”“财务管理先进单位”“农村户户通先进单位”“精准扶贫先进单位”等称号，2017 年被评为“市级文明村”，2018 年被评为“省级文明村”。

“说再多，不如干一件。扎扎实实地为村民服务，是我的责任和义务，也是村支两委全体干部的使命。”走出村委会，映入眼帘的是一面“为人民服务”的大型影壁墙，邢振来说，“这就是要时刻提醒我们，实干才能兴村，实干才能实现文明、富裕。”

苏庆华

热血『兵支书』乡村建新功

李赋春　孔　儒

● 苏庆华

2020年8月1日，济宁市“优秀兵支书”发布仪式上，曲阜市尼山镇南辛南村党支部书记苏庆华榜上有名。飘扬的党旗、耀眼的党徽、军人的本色，让这个荣誉显得格外亮丽而又厚重。

苏庆华于1979年1月入伍，在某部通信营服役，1982年10月1日退伍。部队这个“大熔炉”锻炼了他的意志，造就了他纪律强、打硬仗的品行。在部队里优异的表现，使他也获得了组织上的肯定：1981年12月荣立三等功一次，1982年7月加入中国共产党。

退役不褪色，建功新时代。从2014年3月担任村支书以来，苏庆华任劳任怨，放下身架用实劲，甘为“孺子牛”，聚班子、谋规划、为民生、整环境，为集体经济发展找路子，将一个落后村发展成为环境优美、美丽宜居的南辛南村。他本人也先后荣获曲阜市劳动模范、曲阜市优秀共产党员，当选曲阜市第十八届人大代表。

“他不愧是当过兵的人，干事雷厉

风行，对老百姓的事情热心得很，是个靠谱的好干部。”走进南辛南村，提到村支书苏庆华，村民都是赞不绝口。

南村“难”，危难之时显身手

尼山镇南辛南村，位于经济相对繁荣的镇驻地，是一个人口 2872 人，耕地面积 2471 亩，党员 75 名的大村。长期以来，由于村两委班子战斗力不强、凝聚力不够，干群矛盾凸显，村街脏乱差，上访事件频出，各种民事、刑事案件不断，造成村里的整体工作滞后，发展缓慢。2013 年底，镇党委找到苏庆华征求意见，希望他能够担起这个担子。

此时的苏庆华在曲阜市城区经营着一家生意红火的连锁酒店，每年有着不菲的收入，生活过得宽裕舒适。听到这个任务，军人服从命令的天性，一个党员的责任担当，让他毫不犹豫地答应下来。

谁知家人首先反对：“你都五十多岁的人了，身体能吃得消？酒店怎么经营？”村民们也是议论纷纷，有的说：“不要看你外面干得红红火火，到了南辛南村你什么都干不成。”也有的说：“我就是看你们这些人不顺眼，就是要跟你们闹。”

起初的热情遇到了前所未有的艰难，很多次他都感觉快要撑不住了。整整一个春节，他都在思虑和无数的沟通中度过。但最后还是坚定了信心：家乡有困难需要我，我不担当，对不起曾经穿过的军装，对不起胸前佩戴的党徽。

2014 年 3 月 19 日，苏庆华走马上任，从一位企业家转身成为“村民公仆”的党支部书记兼村主任。面对村里亟待解决的诸多难题，面对全村老少的热切期盼，苏庆华暗暗下定决心：“当村支书，就要干出个样子来。真正为村里办实事、解难题、谋利益，群众就会信任、支持，村里就一定能焕发出新气象。”

群众无小事，真心换真情

苏庆华常说：“群众的小事就是我们当干部的大事，村上的工作我们一定要做实做细、叫响叫亮。回避问题，问题就是包袱；解决问题，问题就是财富。”建设美丽富饶的南辛南村，就是要从解决村民的“小事”开始。

清理满街的垃圾，整理道路上的乱堆乱放。由于原来村庄规划遗留问题，许多新房子建完后，老房子、树木等附属物没有及时拆除，影响别人盖房，村民之间有纠纷、相互不让，无法盖房。在市、镇环境综合整治的强力推动下，想方设法硬化了几条街道，但是硬化完的街道两侧杂草丛生、垃圾遍地，到处有土堆，路旁绿植无人管理，导致大量枯死，群众怨声载道。

打通死胡同、半截路。村里 12 个胡同，9 个不通，胡同里私搭乱建，不方便出行，还有安全隐患。村南生产路东段有 27 米坑洼不平、严重积水，两边还堆满了木头，平时走不动车，下雨时走不动人，给群众出行、生活带来极大的不便。

苏庆华召开支委会、村委会、党员会，统一思想后，下达工作任务，村支两委、党员划片包干，限时完成。按照和谐拆迁、合理安置的原则，采取党员干部分头做工作、讲道理的方法克服诸多困难，经过 20 多天的不懈努力，最终将村内环境卫生整改完毕并清理拆除老宅基地上的旧房、附属物、树木 50 余处，规划安置新宅基地 30 多家，打通了全部胡同。

“仅清理的垃圾就拉了 800 多车，填满一个大坑，我们在上面建设了 7000 平方米的停车场，仅这一项就花费了 10 万元。”村支委陈同纪说起当时的情况，还是感慨不已。

2015 年，按照“一户一管，五户一井”的原则为 400 多户村民完成自来水改造。用两年的时间，完成了村庄全部的道路加宽、硬化 3 万多平方米。

“我们不做‘二次工程’，一次就做到最好、最科学。”走在南村的大街上，苏庆华指着道路说，“这个路修完 6 年了，没有任何损坏，质量好。路面中间起拱设计，下雨不存水。”

2016年春天，村里积攒了2万多元钱，想着重新整修一下村委办公场所。但苏庆华看到村里的路灯老化严重，很多需要更换时，马上将钱用在了更换路灯上。村委办公室到了年底才完成整修。

这些民生方面的事，看似小事，其实就是村民的大事。经过一段时间的治理，村内环境焕然一新，家家整整齐齐，户户干干净净，人居环境得到改善，南辛南村旧貌换新颜。

党员一面旗，支部是堡垒

农村要发展，党建是关键。“村看村，户看户，群众看党员，党员看支部，作为村支部书记，扛好党旗，引好正路，是我的职责。”苏庆华如是说，“不抓基层党组织建设，工作做得再好也不是合格的书记。”

苏庆华始终把村党组织建设作为一切工作的重中之重，创新党员“思想＋实践”教育模式，认真落实“三会一课”、党日活动等党内组织生活制度，创造性地把村情汇报、项目建设、矛盾化解等工作融入理论教育，激发党员参与农村治理、参与农村发展的积极性。为发挥无职党员积极性，他还组建“干部联片、党员包户”队伍，让无职党员参与到具体事务中来，帮助群众解决在生产、生活中遇到的困难和问题。他还以项目为抓手，实行“党员包项目制”，通过设立党代表生态文明工作室、组建党代表服务队和党员攻坚队等方式，带领全村党员干部冲在工作第一线。

为抓好班子、带好队伍，苏庆华以身作则，带领班子成员执行周一到周五坐班、休息日轮班制度，多年来雷打不动，确保群众办事能见得到人、办得了事。为每名党员家里悬挂“党员家庭”门牌，设立服务群众公示栏，围绕产业结构调整、美丽乡村建设、孝德文化传承等五个方面，每名党员承诺服务其中3项，督促党员立足岗位做贡献。通过这些举措，使党员在具体实践中不断发挥先锋模范作用，增强了村党支部的凝聚力、战斗力。

村党支部连年被尼山镇党委评为“优秀党支部”。“全村 75 名党员就是 75 面旗帜，坚守和影响着 75 个阵地，党支部的堡垒作用发挥好，村里的工作无难事。”苏庆华说，充满自信和自豪。

引领村民致富，促进集体增收

有了好的规划、好的环境、好的班子，如何带领群众一步一步走上致富路，苏庆华心中有一个明确的思路，那就是把产业发展作为群众增收的关键举措。通过调整产业结构，千方百计上项目，为村民致富找到了突破口和新的增长点。

南辛南村西边的柴口山，有 200 多亩的山地，收成全靠天。2016 年以前一直荒着，还有许多坟地，基本无人耕种。苏庆华带领两委班子经过认真调研，决定集体收回，整理后进行土地流转。每年收入 9 万多元，然后按每人 35 元分红给每位村民。

收回了 130 亩收成不好的土地，集体以合作社的形式种植苹果等果树，每年有 8 万多元的集体收入。尼山水库蓄水工程施工期间，把原村集体与农户分成的土地及承包土地 300 多亩收回，共拍卖树木 1 万余棵，收入 80 余万元全部分红给村民。收回的土地，开建“藕池”种藕，同时结合采摘、垂钓，打造成集特色种植、规模养殖、旅游观光为一体的农业产业园区。

成立南辛南村物业公司，承担“昌平小镇”商住小区的物业管理，安置村民就业，还可以增加集体收入。还有，通过拍卖取得高速公路两侧的树木种植、管护权，每年增收 56 万元，集体与村民按 7∶3 的比例分成……

“村民富不富，要看党支部”，苏庆华马不停蹄地向集体经济增收这一目标进发。近年来，取得了不俗的成绩，村集体收入从原来的几万元，增加到 20 万元、30 万元、50 万元。2020 年村集体收入预计达到 200 万元，村民人均收入突破万元，实现了前所未有的跨越式发展。

天道酬勤，如今的南辛南村环境优美、社会稳定、群众富裕，各项产业蓬勃发展，一个产业美、环境美、风尚美的宜居、宜游、宜业的美丽乡村已初步形成。

面对成功和荣誉，苏庆华依旧保持着坚韧、谦逊的本色，“下一步，要借着乡村振兴的春风，引入生态旅游等新兴项目。深学笃行，沉潜实干，用我们的辛苦指数来换取群众的幸福指数，全力打造农业产业多元发展、农村环境宜居美丽、百姓生活幸福和谐的社会主义新农村”。

孔宪甫

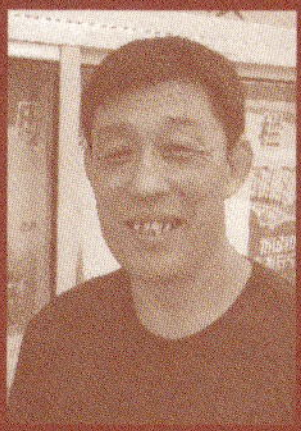

一腔热血恋故土

孔令绍

● 孔宪甫

冷在三九，热在中伏。那是2020年夏季最热的一天，树上的叶子打了蔫，烦躁的知了叫哑了嗓。

走进曲阜市息陬镇大辛庄的村委大院，村支两委的同志全都迎了上来，他们热情得与这夏天的温度没有两样。

走在最前面的正是村党支部书记孔宪甫。

恋故土，弃职回村当支书

大辛庄是个大村，姓孔的居多。论辈分、看年龄，有比支书大的，有比支书小的。瞅着村支两委的人们与支书说话都很随意，就知道孔宪甫的人缘肯定不错。他一米八几的个头儿，身材魁梧，浓眉大眼，国字型脸庞上凸显着憨厚和真诚。

“听说您是部队上的有功人员，回来后给安排了工作，怎么又回村当了支书，还一干就是20多年？”一见面，我首先把心里的疑问抛了出来。

孔宪甫心平气和："转业后的工作简单，我只是个一般员工，天天应付着那点活儿，我觉得是在浪费生命。再说俺村当时也很落后，各方面的发展都跟不上趟，我想回来帮衬点事儿。"

孔宪甫生于1965年，1982年初中毕业，1984年应征入伍，在原济南军区后勤部服役。一次，在押运大炮的途中发生意外致使二级伤残。1987年12月，转业被安置到曲阜市息陬供销合作社工作。1995年11月，他光荣加入中国共产党。

工作间隙，饭后茶余，孔宪甫的脑海里经常闪现着家乡的镜头。小时候，无论父母多么拼命地干活，家里依然为吃喝发愁，一到春天经常断顿。后来改革开放，实行生产承包责任制，分田到户，一干又是十几年，交完公粮，交完提留，粮食还是不够吃。村里其他老少爷们儿其实跟俺家也没什么两样。自从分了地，村集体什么也抓挠不住，村里想办点事连门儿也没有。我曾经是个军人，组织上培养了我，我本人虽然衣食无忧，可乡亲们没过上好日子，怎么能躺在自己的安乐窝里睡大觉？

孔宪甫一夜又一夜地失眠，他终于在1995年底办理了停薪留职手续，欣然回到生他养他的大辛庄。孔宪甫如释重负，又像是有备而来。1996年1月6日，通过选举他担任了大辛庄村党支部书记。

心系百姓，把惠民的事情做到底

对于回到村里的孔宪甫，他的家人却不能理解。放着好好的日子不过，放着清福不享，偏偏回来受这个穷罪。孔宪甫却给家里人说："人这一生，不想做事是最大的悲哀。我是共产党员，看着村里的老百姓还没有过上好日子，我心里难受。"

孔宪甫走家串户，摸清群众的意见和诉求。大辛庄人过去对村里不满意，实际上就因为吃水、走路这些小事。因此，他整顿党支部、村委会班子，通过“三会一课”加强党员队伍建设，为村里全面开展工作奠定了基础。孔宪甫说：“在农村基层当干部，不能只顾高大上，老百姓的柴米油盐、吃喝拉撒就是天大的事。你不从小事做起，群众的生活质量就永远提不上去。”

村里的自来水水质不好，输水管道年久失修。村民们喝不上干净的自来水，成天憋屈得慌。孔宪甫上任后，筹资 7 万元，先打了两眼深水井，又更换了 6000 米锈迹斑斑的输水管道，老百姓全部喝上了达标的自来水。随后启动了道路整治工程，修通村内 3 条大街，路面全部实行硬化，总长达到 1200 米，打通小巷 1500 米，大街小巷全部修砌排水沟，路两侧进行绿化，安装太阳能路灯 80 余盏，向村外延伸修通公路 1500 米，实现了“村内通，户户通，村村通”，为村民彻底解决了“走路难”问题。投资 10 万元，新装 315 千瓦变压器，方便了群众用电。结合农村实际，率先建立农村卫生、厕所管理与养护长效机制。对整个村庄建设进行长远规划布局。这一连串的工作举措，使村庄面貌发生了根本性变化。

在改善生活设施，提高群众生活质量的同时，村党支部、村委会也加大了改善生产设施的力度。以前，村里的水利设施极其落后，机井毁坏严重，水泵破旧不堪，再加浇地全是粗放型的地上大水漫灌，既费工，又费水费电。孔宪甫召开村支两委会议，郑重提出彻底更新改造水利设施的问题，得到大家的一致同意。新打机井，更换水泵，铺设地下管道和地埋线，实行集体统一服务，浇地效果大幅提升。接着，村党支部、村委会又积极争取“世行”项目，按照“世行”标准全部修好生产路。

大辛庄的路宽了、灯亮了、树绿了，群众的幸福感陡然提升，满意度大大提高，人们的脸上绽放出幸福的笑容。

抓经济，促民生，让农民过上好日子

经济与民生既是一对“孪生姊妹”，又有着紧密的因果关系。经济上不去，民生就是“无源之水，无本之木”。孔宪甫既有参军经历，又有单位工作经验，还熟知农村情况。因此，他认为，要甩掉农村的“穷帽子”，基层干部必须抓住发展经济这根弦不能放。

孔宪甫思维敏捷，有着极强的机遇意识。21 世纪之初，中国高速铁路迅猛发展。而高铁就像“一条龙”，它舞动在华夏上空，播云耕雨，带动着、刺激着各个领域各项产业的深化和发展。2007 年，高铁的发展辐射到曲阜，曲阜东站就设在息陬镇大辛庄附近，这一夜之间，就给大辛庄插上了腾飞的翅膀。孔宪甫激动得夜不能寐，食不甘味。大辛庄祖祖辈辈面朝黄土背朝天的农民们终于迎来了千载难逢的好机遇。但是，他也清楚地知道，机遇可能转瞬即逝，只有牢牢地抓住它，才能乘势而上。

强化服务意识，“借梯上楼”实现发展。孔宪甫一开始就明确了这种工作思路。这一年，曲阜市委、市政府出台了围绕高铁建设打造高铁新城，建设高铁经济开发区的决定。开发区一经布局，就在大辛庄一次性征地 500

● 大辛庄文化广场

亩。可是，这突如其来的巨大变化，却给千百年来与土地打惯了交道的农民们造成了巨大的心理冲击。有的农户不愿意放弃土地，有的农户想趁机多要点钱。有一位村民就在开发区征地清障施工中与对方形成严重对立，孔宪甫及时出面做通双方工作，才遏制了事态的发展。通过这一事件，孔宪甫觉得，必须加强对村民的思想教育，才能为以后的经济发展提供良好的外部环境。他从党员到干部，再到群众，开展了一系列的服务经济发展的思想教育。大家终于懂得了建设经济开发区对于大辛庄是好事，不是坏事；是机遇，不是包袱。从而村民自觉维护村里的形象，配合开发区各项工作得以顺利进行。

以园带企，以企带村，村企共建。在经济开发区建设步入正轨之后，孔宪甫随之确立了“党支部+园区”的工作思路。大辛庄党支部、村委会创造的良好外部环境，使高铁经济开发区的工作全面顺利展开。天然气加气母站、大成养殖场、富圣源面粉、山东金达汽车部件、焦点生物、圣盟集团、齐邦工贸、汇泰球业、健硕体育等十几家企业先后入驻经济园区。村支两委与各企业达成本村村民用工优先的协议，村里300多人率先进入企业，月收入均在三四千元。围绕园区搞服务，依托园区谋发展，村集体成立了“大辛庄股份经济合作社”，建设配套工程门面房，相关服务产业迅速形成规模。近年来，村集体年收入均在80万元以上，村民每人每年从合作社分红300元，村民年均收入达到2万元以上。

村里富裕之后，村支两委投资100万元建设了一处高标准文化健身广场。广场为村民服务，也为园区工人服务。每到晚上，霓虹灯闪亮，广场上人头攒动，比肩接踵，人们脸上洋溢着满满的获得感、满足感、幸福感。

丰富多彩的文化活动现场，人山人海的群众中间，却也少不了孔宪甫的身影。他积极带领广大群众开展各种文化活动，丰富人民群众的精神文化生活，与广大群众同甘苦共欢乐，深受大家好评。

水归深渊有其道，雨滋嘉树敷之花。自1996年孔宪甫回村担任党支部书记，一晃就是 25 年。年轻时的他，走南闯北，亦可谓见过世面的人物。他却永远忘不了家乡黄土地上透发出的那股香甜的气息，也忘不了村里父老乡亲受苦受难的旧模样，一句话，总是丢不下自己的家乡。

“人常说，人到成年再恋家，就是没出息的表现。你为什么那么深情地苦恋着你的家乡？”我禁不住问道。

“不知道为什么，从入党的那天起，我就产生了一种信念，决不做一个平庸的人，一定要为党和人民做一点事情。”孔宪甫非常低调。

他苦恋着家乡，踏踏实实地为党和人民做着事情。这就是孔宪甫的家国情怀。

王金芳

一个老党员的革命情怀

孔令绍

● 王金芳

“凡是艰苦的工作，如果没有我们这些农村基层的党员、干部，党在农村的这块阵地是坚守不住的。”说到这里，王金芳的眼角湿润了。

喝了口水，他继续讲述担任村党支部书记几十年的苦衷：“酸甜苦辣的滋味我们都尝过，可一次都没有退缩过。只有有了基层党员的坚强支撑，我们党才能带领人民一路前行。”

我们被王金芳内心的博大与宽广震撼着、折服着。

他就是曲阜市小雪街道办事处北兴村原党支部书记，现为吉祥社区党总支书记、管委会主任。

拉革命车永远不松套

2015年“五一”节前夕，心里从来没有放松过的王金芳有了好心情。当了40多年村干部，刚从村党支部书记的职位上退下来，稍作小憩，“五一”期间就出去逛逛。

王金芳，生于1950年2月，看上去却不像70岁的年龄。他一米八的个头，浓密的头发里显现出些许白发，黝黑紫红的脸膛上镌刻着均匀的鱼尾纹，两眼炯炯有神，貌相敦厚善良，他待人热情，让你一见面就感到亲切。

1976年他在村里担任团支部书记，1977年加入中国共产党，接着担任生产大队大队长、党支部副书记，1980年担任党支部书记、村主任，2011年卸任村主任，只任党支部书记直至2014年。工作期间，他连续4届当选曲阜市党代会党代表、连续4届当选曲阜市人代会代表、连续3届当选济宁市人代会代表，被誉为曲阜市政界的“常青树”。

2014年的春天，姹紫嫣红，百花争艳。已满64岁的王金芳就要退休了。可天算不如人算。曲阜市委组织部和小雪街道办事处的领导登门拜访，他们推心置腹、直表衷肠：眼下，曲阜城市建设如火如荼地进行，你们北兴村、石家村、林家村三个城中村拆迁组成了一个大社区，近万人混居在一起，没有一个既德高望重又有能力的人领导，3个村的干部不好协调，众多的群众不好管理。王金芳的心里七上八下、忐忑不安：我跟着党干了一辈子，啥时候需要啥时候上，可没讲过条件。可这一次不同，自己到了颐养天年的年纪。但不管怎么说，党现在需要我了，党员还有退休这一说法吗？

2015年5月28日，“中共曲阜市吉祥社区总支部委员会”“吉祥社区管理委员会”正式挂牌，王金芳出任党总支书记、管委会主任。

这是一个3000多户、9000多人的大社区，而且是3个村的居民混居，一个单元楼的住户都互不相识，人们的生活习惯、风土人情也不一样，从农村到社区带来的生活环境的不适等，都给社区管理带来很大难度。

王金芳清楚地记得毛主席曾经说过的话：“政治路线确定之后，干部就是决定的因素。”他心想，自己浑身是铁，能打几颗钉，我要把社区组织架构先建起来。月亮初上时，夜深人静后，他与北兴村党支部书记孔强、石家村党支部书记孔宪文、林家村党支部书记林彦庆彻夜长谈。统一思想后，把3个村的党支部书记吸纳为党总支成员，把3个村的村主任、会计吸纳为管委会成员。随后，成立3个委员会。社区物业安保委员会，由孔宪文任主任；社区规划建设委员会，由林彦庆任主任；社区清理保洁委员会，由孔强任主任。社区全部维修工作由石家村村主任张涛负责。王金芳用他那双“弹钢琴”的手瞬间把社区管理的布局拉升。

从早到晚，王金芳就在社区的人堆里转悠，像是在寻找着什么。一群群陌生的面孔，一副副因素不相识而尴尬的表情，让他有了想法：我要叫大家逐步熟悉起来，让社区里的人成为一家人，从而提高人们在社区生活的舒适度。王金芳把这种想法凝聚成一种理念：“进了小区门，就是一家人。”他把这两句响亮的口号做成楹联挂在社区大门两边，让人们出来进去耳濡目染。小区共有167名党员，首先把他们组织起来开展培训，让他们相互认识，相互熟悉，统一思想，在群众中发挥带头引导作用。

小区的文化广场派上了用场。过春节，全体社区居民都聚集在这里，举行大拜年。中秋节，居民们在这里观看文艺演出，共同赏月。九九重阳节，各家各户的媳妇们，都把自己的公公婆婆打扮得漂漂亮亮——公公们穿得板板正正，婆婆们把头梳得铮亮，都在这里“晒孝顺”。几年之后，社区里的人变了。松松垮垮的散漫习惯不见了，酗酒赌博的坏毛病没有了，斤斤计较的意识消失了。小区里的婚丧嫁娶，不管谁家有了事，都主动出来帮忙，大家真正成了一家人。

服务是社区管理最基本的功能。居民们满意不满意，有没有幸福感，关键在于社区的服务到不到位。谁家的楼顶漏了水，谁家的便池堵了，谁家的水管不通了，社区维修队立即赶到，大家都没有后顾之忧，多年来维修服务零投诉。投资100多万元，建设大型综合文化广场。社区老人去世在居民楼发丧不方便，管委会就建了两处灵堂，不仅能举行殡礼，还能招待14桌宾客，社区“红白理事会”从头到尾实行全免费服务。管委会统一制订福利补贴标准，责成3个村分别实施：60—69周岁老人，每月200元；70—89周岁老人，每月300元；90周岁以上老人，每月400元；80周岁以上老人，每月增发10斤鸡蛋。对于考上大学的学生进行奖励，大专1000元、本科2000元、硕士研究生3000元、博士研究生5000元。酌情发放大病救助资金。

漫步在蓊郁的林阴道上，我们感叹着王金芳的管理能力，不禁问道："您一个70多岁的老人，为什么能一呼百应，人家都听你的？"

"我始终能按条条框框做事，也始终知道基层群众心里想的什么。"王金芳眉宇间彰显着稳重与大气。

"那当然，您不是当了几十年的人民代表吗？"我们赞许着。

他频频点头。

当代表就要代表人民

"我先当选党代表，后当选人大代表；先当选曲阜的代表，后当选济宁的代表。至今还是济宁市人大代表，这次到届，是真的不能再干了。"王金芳像在回顾历史。

"那不行。您不干，群众和组织都不会同意。您就是曲阜的'申纪兰'，她见证了新中国的历史，您见证了曲阜改革开放的历史。"我们十分感慨。

"历史需要一代又一代的人一笔一笔地去写，不忘初心，方得始终。"他显得有些深沉。

我们把话茬接上："人民代表是一项很高的荣誉啊！"

"那不对。我从来都没把它当成荣誉。当代表，不能满足于上上电视，露个镜头，打几句官腔，那样做就亵渎了'代表'二字的尊严。几十年来，我都把它当成沉甸甸的责任。"他深有感触。

王金芳在任职济宁市第十五届、十六届人大代表期间，正值曲阜城市南延，他所在的北兴村划为城市建设重点区域，必须全村搬迁。既要确保群众利益，又要实现组织意图，这就考验着"代表"的智慧。王金芳走家串户，从早到晚都泡在村民堆里，摸清了老百姓到底想要什么。在此基础上，他写出了《关于失地农民生活保障的议案》，提交到济宁市第十六届人代会上。后来，曲阜市政府对失地农民就业、搬迁安置、搬迁村产业结构转型调整等问题都有了说法。在代表履职的过程中，他曾经写下《关于解决农村留守老人养老的议案》《农村合作医疗报销及大病救助的建议》等几十宗议案和建议。

“基层村干部当代表与不当代表一样吗？”我们深入地探寻着执政党在基层的执政状态。

“很不一样。基层干部当了代表，就会让他的工作从自发的状态转变为自觉的状态。因为当了代表，你就可以更多地接触到上级的政策、指示和工作意图，让你懂得工作应该怎么干，减少盲目性。另外，你要写议案、建议，就必须到群众中去做大量的调查研究，从而把下情反映给上级，这样就能使上边的决策减少失误。我当了几十年的代表，实际上大大提高了我在农村的执政水平。”他认真地讲着当代表的感悟。

听君一席话，胜读十年书。我们觉得，王金芳当代表已经成了专家。

王金芳意犹未尽，我们把采访引导到另一个方向：“谈谈您辉煌的过去好吗？”

“说辉煌，过奖了，不敢当。可有一点，当年我如果不回村，可能早就是国家干部了。”他顺水推舟。

不回村，可能早就成了国家干部

1966 年，王金芳在北林中学初中毕业后就去曲阜县房管所干起了临时工，一干就是 10 年。他是所里最优秀的青年，求上进，工作好。领导告诉他，现在国家已有转干、招工的政策，鼓励他一定要好好干。可是，北兴村党支部对王金芳也很看好，三番五次动员他回村当干部。村党支部书记对他说：“现在还是农业重要，南跑北颠，不如一镢一锨。”王金芳相信党，毅然决然回到了村里。

1976—1980年，仅仅4年的时间，王金芳从生产队长干到大队团支部书记、大队长兼党支部副书记。1980年开始担任党支部书记，这一年他才30岁。

刚回村时，还是中国改革开放的前夜，广大农村依然按照计划经济的路子按部就班。但王金芳却像一股清流，流进农村的田野，流进人们的心田。

成立运输队。他置办了两辆马车，买了一台“泰山24”、一台“泰山28”型拖拉机，成立了运输队，从乡间到城里，来来回回搞运输，为村里赚取利润。

成立建筑队。把村里的木匠、铁匠、泥瓦匠全都组织起来，成立村里的建筑队，与曲阜师范学校形成“村校联合”，充当学校后勤维修施工队。建筑队还走遍曲阜城的角角落落搞维修，为村集体增加了收入。

建立养猪场。用集体的土地建设猪场，买来种猪自我繁育猪仔，用集体的粮食制作食料，一年养几百头，每年都有一笔可观的收入。

调整农业生产结构。发展100亩苹果园，请来曲阜农委的果树专家进行指导，取得了很好的经济效益。在玉米地里间作套种大白菜，白菜丰收后从姚村火车站发往全国各地。

开办工业项目。上马“北兴化工厂”，生产的产品氯乙酸成为“乐果”农药的重要化工原料。北兴村因此成为农村发展工业的典型。

农业生产“四统一”。北兴村原有13眼自流井，后因水位下降，井筒堵塞，多数已不流水。村里买来钻机全部疏通后，机井又重新恢复供水。同时，村里配置了大型农业器械。农业生产采取统一耕耙、统一播种、统一浇水、统一收割。

王金芳超前的经营意识，使北兴村一直是全市农业战线的排头兵，这也为日后的腾飞奠定了基础。2011年，北兴村开始整体搬迁，王金芳抓住机遇，乘势而上，成立了“亿兴商贸有限公司”，投资800万元建成“万客多”

超市、“亿兴商贸”等商业项目，营业面积4800平方米，吸纳劳动力180多人，解决了失地农民的就业，村集体年收入达200多万元。

听着王金芳的介绍，村里的老会计杨化泉说：“俺北兴村的老百姓心里都有一本账，自从老书记回村当干部以来，俺村的群众就没受过穷。”

我顺势问道：“和原来的单位还有联系吗？”

“有联系，现在叫房管局。要知道，我也是在那里干了10年的‘老员工’啊，当时的临时工后来全都转成了国家干部。”王金芳告诉我们。

“有遗憾吗？”我追问道。

“我没遗憾。听组织的话是对的。是党组织让我的人生更加丰富多彩。”他心里是那样的激动。

我的眼角湿润了。这就是一个老党员无怨无悔的革命情怀！

赵长建

28年带出一个美丽姚西

李赋春

● 赵长建

姚西村位于曲阜市姚村镇驻地西侧，曲宁公路从村西经过，全村总人口773人，农户204户，总耕地面积1120亩，村庄面积240余亩。以前，村民乱建住房，村里街巷不通、垃圾遍布、坑塘臭气熏天。如今，这里环境整洁、绿树环绕、民富村强。

“尽我所能、全力以赴，让姚西村富裕、美丽，让姚西村成为十里八乡人人羡慕的村庄。”这是赵长建于1992年12月当选曲阜市姚村镇姚西村党支部书记时就职演讲中的一段话。28年来，赵长建脚踩泥土，心系真情，以“说到做到，不放空炮”的实际行动奉献着青春和智慧。想村民之想，急群众所急，为乡亲们谋取着“看得见、摸得着”的“真实惠”，在平凡岗位上书写了姚西村振兴发展的美丽篇章。

热血青年，扎根乡村立新功

赵长建是土生土长的姚西人，1964

年出生，在这里成长、读书。1982 年 11 月，中学毕业的赵长建踊跃报名参军，来到位于烟台市栖霞县的某部服役。三年的军旅生涯让他懂得了“人生的价值在于奉献”，养成了忠于职守、严守纪律、乐于吃苦、百折不挠的作风和品性。在部队里他多次获得嘉奖，荣获“先进个人”称号，1984 年 9 月 14 日光荣地加入了中国共产党。

1985 年底，赵长建退役回到家乡，很快就被曲阜市税务局东关税务所聘用，他在工作中一丝不苟、勤奋敬业，深得领导的肯定和纳税户的赞许。谁也想不到的是，1987 年 8 月，他却辞去了这份当时看起来很有前景的工作，回到村里竞选村干部，并当选为村党支部委员、村委副主任。

“那一年长建 23 岁，这个年龄的青年人都外出打工挣钱，他却回到村里为老百姓服务，我感到这才是姚西村的希望。”今年已 80 岁的老支部书记常守贤提起当时的情况，还忍不住为赵长建竖起了大拇指。

说起当年的选择，赵长建这样告诉我们：“一直有一个梦想，就是把姚西村建设得富裕而又美丽，在部队时就经常与战友们探讨退役后如何建设家乡。我就是要把这个梦想变成现实。”

任劳任怨、勤勤恳恳、踏踏实实、乐于奉献，这些褒奖的词语用在年轻的赵长建身上再准确不过了。群众的眼睛是亮的，村民需要“热爱乡村、带领大家奔小康的带头人”。1990 年村委换届，赵长建当选村主任，1992 年 12 月当选为村党支部书记。

乡村建设，敢为人先做第一

赵长建熟悉姚西村的家家户户、一草一木，知道村庄存在的问题和发展的障碍，更清楚村民们对美好生活的向往。支部会、党员会、村委会、村民代表会，一个个会议开下来，“重点就是统一思想，脚踏实地，先把村庄建设好，让村民过上好日子”，赵长建说。

1993 年，针对“人口变化大，土地分配不均”的情况，村里重新分地、调地。拆掉 19 位村民的旧房屋，打通 6 条胡同，修路 300 多米。1994 年，村庄规划实行“排房化”，拆旧建新。1995 年，他带领村“两委”利用曲宁路改造铺柏油路的机会，在路两边依法开发小商铺抓经济，直接增加了村民收入；制定优惠政策，鼓励村内占道农户拆除房屋，并优先安排他们到开发路段建房，保证了村内道路的直通改造。

1997 年，兖石铁路复线建设占用村土地 4 亩多，同时取土用地 24 亩，给予了 4 万多元的补贴款。赵长建同两委成员、村民代表商量后，决定将该款项用于村庄道路改造，当年完成加宽、硬化 5 条宽 5 米、长度 600 多米的环村及村内主干道，完成村内 8 个胡同宽 3 米的道路 400 多米，并在路两边栽种了绿化植物，以往“晴天土飞扬，雨天泥陷脚”的环境得到了彻底的改观。

“为了省钱，赵书记也是拼了。村里购置物料，村民出工干活，一块钱做了两块、三块钱的事。村干部、党员带头义务出工，每天就只管两顿饭。”说起当时的修路，老党员颜景才说：“路修好了，其他村都很羡慕。”

1997 年 11 月，村集体出资为村民免费安装了有线电视，使姚西村成为全镇第一个户户通有线电视的村庄。1999 年，为村民垫资安装了自来水管道，成为全镇第一个户户通自来水的村庄；村里还免费为各家各户进行了厕所改造；修建了全民健身广场和图书室，为村民们休闲娱乐、强身健体、读书学习提供了舒适场所；建设了互助养老院，为村内子女外出、无人照顾的老人们提供了一个安全幸福的港湾。2001 年，对困难户住房进行改造，采取村里补贴一点、各方资助一点的办法，帮助 15 家困难户拆除了破旧的危房，盖起了四间一套的新房。

近年来，村庄建设更是全面升级、全面展开。将存在了几十年的村东污水坑改造填平，修建成了 2000 平方米生态园；柏油路重新铺设，砌两道排水沟，盖上石板，两旁路面全部硬化；主路两边栽植了数百棵银杏树、几十株玉兰花，还有海棠、核桃等；新建了560平方米的“为民服务中心”、文化长廊，在主要路口建起了牌坊，道路的两旁墙面制作固定宣传标语栏、彩绘宣传漫画等……

发展经济，民富村强争朝夕

长期以来，村民主要依靠种植“一麦一棒”的粮食为收入来源，可以说收益甚微。青壮劳力纷纷外出打工，土地耕种成为“鸡肋”，村庄渐渐“空壳”。赵长建心中清楚，只有经济发展、产业兴旺，才能留住“乡愁”，才能使乡村振兴。

“发展经济的路可以说曲曲折折，费了不少心，也走了很多弯路，但只

● 赵长建（左）为村民服务

要跟着党的政策走，一心为民，就一定会成功。”谈起村庄经济发展，赵长建说。

从1995年到2012年，姚西村种植过甜叶菊、毛白杨、苹果等多种经济作物，尝试过良种繁育，有成功也有失败，但都不成规模，形不成支柱产业。究其原因就是家家户户都是个体经营，技术、管理、资金等方面都存在瓶颈，再加上劳动力外出打工，一遇到问题、挫折就撂荒搁置，导致前功尽弃。

通过广泛调研、征求村民意见，并召开村民大会表决同意，2012年底村支两委研究决定：村民分散耕种的1120亩土地全部以托管的形式交给村集体，采用合作社的模式运营，并由合作社按每亩800元的标准发给村民承包费。土地集中后，流转到了种粮大户和农业专业合作社的手中。“这样既给种植能手提供了展示技术的舞台，又解决了现在年轻人不在家，老人们种地难的问题。良种种植业逐渐迸发出了蓬勃生机，我们村更成为临近乡镇、县市的主要良种批发地。”村委委员、会计王新说，“我们同种子公司签订协议，每斤种子粮收购价格高出市场价0.1元，加上科学管理增产的因素，算起来每亩增收300多元。”

从一亩三分地解放出来的村民“八仙过海”，各自施展着自己的才能。他们在曲宁路两边建起了饭店、超市、修理厂等几十家商户，新建6家规模养殖场，姚西村的村民真正走向了勤劳致富的康庄大道。

“2008年的一天，遇见赵书记，就说起了自己想开养鸡场的事。赵书记马上表态，只要是村民创业，村里一律支持。之后，村里给协调用地，协助办理各种手续，养鸡场很顺利地就办起来了。”村民宋学芳给我们讲述了她的创业历程。现在宋学芳的养鸡场已发展到10万只的规模，年收入近百万。

为更好地利用村庄各种资源，发挥最大潜能，2019年，姚西村采用“党支部＋合作社”的模式创办了“曲阜市惠众农业专业合作社”，利用集体留用的150亩土地建设恒温大棚，专业化开展种植蔬菜、花卉等，增加了集体收入。

“赵长建担任村支部书记的28年，也是他同村支两委一班人不断探索村民致富、集体增收的28年，现在的姚西村可以说是民富村强。”老书记宋玉庆颇有感触地说。

服务村民，无微不至赢口碑

1995年，19岁的村民李国栋想利用自己在外地学到的修理技术，回村开一间自行车、摩托车修理铺，但找遍全村也没合适的地方，父亲李忠堂抱着试试看的态度找到了赵长建寻求帮助。

“没想到，赵书记听完我们的想法马上说，这是为村民服务、个人创业的好事，并很快就在村头人流量大的位置给划了地，我们建了一个20平方米的房子，修理铺就开张了。”现在，李国栋的修理厂已经营了25年，2002年搬迁到了曲宁路，规模、效益早已扩张了数倍，但说起自己当时找店铺的情景，还是激动地说：“没有赵书记的关照、支持，就没有我的今天。”

无论是李国栋、宋学芳，还是其他村民，无论是遇到困难，还是想创业，赵长建就是这样无微不至地关心、服务着。近年来，以赵长建为班长的村支两委在关心村民疾苦、提升村民幸福指数、尊老敬老等乡村文明建设方面做了大量扎实的工作，赢得了村民的尊重和赞许。

2009年，在曲阜市红十字会的支持下，免费为全村改造了厕所；2010年，建设了村卫生室，为村民就近就医、免费检查身体提供了方便；2012年，新建全民健身广场一处、图书室一处，为村民茶余饭后的休闲娱乐、强身健体、读书学习提供了舒适场所；2013年，为方便村民就近洗澡，建设了面积300平方米的二层浴池……

每年重阳节，赵长建都会带领村支两委人员为全村60岁以上老人发放米、面、油、鸡蛋；每年“儒学节”的饺子宴，都能看到老人们开心幸福的笑容；老人病了，村里会送上500元或者1000元的慰问金；“好媳妇”“好婆婆”的评选使村民家庭更加和睦；村里对每年新入伍青年发放600元的奖励……

2020年春节，新冠肺炎疫情发生后，赵长建作为村党支部书记，第一时间召集村两委干部，安排防控工作，并带领党员、干部在防控卡点值班值守，走家串户进行防疫宣传，摸排外出返乡人员，嘱咐村民做好个人防护。

看着从大年初一就一直忙个不停的父亲，赵长建的儿子、同样是退伍军人的赵亚军也坐不住了，自掏腰包2000多元购买了消毒液和消毒器械，成立20多人的青年志愿者突击队，每天穿梭在村里的街巷中，坚持为全村进行义务消毒。同时，还充当起村里的“快递员”，为村民免费送去新鲜蔬菜等生活物资。疫情面前，父子俩不退缩、不畏惧，用实际行动诠释了一名党员、一名退役军人的责任与担当。

光阴荏苒，28年间，赵长建以身作则、勤政为民，带领乡亲们建设出一个美丽富饶的姚西村。姚西村先后荣获曲阜市、济宁市“文明村”，济宁市“美丽乡村”，曲阜市、姚村镇“优秀党支部”等荣誉。历届党支部、村委会选举，毫无悬念，赵长建都是全票当选。他本人也先后获得曲阜市、姚村镇优秀共产党员和优秀党支部书记等荣誉，并曾当选曲阜市人大代表、曲阜市党代表。

最后，我用一位中学生作文中的一段话作为本文的结尾：“姚西的美，是静谧温馨的，银杏街、玉兰路、亭台广场、过街牌坊，一幢幢淡雅别致的房屋掩映在绿树红花间，处处绿意盎然，令人心旷神怡；姚西的美，是和谐动人的，文化广场的歌舞，健身运动的村民，文化墙下嬉笑玩乐的孩子，人人彬彬有礼，家家幸福安详……”

付新民

美丽陵南的『暖心书记』

李赋春

● 付新民

夏日时节，来到曲阜市陵城镇陵南村，清馨园、文化广场、百姓大舞台、二十四孝图廊，绿树葱葱，花团锦簇，眼前所见处处蕴含文化、处处是景观，仿佛置身于一幅秀雅灵动的美丽乡村画卷之中。

“陵南还有一景，那就是每天早上天刚蒙蒙亮，村里的大街上会发现一个人骑着自行车，挨个街道、胡同地转，查看有没有情况，查看哪里需要整理，转一圈就要一个多小时，这一转就是十几年。”村民陈登荣说，这个人就是被村民称为“暖心书记”的曲阜市陵城镇陵南村党支部书记付新民。

“乡村振兴，归根结底就是要让村民富裕起来，过上更美好的生活！身为书记，勤政、担当是必须的作为。”听到村民的赞美，付新民深有感触地说。这些年来，陵南深挖特色资源，坚持规划引领，凸显“文化基因”，致力打造自然之美与人文之美、传统之美与现代之美交相辉映的特色田园乡村，让老百姓拥有了更多获得感、幸福感。

心系村民，打造“近悦远来”美丽陵南

陵南村位于陵城镇驻地西南部，村南紧邻崇文大道、日兰高速，村东有镇中学和镇中心小学，交通发达，人文气氛浓郁。现有村民478户，共1743人，党员56名，村支两委成员6人。

付新民于1970年6月出生，初中毕业后，到兖州亚中家具厂做木工、学习家具制作。1992年回村开办了自己的家具厂，同时也开启了自己的创业之门。之后，跑货运、开宾馆、建汽车城，还成立拆迁队，带着40多位村民在兖州做工程，到2008年已是拥有资产千万、年利润100多万元的企业老板。

而此时的陵南村却是另一番景象：村庄道路破损，胡同大多不通还脏、乱、差；村集体欠款70多万元，仅餐费就拖欠10余万元，村干部大吃大喝成风；班子不团结，作风涣散……

2008年5月，村党支部改选，付新民抱着“为家乡做事，为村民服务”的心态参选，众望所归，高票当选为村支部书记。

“付新民上任后的第一个村支两委会议讨论的就是村民吃水难的问题”，支委朱其佣介绍说，“要修井、买泵，没有钱，村支两委当场报数垫资，每人5000元，付新民10000元。他做事就是这样，关乎老百姓切身利益的事毫不含糊，说办必须是马上就办。”

也是从上任那天开始，付新民养成了这个习惯：每天早上骑着自行车（后来是电动车）围着村庄转一圈，胡同看个遍，看到的问题，也就成了接下来要做的工作……

陵城镇中学大门对面有一个120米长、50米宽、4米多深的大坑，存在了几十年，越来越深，不美观还存在安全隐患。2009年春天，付新民决定

填平这个大坑，拉土、路面硬化花费了 3 万多元，同时也让他看到了这个位置的商机——在填平的大坑上面建成了 12 间门面房。房子很快就抢租一空，每间年租金 1 万元，成了村集体的第一笔收入。

老村委院十间平房，陈旧破落，根本无法办公。付新民又看到了村中的另一个 50 多米长的大坑，2008 年 10 月奠基，历时一年，建成了现在的 1000 多平方米的村务中心。没有钱，村干部、组长 12 个人自己打地基，砖买旧的，能省就省，结果 110 万元的预算，他们只用了 74 万元。

道路不平，胡同不通。2010 年开始修路，投资近 200 万元，完成 8 条主干道近 2 万平方米路面的修复及铺油、罩面工作，打通 26 条胡同。铺设自来水管道 1.5 万米，修筑下水道 1.5 万米。依据沿街房屋走势，在街边垒砌花池，栽植冬青、月季等低矮灌木，美化街景，营造四季常绿、三季花开的美丽景象。

“看看我们的路，十年没变样，当时修路时，付书记就要求高标准：大路厚 15 厘米、胡同路厚 12 厘米的高标号混凝土层，大路宽 7 米，胡同宽 3 米。为达到宽度，村里做工作拆了 100 多户的大门。”走在村中道路上，村民刘伯民告诉我们。

2019 年，村里投资 350 万元，建成 3000 多平方米的文化广场、百姓大舞台，建成 2000 多平方米的休闲公园“清馨园”，以及长 90 多米的“二十四孝图”长廊……形成了活动有场所、休闲有去处、出门即学习的良好氛围。

心中有村民，脑中有蓝图，一幅美丽乡村的景象鼓舞和推动着付新民一往无前。2019 年，陵南村荣获“济宁市文明村”荣誉称号。

倡导善德文化，让陵南既有“颜值”又有“气质”

走进陵南村新建的休闲文化广场，最新制作的“二十四孝图”孝贤长廊，“扼虎救父、亲尝汤药、哭竹生笋”等一幅幅精美的壁画讲述着一个个耳熟能详的孝德故事，成了乡村的一道亮丽风景线。村民们观看的同时，在潜移默化中对尊老敬老有了更深的理解。

“原来这里是垃圾坑，老百姓到这里都绕着走，去年村里进行‘美丽乡村’升级改造，修了干净的水塘，原来的垃圾坑变成了村民休闲娱乐的公园。”陵南村的村民把满意写在脸上，问及村里为何变化如此之大时，公园长廊里扎堆乘凉的大爷大娘总能说上几句，处处流露出满满的幸福感。

在“百姓大舞台”的两侧，是几十个图文并茂、色彩鲜艳的橱窗宣传栏：爱国名人、模范党员的事迹，好婆婆好媳妇，文明家庭，家风家训，村规民约……分别在长廊的宣传栏上呈现出来，过往行人、村民不时驻足阅览、津津乐道，真是“走心”又“润心”的长廊。

“倡导孝德、善德，践行时代文明，是村党支部的重要工作。乡村美不美，不仅在外表，更在村风文明。”付新民说，“近年来，我们从移风易俗、关心弱势村民入手，探索出了用孝传德、以德化人建设‘美丽乡村’的特色之路。”

积极引导村民摒弃陋习、厚养薄葬，形成丧事简办、喜事新办的好风气。将婚事新办纳入“好婆婆”“好媳妇”“文明户”“四德榜”等群众性精神

● 陵南村一角

文明创建评选活动中，对积极参与“移风易俗”活动的村民给予年终参评先进资格，违反移风易俗行为的村民则取消该户全部“评先树优”资格。

以党建促村建，善德文化建设离不开党的引领。在付新民的倡议下，2018 年 7 月陵南村成立了陵城镇第一所农村党校，聘请曲阜市委党校老师、市镇领导进行专题授课，结合每月主题党日等方式不断强化理论学习，让全体党员树牢“四个意识”，坚定“四个自信”，坚决做到“两个维护”，深刻领会理论精髓，切实形成“堡垒和旗帜”的作用。

美丽乡村，看“颜值”更要看“气质”。陵南村在美丽乡村建设过程中，正是通过弘扬和培育孝德文化，营造文明乡风，以德润民心，以孝化民风，将村庄打造成弘扬“孝德文化”的阵地，传递了社会正能量，提高了村民的幸福指数。

全面开花，村民富裕一个都不能少

“村民不富裕，美丽、文明也就成了‘无根之木、无源之水’。村民要富裕，一个模式是不可能的，要多点并进，全面开花。”付新民是个爱动脑子的人，有着丰富商业经验的他发现，陵南村资源虽不丰厚，却有着靠近城市的区位优势，35 分钟的交通圈连接着济宁市区、兖州区、邹城市，让陵南村具备了发展“乡村游”的潜质。

葡萄是陵南村最早试种的经济作物。为改变“一麦一棒”的低收益，付新民身先士卒、大胆尝试，带领村“两委”成员在自家地里率先种起了葡萄。就这样，在党员们的带领下，陵南村民花费数年，大力发展起规模达 300 多亩的葡萄种植基地。产品一方面在近处售卖，另一方面销往临沂、河南等地，近三分之一村民因种植葡萄而脱贫致富，因这一项村集体收入就在 30 万元左右。

在尝到葡萄的“甜头”后，为形成“全季采摘”的大框架，付新民带领村民开展了130亩无花果种植和50余亩琅琊绯蜜超晚熟冬蜜桃种植项目，果品的多样性、差异化经营强化了陵南村的市场适应能力和竞争力。现在，一部分村民又开始培育苗木花卉，两家花卉基地初具规模，其中村民付洪生种植的花卉在兖州、邹城已小有名气，每年收入高达18万元。

一张围绕休闲观光农业绘制的“水果地图”在陵南村华丽展开，数百名村民在自己的土地上实现了致富的梦想。2020年，按照上级部署，村党支部引领创办的“曲阜农村植保合作社”按照“党支部+农户”的模式开始运行，70亩土地上，将种植冬桃、草莓等作物，让“水果地图”绘制得越来越实、越来越美。

“栽得梧桐树，引来金凤凰。”美丽陵南村，勤劳、朴实、向上的村民，吸引了多家企业落户陵南村。新雨辰、康尔健、汉森、一迈这四家医疗器械企业为陵南村增添了致富的动能。在企业就业的村民达到260多人，人均年收入3万多元。

村民朱其佣于2014年创办的“金陵劳务”，更是将村里的所有闲散劳动力组织起来，有计划、有目标地输出，每天提供100多个工作岗位，50—70岁的村民是主力，日收入100—300元。

民富则村强，陵南村建起了养老院、幸福食堂，实现了老有所养、老有所乐，11个贫困户在村集体的帮助和个人努力下实现了脱贫。71岁的村民付清来，50年前爱人不幸受伤，落下后遗症，生活不能自理，是村里的贫困户，“这些年，村里每年给1000元的补助，过节也有粮油发放，还给买了医疗保险，现在没有什么困难了”。问起他们现在的生活情况，付清来笑着说。

经过十几年的艰苦奋斗和创新发展，陵南村现已成为远近闻名的“美丽乡村”，并连续十年获得陵城镇“优秀党支部”荣誉，并先后荣获“曲阜市先进基层党组织”“曲阜市健康村”“曲阜市过硬党支部”“曲阜市民主法治示范村”“济宁市文明村”等称号，付新民本人也多次荣获“圣城标兵共产党员”“优秀党支部书记”等荣誉称号。

采访结束的时候，我认真地品味着“暖心书记”的含义：一颗真心，一份热情，一杯热茶，一个倾听，一番心语，一个专业方法，一个切实的行动，都可以让群众感受到温暖；一项项利民工程的推进，都必然让陵南村变得越来越美丽，村民更富裕。在“暖心书记”的赞誉里，更多的应该是村民对付新民勤政敬业的工作态度、一心为民的公仆情怀、不屈不挠的坚强品质的信任、依赖和敬佩。

毕传彬

合作经营一直是方向

孔令绍

● 毕传彬

这是一个办得很好的合作社，可以从这里吸取许多有益的经验。……经过了两千多年仍然是那样贫困的人民，办了三年合作社，经济生活和文化生活都开始改变了面貌。这就证明，现在的社会主义确实是前无古人的。

——毛泽东

这是1955年11月15日毛主席对山东省曲阜县第三区陈家庄的批示。中华人民共和国成立后，生活在这片古老土地上的农民像打开闸门的水倾泻而出，他们发展生产，建设家园，热情高涨。1952年，陈家庄的70户农民办起了农业生产合作社。他们兴修水利，治理荒滩，植树造林，科学种田。合作社办了3年，粮食丰收，畜牧业发展，农民的生活得到了改善，陈家庄发生了翻天覆地的变化，一时闻名全国。

当时的曲阜县第三区就是现在的王庄镇。时间过去了65年，这里的合作社成了啥样？请随我们到王庄镇康桥村去看看。

两字之差，彰显当今合作社时代特色

现在的康桥村是毕家村和朱家村两个自然村合而为一的行政村。全村1200人，其中党员39人，土地2100亩。现任村党支部书记是毕传彬。

一见面，双方都直奔主题。

“今天来看看你的合作社。”我们直截了当。

“我的专业合作社，是改革开放后全曲阜市最早的合作社。”毕传彬快人快语。

毕传彬是一个血气方刚的中年人。他中等身材，俊秀的脸庞显露着大方，睿智的双眼炯炯有神，说起话来富有磁性，一身的亲和力顿时与人拉近了距离。他生于1973年，初中毕业后就参军进了沈阳防化部队，由于思想进步，工作积极，不久就成为“学习雷锋积极分子”，然后升为汽车教练的助教班长。1993年加入中国共产党，1995年退伍。

4年的部队锻造，使毕传彬发生了脱胎换骨的变化。回到地方，先是在汽车十队开了3年的公交车，雷锋式的服务，体贴入微的语言，娴熟的驾驶技术，让所有乘客感到暖心。1998年，回到本镇王庄派出所当联防队员，他又以优秀的军人素养，亲民的处事风格，赢得上级的好评和广大群众的拥护，两年之后成为联防大队大队长。他热情积极地为当地经济发展保驾护航，也成为党委、政府的得力助手。

毕传彬在平凡岗位上的不平凡表现，引起了镇党委、政府有关领导的注意。当今社会，人海茫茫，但人才还是稀缺的。像毕传彬这样曾经得到部队和社会历练的优秀人才，如若把他放在农村基层当干部，肯定会不负重任。镇里主要领导早就打上了他的主意。2007年11月17日，镇党委研究决定，直接任命毕传彬为康桥村党支部书记。没有一点思想准备，不讲任何价钱，他回到了村里。

军人出身的毕传彬，有血性，更有思想。站在这人生的十字路口上，他的心中波澜起伏。“民亦劳止，汔可小康”，那是两千多年前中国人的梦想。中国幅员辽阔，其中大部分是农村；没有农村的现代化，哪有国家的现代化？组织上让我担任党支部书记，我要带领康桥村走向何方？回村后的毕传彬一个月闭门不出，深度思考问题，集中梳理头绪，确定发展思路，寻找发展方向。那些天，他脑海里反复出现的概念是“合作社”。中国封建社会几千年，农民们一盘散沙，黄牛过河各顾各，不管哪个朝代都没有从根本上解决老百姓的温饱问题。可新中国成立后，在党的领导下当地农民组织起来，办了3年的合作社，经济生活和文化生活都发生了重大改变。为什么？集体的力量远胜个体，单打独斗绝对实现不了农业的现代化。办合作社是我们的光荣传统，可此“合作社”绝非彼“合作社”。初期的合作社，实质上是一种“土地私有，用工互助”的低水平合作；今天我们再办合作社，就应该用市场经济理念指导，实行股份合作、专业引领、资源共享、共同富裕。

“农民合作社”与“专业合作社”，只有两字之差，可这却能体现出时代的进步和特色。毕传彬经过一个月的思考，让他清晰地看到了农业的发展方向，坚定了办好“专业合作社”的信心。

合作社是农村发展的牛鼻子

毕传彬清楚地记得，20世纪80年代初，中央决定实行生产承包责任制分田到户的情景：当时农民们习惯了大锅饭，对分地的抵触情绪非常强烈。可后来的生产承包责任制搞了30年，大家吃上了饭，手头有了零花钱。这时再把土地收回来搞合作社，集约经营，这肯定不是件容易事。

为了帮助村民们克服“小富即安”的思想，毕传彬三番五次召开党员会，让党员们统一思想、支持他的新理念。党员的思想通了，村里就有了主心骨。党支部召开群众大会，黑板报、宣传栏、大广播全部宣传手段一起上，告诉大家，一家一户零打碎敲绝对发不了大财，不会从根本上解决实现“小康”的问题，走专业合作社道路才是康庄大道。群众气顺了、想通了，积极性和热情都来了。

按照市场经济要求，建立规范的专业合作社。2013 年初，康桥村注册成立了曲阜市第一家专业合作社——曲阜市康达粮食种植专业合作社。而后，系统地制订了合作社章程。按照章程规定，流转土地 4500 亩，吸纳 540 户农民进入合作社。合作社启动运作之后，根据章程精神，完全落实了“六统一”，即统一管理，统一耕种，统一使用良种、农药、化肥，统一浇水，统一收获，统一销售。合作社模式的推行，使原来的农业种植成本大幅下降，并将大批剩余劳动力有序转移到其他产业。

建立联合社，壮大合作社规模。合作社的初步运转，为管理者不断积累了经验，从而增强了合作社可持续发展的信心。2016 年，合作社与邻村的前孟植保专业合作社、金梦粮食储存专业合作社共同成立“金丰达联合社”，使原有合作社得到迅速扩张和壮大。联合社投资 150 万元，兴建了 2000 平方米的粮食储存库，使合作社的粮食生产、储存收放自如。合作社采取“订单农业”，把收获的玉米长期销售给“弘基牧业”。2017 年，农业部农产品质量安全中心经过检测，认定康达合作社的粮食为无公害农产品。合作社良好的经济效益和社会效益折服了周边农民。接着，10 个自然村的农户纷纷加入合作社，汇集土地达到 1 万亩。

创造“合作社 + 项目 + 基地”模式，让合作社不断升级。2019 年，曲阜市委组织部要求各村党支部都要领办合作社。2019 年 6 月，毕传彬带领两委成员实施“康达种植专业合作社黄桃种植基地项目”。村里流转土地 200 亩。在镇党委、政府指导下，争取到中央财政扶持资金 50 万元，并将此扶持资金作为村集体资金投入该基地项目，折合占股份 20%。毕传彬拿出 15 万元投资入股，其他村支两委和党员带头入股，村民们各家各户纷纷以土地、资金、生产资料、劳动力等方式入股。合作社为每户农民每年每亩土地提供保底收入500元。2019年，黄桃种植基地项目已全部建设完成，并将此基地项目租赁给康达种植专业合作社管理运营，村委会与合作社签订了租赁合同，合作社每年向村委会缴纳租金6万元。

“农村党支部＋专业合作社＋项目＋基地”模式使毕传彬的合作化道路越走越宽广。

让合作社成为农村发展的火车头

专业合作社成功的实施，又给毕传彬带来了新的思考。在农村当干部难啊！20世纪七八十年代，实行生产承包责任制后，村干部是为“三提五统”收公粮作难；21世纪之初，国家减免“两税”，实行“三补”，农民的日子好过了一点，但农民手里只是有了点小钱，村集体却成了空壳，农民花钱靠打工，村集体花钱靠贷款，村干部还是作难。自打办了专业合作社，农民的钱袋子鼓起来了，村里每年收入几十万元。钱是“英雄胆”，村集体有了钱，才能办集体的事。

打造“党建110”，为农村发展搭建高效服务平台。党支部为民服务一步到位，这是毕传彬的创举。他把执政党从管理者转变为服务者，把几千年来的“官老爷”变成了“真公仆”，党的全心全意为人民服务的宗旨在这里落了地。2014年到2016年，毕传彬带领村支两委探索“党建110”管理服务，一直坚持完善运行机制。“党建110”是由全体党员轮流值班，一名值班人员，10分钟内解决群众诉求；如问题解决不了，则通知支部书记，支部书记半小时内到场，协调各方进行处理。为提高服务水平，2015年投资百万元建成高标准服务大厅，使“党建110”服务平台机制化、规范化运行。

筑巢引凤，招商引资，让村民真正富起来，让集体真正强起来。合作社的辐射效应为康桥村营造了适宜的经商环境，党支部“招商、安商、富商”一条龙服务体系也已逐步健全。几年来，兴邦重工、精工路桥装备、佳豪科技铸材、鲁诚针织等10余家外地企业纷纷入驻康桥村，经营状况良好，效益不断攀升。村里400多名农民在当地企业务工，既挣钱，又便利。如今康桥村的农民，人人有工作，户户有钱赚。村里做活土地流转文章，除每年足额发放农户流转费外，村集体每年还获得土地租金25万元。

补齐短板，解决制约发展的后顾之忧。康桥村地处丘陵地带，地下水源奇缺，一直制约着村里的发展。毕传彬通过反复调研论证，决定从村前泗河实施地上引水。先后兴修蓄水塘坝3处，蓄水能力达到16万立方米，确保涝时蓄、旱时提。协调电力公司铺设地下电缆，新增5台农业灌溉变压器。泗河引水工程的实施，使康桥村的几千亩丘陵、旱地变成了水浇田。大事忙完，小事跟上，毕传彬接着率领全体村民整修村庄道路。几年下来，整治大街小巷道路46条，水泥硬化路面1.2万平方米。

专业合作社是农村的牛鼻子，抓住它，农村的事情一通百通；专业合作社成了农村发展的火车头，一旦挂上它，农村的发展就风驰电掣一往无前。

一幢幢整齐划一的民居，一排排错落有致的厂房，一条条绿荫掩映的大街小巷，一个个洋溢着幸福快乐的村民模样……我深深地陶醉着，震撼着，欣赏着，品味着。毕传彬在这块古老的土地上走出来的是一条路。从20世纪50年代的合作社发展到今天具有中国特色的专业合作社，终于让人看到了新时代中国农村的发展端倪。

“请您谈谈对合作社的看法。”我们带着探求的口吻说道。

毕传彬不假思索：“无论是当初的合作社多么初级，还是今天的合作社多么成熟，或是以后的合作社能走多远，它的核心内涵却不会变，这就是合作精神。”

我感到惊叹。一个农民，一个中国最基层的党员，对合作社的理解竟然如此深邃。

“合作精神那么重要吗？”我们对此很感兴趣。

“太重要了，它是我们乡村发展的前提。”毕传彬稍一停顿，又有感而发，“它是我们带领村民走向共同富裕的保障。”

毕传彬带我们行走在康桥村专业合作社的大道上。这条路很宽，又很长，一直延伸到看不到尽头的远方……

刘超

拳拳赤子心，浓浓桑梓情

李赋春

● 刘　超

一位拥有“巧婆婆”（酱肉包）、“百年卤味”（肉食）、“面艺有道”（面食）三家连锁机构，加盟店500多家，年收入过百万元的公司总经理，回到自己的故乡任“村官”，并且扎扎实实地落地生根，三年的时间让村庄旧貌换新颜，从一个落后村成为全镇的先进村、文明村。

他就是曲阜市尼山镇西曼村党支部书记兼主任刘超。“我是西曼村人，这里的山山水水养育了我，村民都是我的亲人。我做了该做的事，得到了组织和村民信任，这是我最大的荣誉和收获。”面对我们提出的“值与不值”的问题，刘超毫不犹豫地说，脸上显现着从容和自信。

家乡需要我，我责无旁贷

刘超性格沉稳，眼睛炯炯有神，很善于倾听，但他表述事情时，却是言词清晰、精练，有着很能打动人的情感和逻辑。

生于1981年的刘超，在曲阜饭店业很有名气。19岁中专毕业后到城里创业，从学徒做起，之后开办的“留园酒店”生意兴隆，深得顾客青睐。2015年，集十几年的经验积累和学习结果，开始创办特色饮食连锁机构，通过网上宣传、实体店观摩，对加盟者实行“整店输出”或技术转让，给“创业者”以支持。

“当时，国家倡导‘大众创业，万众创新’，我这些项目有特色、投资小，是老百姓的生活日常。因此，一推出就受到各地创业者的认可，每年都会有一百多家的加盟店。”刘超说起自己的事业充满自豪。

可他做梦也想不到的是，2017年9月的一天，镇党委领导突然找他谈话，说村书记病重，希望他回村主持工作。“当时有点懵，心情复杂。兴奋是因为领导信任；惶恐是因为没干过、不会干；再者我们家在村里是小门小户。”谈起当时的感受，刘超说。父母都是老实忠厚的庄稼人，也反复劝刘超多掂量掂量，“别干不好丢人，还误了村里的事”。

当时村里的情况他是了解的，可以说就是一个“乱”。村书记年龄大，身体不好，村班子几近瘫痪。修建鲁南高铁，占用村民土地，建设方已按协议履行义务，但仍有个别村民无理取闹阻拦施工；流转出去的500亩大棚用地，承包费收不上来，无法兑付给村民土地使用费；村庄厕所改造已成为全镇的老大难……

“既然领导找我，就说明相信我的品行和能力；村里需要我，我责无旁贷回来为村民服务；我个人的得失还算小事。”刘超做通了父母的工作，坚定了自己的信心。

2017年10月8日，刘超回到村里，担任由村支两委成员、村民小组组长组成的“西曼村临时领导小组”的组长，主持全村的工作。

党员引领，村民支持，没有做不好的事

上任后的刘超认真分析了导致村里各种矛盾存在的前因后果，一一列举出来，交给支部，交给党员，交给村民代表。“我相信，2450 名村民都会盼着村庄好起来、富起来，没有一个村民会盼着村子坏下去，这就是我们工作的基础和动力，只要我们做得对，村民就会支持。”刘超在第一次领导小组会议上的讲话让村民真切地看到了希望。

高铁纠纷问题，在于沟通。刘超带领村干部、党员逐一与相关村民谈话、讲政策、讲法律、讲亲情，很快得到了理解和支持。针对村民提出的高铁施工噪音扰民的情况，研究决定将靠近施工现场的几排村民，先安置到村里其他地方暂住，一些年久失修的房屋村里出钱先进行了维修整固。

大棚欠费分为两种情况，一种是经营不善，一种是想趁机取巧。109 个大棚，共 35 个经营户，刘超与两委成员逐个分析，然后分头采取措施。确实经营不善的，退出经营，村集体收回大棚转让他人；经营好的，补齐租金，否则村集体强制收回。不到一个月，大棚欠费的问题全部解决。

旱厕改水冲，是利民的好事。村民不积极的原因在于花钱多，感觉不值得。找到原因后，刘超让党员带队，成立了两个施工队伍，村民的事自己办，肥水不流外人田。造价降下来的同时，村里再给每户补贴 100 元。“拖后腿”的事，两个月完成了，一跃成了全镇的标杆。

村里的办公大院是之前的闲置学校改造的，连一间像样的会议室都没有，“阵地”建设薄弱，党支部活动室陈旧。刘超积极请示上级部门，争取到资金 98 万余元，新建了一处 400 平方米基层办公场所，基层党组织“阵地”建设得到了极大的改善，为党员活动提供了“根据地”，有了为村民服务的场所。

2019 年，煤改气工程全面铺开，刘超不畏挑战、迎难而上，再次带领着村两委班子成员挑灯夜战，一家一户地了解情况、排查问题，积极协调解

决困难，率先完成了全村 487 户的煤改气任务。刘超在摸排过程中看到村内很多路段还是土路，一到下雨天便泥泞不堪。刘超多方筹措资金为村小学和村大队院前路面铺设沥青、硬化路面（水泥）10 条，西曼村至此彻底实现“户户通”，那些泥泞不堪的小路彻底成为历史。为了解决灌溉难的问题，多方筹措资金新打机井 6 眼……

看到村里一天天地变好，刘超累在身上，甜在心里。2018 年 3 月，刘超光荣地加入中国共产党。2019 年 3 月，全票当选西曼村党支部书记。

“村庄好不好，关键在支部、党员，全村 51 名党员就是 51 面旗帜，只要有支部引领、党员引领，村民就一定支持，就没有办不了、办不好的事。”说起几年的工作体会，刘超深有感触。

个人富没什么，带领村民富是我的责任

刘超把自己的公司交给爱人，自己一心扑在了村务上。“刘书记几乎没有休息日，这两年村里的杂事少了，他又忙着做项目，带领村民增收。”村支部委员杜伟说。

西曼村虽然人多村大，村集体收入却一直很微薄。刘超每天都在思考怎么增加村集体的收入。“村里人口这么多，生活生产都没有自己的服务设施，钱都让别人赚了，村里人还这么不方便”，作为生意人，刘超又在心里盘算起了“生意经”。刘超带领“两委”成员经过多次考察研究，决定采用“党支部 + 农户”的模式成立“西曼村益民农业种植合作社”。

大棚种植是西曼村的特色农业和支柱产业。为扶持种植户，刘超积极帮助他们解决困难，当看到村北的十几个大棚因基础设施配套不全、村民承包的积极性不高的情况，便筹措资金，新打机井 4 眼，并对电力线路进行了全部更换，彻底解决了大棚用水、用电难的问题。现在的大棚瓜果蔬菜交替上市，很多村民也在农闲时到大棚内打工，增加了村民的就业机会和收入。经

过“重组”后的500多亩大棚已经成为西曼村经济发展的稳定基础和亮点。

大棚种植的蔬菜，一方面走订单，远销北京、上海、济南等城市，另一方面满足当地居民的需求。但村里没有农贸市场，平时村民要到几公里以外的集贸市场买菜、卖菜。针对菜“买难、卖难”的现状，村支两委决心成立集贸市场。村集体投资15万元，在村中心大街建了门面房，由村集体统一管理，收取租赁费，不仅方便了村民，而且每年可增加村集体收入2万多元。

村里耕地面积2100亩，周边土地资源丰富，但存在农业机械利用率不高、专业维护和使用人员不足、个体农机闲置和耗损严重等情况。刘超经过深入调研，了解到当地农机需求较多，经两委及村民代表研究决定由村集体投资30万元，购置了2台拖拉机及收割设备开展农机租赁业务。瞄准商机，又果断购置开沟机，在“城乡供水一体化”工程中订单不断。

为解决村民照顾孩子的后顾之忧，村集体投资15万元，利用村委大院闲置的600多平方米房屋，重新装修、购买家具，建设助学所，可接纳学生100名。“以前爸爸、妈妈都在外面上班，只有奶奶在家，不会的作业我也没人问，现在可好了，在助学所有那么多老师、同学帮助我”，村内的助学所被村民孟令聪承包后，不仅得到了村内家长、学生的一致好评，同时能为村集体每年增加2万元的收入。

在刘超的带领下，西曼村整合村内资源，实现了产业的抱团发展，预计2020年全年能增加集体收入15万元。看到一个个的项目相继建成，村里的老百姓纷纷竖起大拇指：“真是干嘛的说嘛，有个会做生意的书记，村里到处都能生钱。”

也有人说：“刘书记要是把精力都放到自己挣钱上，还不发大财了。”刘超听到后，笑着说：“个人富没有什么，能够带领大家富才有意义，也是我做带头人的责任。”

这个时期，我必须在村里，这里就是我的岗位

2020 年春节，面对新冠肺炎疫情的防控，刘超发挥先锋模范作用，同时积极发动村两委干部、党员、志愿者开展入户摸排，建立了详细的疫情摸排、卫生整治、消毒消杀、卡点值班方案，24 小时不间断执勤，将各项工作抓细、抓实，在全村筑起了安全屏障。为提高村民思想认识，在村庄主要街道悬挂宣传横幅 30 多条，在村庄醒目位置张贴“宣传明白纸”200 余张。

为解决疫情防控物资短缺问题，他动员党员和群众捐款捐物，捐赠物资全部登记在册，并拍照上传到村庄微信群，接受村民监督。同时，通过村庄微信群、党支部微信群宣传疫情防控知识，将村庄疫情防控情况实时上传到微信群，及时稳控村民情绪。

连续 20 天，刘超没有回过在城区的家，面对妻子的担心，他总是嘿嘿一笑：“越是有危险，我越是不能回去，要不然，谁对村里 2000 多人负责。”在各项工作步入正轨之后，刘超才在大家的劝说下回家看看。可谁知道，第二天一早，刘超准备返回村里，到小区大门才发现张贴的通知——“小区因为有密切接触者，实行全部封闭”。这可急坏了刘超，跑到保安那里反复说明，自己是村干部要赶回村里，最后在他不懈的坚持下，保安终于同意他出小区，前提是“疫情结束前不能再回小区”，他丝毫没有犹豫就答应了，尽管不知道要多久才能回家，但他明白，村里更加需要他。

拳拳赤子心，浓浓桑梓情。作为西曼村人，刘超不忘家乡，在家乡需要的时候，舍小家为大家，不计个人得失，用实际行动诠释了一位共产党员的初心与担当。现在，刘超正带领村两委班子以时不我待、只争朝夕的敬业精神，心中装着百姓的冷暖，在基层党建的大舞台上书写着美好灿烂的未来。

孔令渭

只要给老百姓干事，就是好书记

孔令绍

孔令渭

走进会议室，刚刚坐下，孔令渭就端着两盘葡萄进来。他把葡萄放在桌上，热情地让我们品尝。

这葡萄大得像核桃一样，看得直让人发呆。孔令渭像是猜透了我们的心思，直接告诉我们：“这叫巨峰葡萄，是刚从我们葡萄大棚里摘下来的。果蔬种植已经成为俺村的主导产业。”

孔令渭，曲阜市石门山镇董庄北村党支部书记。

出重拳，村庄环境大改观

董庄北村地处曲阜市东北，背靠风景秀丽的石门山。石门山是《桃花扇》的作者、孔子 64 代孙孔尚任隐居的地方。孔尚任，清朝康熙年间“国子监博士”，因写《桃花扇》鞭挞黑暗封建统治遭康熙皇帝罢黜，时年 54 岁。他返回曲阜老家，在石门山隐居，从而造就出“尚任精神，石门风骨”。几百年来，一代又一代的石门山人栉风沐雨，传承着这种“石门文化”，塑造着独特的石门品格。

与孔令渭一见面就聊起了石门山地域文化：“了解孔尚任吗？”

孔令渭信手拈来：“耳熟能详。他是我的本家，地道的石门山人。”

“孔尚任堪称民族的脊梁。”我接着说。

“对啊，他不图做官，只顾做事。这样的人古来少有。这种精神对石门山当地影响很大。”孔令渭用他的理解诠释着“孔尚任精神”。

交流中，感受到孔令渭的朴实、善良、敦厚及担当。他 50 多岁的年龄，中等身材，身体健壮，足智多谋，谈吐利落。高中毕业后进入商海打拼，先涉足建材领域，做保温耐火材料，后做孔府家酒、三孔啤酒代理商。1998 年加入中国共产党。1999 年，村委会换届选举，高票当选为村主任。2001 年，镇党委任命其担任村党支部书记。

“当上村干部的第一想法是什么？”我们问他。

“干事，为老百姓做点实事。如果 3 年还做不成事，我就自动辞职。”孔令渭毫不犹豫地回答。

董庄北村 315 户人家，1260 人，1395 亩耕地。刚刚上任的这年夏天，老天爷就给孔令渭来了个下马威。瓢泼大雨下个不停，大街小巷成了“汪洋大海”。过去村民建房不顾章法，自主提高宅基，地下没有排水系统，积水当然排不出去。孔令渭心急如焚，无奈之下，他组织起临时抢险队，对村内积水进行有限疏通，查看临街民房以防险情出现，耐心等着大水慢慢退去。

大水过后，满街都是淤泥，一片狼藉。此情此景让孔令渭心里五味杂陈，这哪里还有一点社会主义新农村的样子！老百姓在这样的环境里生活，这真是当干部的耻辱。村里问题积重难返，孔令渭先急后缓个个突破。他发动全体村民在淤泥里奋战，最终把每个街巷都清理出来。

村支两委开会研究，决定首先治理中心大街。在 300 米长的中心路一侧开挖下水道，埋设直径 60 厘米的水泥管，抬高路面且全部硬化，一条既宽敞又漂亮的大路展现在村民面前。

董庄北村是石门山镇驻地。村中心大街整治完以后，镇卫生院的领导和村干部协商，能否整治卫生院前500米长的大街，以给全镇居民就医提供方便。孔令渭二话不说，率领村民们以同等规格、同等质量修完了镇卫生院前的大街。一不做二不休，村支两委一鼓作气整修完村里的全部大街小巷。

村内修路，田间修坝，村内村外两下开弓。董庄北村的土地都在山区丘陵，原有的蓄水坝年久失修，已不能蓄水，土地基本浇不上水，村民们只能靠天吃饭。两委成员带领村民马不停蹄，连续修建蓄水坝5座，修通通往田地的桥梁10座。整个村庄路相通，管相连，田成方，林成网，董庄北村彻底改变了模样。

孔令渭欣慰地告诉我们："那时候，我就像一个刚过门的新媳妇，环境我得学着适应，活我得学着干，有时候，花钱还得自己掏。"一年过去了，2002年，村党支部正式换届选举，孔令渭全票当选为党支部书记。两委干部孔勇、韦洪感动地说："对村民们而言，当干部的，只要给大家干事，有公道心，老百姓就支持你。"

解死结，让农民真正富起来

顺利踢开了前三脚，让孔令渭增强了干好农村工作的信心。但是，他心里明白，上任以来所做的一切都是解决的皮毛问题和燃眉之急，"农民穷"才是全部农村工作的死结，解开这个"扣子"，就是自己工作的核心和目标。

上任一年多来，村里村外都变了样。孔令渭心想，做到目前这些很容易，但重要的是要让人转变思想。他深切体会到，原来陵上的地浇不上水，打不出粮食来，人们很沮丧；现在，地浇上水了，玉米亩产到1400多斤，群众有了满足感，觉得这样过下去就已经不错了，这就是典型的故步自封的小农经济意识。不解决思想问题，农民就不会真正富起来。

春暖花开、万象更新的时节，孔令渭租来大巴车，拉上村支两委的干部和党员，外出考察，开眼界，换思想。山东泰安、菏泽，以及江苏、浙江等地，一口气跑了13个地方。党员、干部全都为之一振，他们看到了什么才叫真正的富裕，有了几颗粮食粒子就心满意足，止步不前，这是多么目光短浅。

农民就要干好务农的事，拾起坷垃砸坷垃也得砸到地方。村支两委会上，孔令渭高调指出，调整产业结构，必须有狠劲，出实招，下真力。村里一次就从农民手里流转出500亩土地，率先发展4个高标准葡萄大棚，由集体经营。引进莱阳巨峰葡萄，聘请莱阳葡萄种植专家前来指导。大棚的葡萄比其他葡萄成熟早两个月，价格高出好几倍。一个两亩地的大棚，一年纯收入达到20多万元，亩收入比种植小麦、玉米收入高出100多倍，这一下子让村民真正开了眼界。

党支部、村委会给农民种地插上了智慧的翅膀，历来勤劳的董庄北村人开始发挥出惊人的创造力。他们在旱地里种植了8亩莲藕，亩产2000多公斤，年收入四五千元；与泗水杨柳镇粉条厂签订订单，种植70亩地瓜；种植黄花菜40亩，还种植了草莓、黄金梨、中药材等。

发展经济不只看眼前，还要顾及长远，见缝插针，不留死角。2008年，修建京沪高铁，占用该村20亩土地，每亩地补偿3.8万元，共计76万元。当时，领取占地补偿款的村庄有13个，其他12个村把补偿款全部分给了村民。董庄北村广泛征求村民意见，把这份钱留下来为村里入股，成立了“佳和鑫农业种植专业合作社”，成了全村经济发展的领头羊。2019年，村里借用村民房顶，上马100千瓦光伏发电项目，每家房顶安装20—30片发电装置，每片补给农户20元，此项目使村集体每年增加收入7万元。

管区书记王龙清有感而发：“令渭同志当支书20年，选项目就没失过手。”孔令渭说：“其实，解开农村经济发展的死结也并没有那么难。这不是什么高科技，干部只要把心用在正事上，别揣摩歪门邪道，哪个村都能让农民富起来。”

抓软件，让农民提升幸福感

改革开放40多年，中国人的物质生活发生了天翻地覆的变化。可谈到什么叫“幸福”，孔令渭却说：“趁钱最多的人，不一定最幸福。据我了解，关于幸福感，大城市不如小城市，小城市不如俺农村。因此，我认为，作为基层党组织的负责人，只抓经济是不称职的。”

填大坑，建广场，除却村民心头之患。董庄北村有个历史上形成的大坑，过去水深有几十米，面积上千平方米。坑水清澈见底，老百姓在此洗菜、洗衣，孩童们在这里嬉戏玩水。20世纪七八十年代以后，当地旱情加重，地下水位下降，大坑蓄水越来越少，垃圾越来越多。大坑越脏，村民们就越认为这里是存放垃圾的地方。垃圾浸泡在水中，霉变味臭气熏天，苍蝇、蚊子满天飞。孔令渭召开村支两委会议，下决心整治这个全村的污染源。村里筹资37万元，对大坑清污、填土、夯实，在此基础上建起文化长廊、健身广场、百姓大舞台。大坑原址留下一处，建成清水池，让群众不忘过去，记住乡愁。过去的污水坑，今天成了人们陶冶情操、愉悦身心、健身锻炼的好去处。

层层透析，化解矛盾，让乡村和谐。农村的乡情本就是朴实的、纯真的，群众之间也不存在什么根本矛盾，但柴米油盐、吃喝拉撒的小事也容易引起小摩擦、小纠纷。要让村民和谐幸福，就必须未雨绸缪，把工作做深做细，做在前头。党支部、村委会对全村实行网格化管理，从退休干部、退休教师中挑选了4名“网格员”，在各生产组设置“民情民意收集员”，选拔德高望重的老乡贤、老军人、老干部、老教师担任“和事佬”。多年来，村里一直保持着零上访、零治安案件，风清气正，乡风文明。

贴近群众，搞好服务，当好全村的管家。孔令渭说：“家有千口，主事一人。一个家庭，有家长管事；一个村庄的负责人，就要为全村人操好心，当好村里的大管家。”在扶贫工作中，他用真心，动真情，逐户走访，精准识别，奔小康的路上不让一个人落下。考上大学的学生给予奖励，给 60 岁以上的老人发放福利，一家一户办不了的事情全由村里兜底。村里建起了“幸福食堂”，鳏寡孤独全到村里集中就餐。《人民日报》曾对他们办好“幸福食堂”的事迹进行了报道。

乡村治理既是一门科学，也是一项系统工程。科学治理，全面治理，才能整体提升治理水平。孔令渭的工作实践充分证明了这一点。

孔令渭在村里担任党支部书记、村主任，一干就是 20 年。自从他主抓董庄北村工作以来，村容村貌大变样，村里经济大发展。他曾被选为曲阜市第十五届、十六届、十七届人大代表，选为济宁市第十七届人大代表，荣获“曲阜市劳动模范”“曲阜市优秀党支部书记”等荣誉称号。

采访即将结束时，我们让他谈谈在农村当干部的体会。他一脸凝重，深有感触：“既然当了干部，就要为老百姓干事，不能‘占着茅坑不拉屎’；当干部就不能想着沾光，想发财就别在村里干。”

铿锵有力的话语，朴实无华的真情，映现出的是坚强的党性。有了这样的党员，我们的党才能一路前行！

张树亮

贫困村的华丽『嬗变』

李赋春

张树亮

炎炎夏日，麦收正忙，空气中都弥散着燥热的气息。一个人推着一辆插着党旗的三轮车，穿行在西焦村的田间地头，将一碗碗熬好的绿豆汤送到正在麦收的乡亲父老和“禁烧”值班人员手中。他就是被人们亲切地称为“网红书记”的曲阜市石门山镇西焦沟村党支部书记张树亮。

然而，曾经的西焦沟村可没有如此和谐融洽，而是十里八乡中有名的“穷村”“乱村”。由于部分村干部工作不实、私心较重，导致群众与群众之间、群众与干部之间矛盾不断，各类闹访、缠访时有发生，仅2007年至2015年，8年就换了5任支部书记。张树亮上任以来，短短的几年时间，西焦沟村却摇身一变，成了远近闻名的“先进村”“文明村”，先后荣获曲阜市“首批乡村文明示范村”“精神文明先进单位”“农村经济先进单位”“信访四无村”“水利基本建设先进单位”等荣誉称号，实现了贫困村的华丽“嬗变”。

“张书记把村民当亲人，脚踏实地为村民办实事，西焦沟人有福气，有了这么一位好书记！”说起张树亮，村民交口称赞。

临危受命勇担当

生于1971年的张树亮是土生土长的西焦沟人，1993年从曲阜职业中专机电专业毕业后，回村小学任教。为了养家糊口，也为学以致用，1995年到兖矿集团三号井工作。有点积蓄后，1999年回到曲阜，在西关开了一家照相馆，因为地理优势，加上张树亮热情、敬业和精湛的专业水平，生意还算是红火。

因为经常采风摄影的缘故，他被一些志愿者的行为所感染，2012年加入了曲阜志愿者协会，用相机义务为志愿者们留下暖心闪亮的故事瞬间。之后，担任老年大学服务队队长、助学队队长，2018年当选为曲阜志愿者协会会长。作为志愿者，经常回村为老人们理发，为孩子们送文具等，村里修路，他踊跃捐款500元。2014年11月，张树亮光荣地加入了中国共产党。2016年6月30日，被石门山镇党委授予“优秀党员”的称号。

西焦村有3个村民小组，共1168人，是全市十个省级贫困村之一。因为人多地少，资源匮乏，班子不强，人心涣散，集体经济薄弱，各项工作连续多年评比居全镇末位。为改变这种局面，镇党委把村支部书记的人选作为整顿转化的关键，通过广泛征求民意，决定邀请在村民中有威信、乐于奉献、事业有成的外出党员张树亮返乡担任村党支部书记。

“2016年7月2日下午两点多，镇组织委员在电话里说‘你是优秀共产党员，能回村当书记吗？’”张树亮对这个改变自己命运的电话仍记忆犹新。

“家里人不同意，说：‘你回村干什么去？你就能干好？照相馆不开了？’我也反复思量，回村任职，自己的生意势必要受到影响；不当书记，又会辜负党组织和村里乡亲们的信任。既然是优秀党员，就应该做优秀党员该做的事，我二话没说，7 月 5 号就直接回村了。”张树亮说起当年回村的经过。

有的村民问他：“咱这个村是有名的‘乱村’，你放着城里安逸的工作不做，回来操这个心干嘛，出力不讨好，你等着后悔吧。”他笑着说：“我是一名共产党员志愿者，会用平时做志愿者的心态做好一名村支部书记。”

就是这样，面对一个贫穷落后、矛盾重重的“乱村”，张树亮不畏艰难，把责任扛在双肩，勇敢地挑起了这副重担。

“精神脱贫”铸村魂

张树亮熟悉西焦沟的风土人情、一草一木。穷的原因，看上去是地处偏远、山岭薄地，而根在于人。人的关键在思想、在意识。人穷不可怕，没有“精气神”才是真正的没希望。脱贫，就要先从“精神脱贫”开始。

张树亮走家串户、摸底排查、望闻问切，终于把好了脉，决定先从精神上给村民开一剂救治药方。他召开村委会、党员会，群策群力，研究制订了西焦沟村精神文明建设的方案，并紧锣密鼓地开展起来。

举办“孝德节”，树立好村风。将南北主干道命名为“厚德路”，东西主干道为“孝德路”，村口标志为“孝德村”，村委广场前立了一块“孝德人”碑，墙面绘有孝德宣传，图文并茂。评选出好媳妇、好婆婆，筹办“和乐一家亲”邻里聚会。借用张树亮的一句话解释：“孝顺，有了孝，即善，干什么事都顺了；人没有孝，人品就谈不上了。”朴素的话语道出了儒家的道德内涵，也看出了张树亮百姓至上的初心。

树党员形象，亮党员身份。擦亮公开栏，适时办起了黑板报，“不忘初心，方得始终”八个大字横镶于学习园地之上，并在村委会布置了“孔子学堂”“志愿者服务室”“普法教育室”“红白理事会”“和为贵调解室”“党员学习活动室”等。

移风易俗，赢得村民拥护，也成就了“网红书记”。张树亮率先成立了“红白理事会”，制定红白事办理流程、标准要求。他还自掏腰包购买了“忠孝门”和灵棚，村集体统一购买了音响等丧事、喜事礼仪用品，积极推行“喜事新办、丧事简办、厚养薄葬”。特别值得一提的就是，他用地道的曲阜方言录制的一段关于移风易俗的村喇叭录音，上传于腾讯、曲阜头条、曲阜圈等多个公众平台，短短四天，点击量就突破了 10 万。“网红书记”的称呼不胫而走，成了张树亮的新头衔。

率先打造新时代文明实践站，组织志愿者免费给老人理发，节假日慰问留守老人，邀请村里 70 岁以上的老人吃暖心水饺、看戏曲、免费拍全家福，开展“读书日”活动等群众喜闻乐见的文明实践活动，邀请众多热心网民、志愿者参与到西焦沟村的孝德传承中来。通过电影、文艺表演等为乡亲们送去精神食粮，更通过贴吧、微头条等网络媒体对西焦沟村的好人好事进行大量的宣传，广泛传播正能量，引领社会新风尚，唱响了新时代文明实践的主旋律。

民生建设聚民心

“咱们村的幼儿园什么时候能修起来呀？孩子上学要跑老远的路”“俺们这路边要是安上几个垃圾桶就好了，垃圾都不随地乱扔了”……群众的呼声就是张树亮行动的方向。

针对村中道路毁损严重的情况，他带领村委一班人查看路况，该补的补，该修的修，身先士卒，迎难而上。钻涵洞清除堵塞，握铁锨疏通水沟；撸起裤筒光着脚丫干，淋雨路滑跌倒再爬起；清理杂草与污泥，粉刷临街墙面，并喷写宣传标语及温馨的警示画面；理顺用电线路，对危房进行修缮或改造。可以说，一条沟就是一个故事，一面墙就是一个美谈，一间屋就是一段佳话。

2016 年，张树亮刚上任时，村支部连个办公室都没有。张树亮带领村支两委成员奋战在建设的第一线，经过一年多的努力，投资 28 万元新建了干净卫生的办公场所；筹集资金 39 万元盖起了宽敞舒适的互助养老院；通过“五通十有”的精准扶贫政策，投入 50 万元建设了明亮整洁的幼儿园；投资 70 万元加宽硬化了村内的主干路，实现了户户通；建成了村文化广场，配备了体育器材，更换了路灯，让西焦沟村在一年内大变样。

在建设组织活动场所时，为了解决资金缺口问题，张树亮四处奔走，一遍又一遍递交请示报告，好不容易筹集到 10 余万元，仍有十几万元的资金缺口，他毫不犹豫地垫资 15 万元。“把村里的事当家事，把群众当家人，不信干不好”，这是他经常挂在嘴边的一句话，也是他上任以来工作的真实写照。

“幸福食堂”美名扬

现在，在圣城曲阜，“幸福食堂”遍及每个村庄，成为乡村幸福和美的民生图景。而“幸福食堂”的发源地就是西焦沟村，发起人就是张树亮。

2018 年 5 月的一天，张树亮到 95 岁的村民张建秋家走访，听到了一件事，深深地触动了他。说的是邻县某村两位老人病故在家中，因为儿女不在身边，竟然很多天后才被发现。张建秋说：“村里能不能找个地方，老人们每天在一起吃一顿饭，见一次面，在外工作的儿女们也能放心。”

张树亮马上在全村做了个调查，发现村里的空巢老人占了全村人口的三分之一，他们经常是饥一顿饱一顿，再就是剩菜剩饭热了一遍又一遍，用火用电也让人不放心。张树亮说，为了让老人们能吃上可口、放心的饭菜，就萌生出了办食堂的想法。然而，他的这个想法一提出来，就遭到了反对，原因就是——没有钱。

一想到全村很多老人长期吃不好，张树亮就坐卧不安，最后他决定带头捐资，拿出自己任村党支部书记的工资，作为启动资金。他还把自家的冰柜拿出来，同时呼吁爱心人士捐赠了桌子、板凳。

在张树亮的带动下，西焦沟村成立了爱心基金会，通过政府扶持、社会力量捐助、老人子女自觉缴纳“孝德善款”等方式筹集资金。2018 年 6 月 6 日，西焦沟村的“幸福食堂”正式开张，村里生活困难的老人都可以在这里以每天 5 元的价格享用一日三餐，在外务工的子女再也不用天天打电话，担心老人吃饭问题了，有 20 多位老人因此受益。

受新冠肺炎疫情影响，西焦沟村“幸福食堂”暂停运营了三个多月，在这期间，孤寡老人的饥饱冷暖成了张树亮的心头牵挂。为解决他们的吃饭问题，村里组织志愿者定期送去米、面、蔬菜。食堂重新营业后，考虑到部分老人年老体弱、行动不便，村里还安排了专人送餐，确保不落一人。

“幸福食堂好，幸福食堂好，多亏了我们村里的张领导。”村民徐光慧朗诵的这句顺口溜，是西焦沟村的老人们对张树亮发自肺腑的褒奖。自从村里办起“幸福食堂”，一日三餐吃上可口的饭菜，成了全村孤寡和空巢老人最开心的事。

“幸福食堂”有一副对联，上联是“有党有国才有家”，下联是“爱党爱国爱家乡”，横批是“共产党就为咱老百姓着想”。对联算不上工整，却表达出了“幸福食堂”老人们的心声。

党建引领致富路

“让村民富裕，是我最大的愿望。”张树亮始终把脱贫攻坚放在心上，一切为民着想，把自己看成党和群众联系的桥梁和纽带。

资源缺乏，就见缝插针。张树亮书记带领全村开发利用闲置土地、空闲院落、房顶等村内可利用资源，通过党支部牵头，成立专门规划小组，在充分听取民生民意的基础上，对村内这些资源进行整合开发再利用，房顶光伏发电、闲置院落收回置换再开发、闲置土地整合规划再利用。村级“三资”

结构成紧凑型、牢固型，真正实现便民增收两不误。

跟紧中央扶持资金项目并以此为起跑线，在驻村第一书记的帮助下，贯彻发展“党支部+合作社”模式，成立“西焦沟农业种植合作社”，开办香椿种植、蜜薯种植、山羊养殖基地，党支部总揽，村支两委带头干，党员干部冲在前，平整土地、维修水利设施、保苗育种，保证技术跟得上、学得快，为西焦沟村集体经济发展谋篇布局，为西焦沟村走向富裕前行引路。

龙头带动，经济增收更有力。个体小企业解决劳动力就业、村级大产业带动集体经济发展。在西焦沟村的经济发展规划蓝图中，张树亮精确把握村级发展机遇，以现在村内粽子加工、粉皮生产等个体经营为切入点，在解决劳动力就业的基础上，主张对标先进，助力企业稳步发展，徐徐发力，适时带动村内一批人、一个产业兴盛繁荣。

在数百亩的香椿种植基地，我们看到了旺盛成长的香椿树，还有树下数千只的大鹅，更看到了蓬勃发展的无限生机……

答卷写在人民心上，丰碑树在百姓心中。如今的西焦沟村，村容村貌焕然一新，扶贫产业风生水起，美丽乡村建设蒸蒸日上。一心为民，换来的是百姓对他的敬重和拥护。对此，张树亮却谦虚地说：“我将用我的热情和努力带领乡亲们把西焦沟村建成真正的美丽富裕村，让群众都过上好日子，做好这个村支部书记。”

胡文雷

乡村振兴路上的「追梦人」

李赋春

● 胡文雷

初秋时节，我们来到距离镇驻地 8 千米，距离城区 15 千米，地处两县交界的曲阜市王庄镇辛庄村。干净整洁的胡同两旁是白墙灰瓦的房屋，宽阔的乡村道路两侧绿树成荫，村民们来来往往，幸福的笑容诠释着“美丽乡村”的内涵。之后，我们又驾车驶向“田间公路”，走进“大名鼎鼎”的聚鑫源合作社，但见一望无际的秋葵园果实累累，田野里种植绿油油的玉米、大豆长势喜人，还有葡萄园、樱桃园……

“八年前的辛庄可不是这样，那时的道路坑坑洼洼，农业设施落后，是全市闻名的落后村、人心涣散的‘空壳村’。”村民宫保田告诉我们。而改变这一切的是一位生于斯、长于斯，外出经商后又“情归故里”的青年党支部书记——胡文雷。

一

2012 年 7 月，对胡文雷的事业来

说是一个重要的转折点和分界线。之前，是曲阜市盛合钢构有限公司的董事长、总经理；之后，回到家乡成为一名村干部。

生于1981年的胡文雷是一位普通得不能再普通的农村青年，父母身体不好，家里还有一个弟弟、一个妹妹，是村里的贫困户。1996年初中毕业后，为减轻家庭负担就外出打工，做过泥瓦匠、钢筋工。1999年9月加盟“曲阜远东伟业”做钢结构业务及工程建设。干一行爱一行，穷人的孩子早当家。2008年，27岁的胡文雷注册成立了自己的公司——盛合钢构，开始了自主创业的里程。

四年的时间里，胡文雷先后承建曲阜双龙超市、新泰孙村煤矿等十多个钢结构工程。一流的质量，优质的服务，赢得了客户的信任和尊重，慢慢就有了“村里能人”“致富能手”的称号。同时，也引起了镇领导、村书记的关注。

2012年上半年，“村村通、户户通”工程全面展开，辛庄村却成了“老大难”。原因简单：“缺少资金，村穷人散。”先是村支部书记胡彬找到胡文雷，鼓励他肩挑责任，带领村民走上致富道路；接着镇领导找他谈话，“一人富不算什么，年轻人要勇于担当”。

胡文雷先是拒绝：有自己的公司，财富自由；带领全村，压力太大。再是犹豫：镇领导和村民这样看重自己，辜负了他们也不是什么好品行。“我干！干不好，立马辞职！”胡文雷下了决心，也给自己堵上了后路。

2012年7月29日，胡文雷被任命为辛庄村负责人，一年后高票当选村支部书记兼村主任，辛庄的发展从此翻开了新的一页。

二

年轻人的特点就是充满活力、激情四射。胡文雷一上任，就霹雳闪电般地使出了十八般武艺，招招让人眼前一亮，并且叹为观止。

上任第二天，2012年7月30日，胡文雷就召集村支两委成员、村民代表商议、确定了村里道路工程方案。方案分两期，一期6000平方米，实现“村路通，户户通”，一个月内完成；二期5000平方米，实现“田网”路路通，一年内完成。

修路需要钱，村里账面上不仅没有一分钱，还有40多万元的外债。胡文雷想到了“请客吃饭”，请的都是在外经商、经济条件好的乡亲，请他们帮助家乡。“收到请帖的乡亲们都来了，21位，大家情绪高昂，当场捐款7万多元。我给大家鞠躬，泪水也止不住流下来，场面让人感动”，胡文雷说，他自己当场捐款1万元。更令人感动的是，远在武汉的乡亲、时任武汉市文化广电新闻出版局副局长的李峰得到消息后，马上汇过来6万元支援家乡建设。

一个月完成了道路修建，胡文雷马不停蹄，接着用半个月时间修建排水沟7800米。家家户户的废水、雨水终于“规矩”地通行，村里的卫生状况完全改观。冬天到来的时候，胡文雷又自掏腰包1万元，安装了50盏路灯，让村庄亮了起来。

2013年春天，村支两委根据“人地不均”的实际，决定重新分地。这个在其他村困难重重的大事，在胡文雷的带领下，辛庄一周就宣告完成。“胡书记做事公正，没有私心，不偏不袒，让人信服。”72岁的村民胡大爷对我们讲。

村委会办公室原来是一家村民废弃的两间民房，根本无法办公，当然也没有实际办过公。2012年秋，胡文雷先是搭建了三间板房，挂上村委会的牌子，村支两委总算有了一个开会的地方，村民有了一个办事的去处。2015年，在驻村第一书记李国庆的支持帮助下，建成了现在500平方米、功能齐全的办公楼，同时建设了占地2000多平方米的文化广场。

辛庄，就这样日新月异地变化着……

三

水、电、路接通后，胡文雷及村支两委清醒地认识到发展经济、村民致富才是根本。

2013 年，胡文雷经过多方联系，在村里引进了三家企业。一家种植蔬菜，流转土地 500 亩，两家种植苗木，流转土地 1000 亩。流转的土地原先年收成比较差，流转后村民每亩收入 1000 元，达到了农户增收的目的。同时，不少村民节省出时间，外出打工，或者在家门口这三家企业务工挣钱。2014 年，又流转土地 300 亩，新上规模企业两家。“我家没有劳动力，土地流转让我们找到了自己的事业”，村民胡金晴家感激村支两委的决定。胡金晴的弟弟妹妹都有遗传病，父亲在伐树时不幸去世，母亲照顾着三个未成年人开了一家小超市，生活非常困难，土地流转后可以专心开超市，生活状况日益好转。

2016 年 6 月，曲阜市委组织部组织全市 20 多名青年党支部书记到江苏省学习，胡文雷是其中之一。“被深深地震撼了，我们落伍的不是经济，而是思想。”胡文雷说。

回来后，村里马上成立了“曲阜市聚鑫源粮食种植合作社”，征集 26 户贫困户的 63 亩土地入股，再动员 53 户农户参股，基地面积达到 320 亩。胡文雷多方筹资 43.6 万元，开始种植土豆等经济作物，并安排 21 名村民在基地务工。2016 年，入股村民在每亩股金 1000 元的基础上再分红 500 元，务工村民收入为 5200 元。2017 年，土豆价格下滑，胡文雷调整策略将土豆存入冷库，到年底出售，每亩分红达到 1076 元。

为抵御农产品市场的峰谷波动，2016 年，胡文雷经过考察决定种植秋葵、西蓝花、刀豆等优质特色蔬菜。同时，纳入“精准扶贫”项目，拿出利润的 3 万元用于扶贫，贫困人口在股金分红的基础上增收 1071 元。2016 年，28 位贫困村民脱掉了“贫困的帽子”。

为保证入股土地获得最大收益，胡文雷率领村支两委成员先后五次到山东寿光拜师学艺，多次到费县、莱阳、泗水、泰安寻求合作伙伴，搞起“订单农业”，最大限度地拓宽销售市场。2018年，引进粮食加工、超市等项目，投资近千万元，提供就业岗位100多个。

辛庄村，逐步扔掉贫、弱、穷的“帽子”，走向乡村振兴的新征程。

四

现在的曲阜聚鑫源种植合作社已是当地的“明星合作社”，前来学习取经的络绎不绝。合作社资产总额达到60万元，社员160人，蔬菜种植面积320余亩，带动周边及本村贫困户就业40余人。合作社配套机井3眼，深水井1个，看护房130平方米，储存仓库90平方米，农业机械6辆。种植的秋葵、土豆、刀豆、毛豆、西蓝花，采用统一采购、统一供种、统一采摘、统一销售的方式运行，2019年度蔬菜总产量达1000吨，增加集体收入40万元。2019年5月，合作社被评为“山东省立信单位”。

大好形势下，胡文雷是清醒的，他明白市场竞争的残酷性。要想立于不败之地，就要科技领先。他想到了乡村振兴与高等院校的合作，想到了科技兴村才是真正的振兴。

2019年12月12日，曲阜师范大学后勤党委“党员教育实践基地”在辛庄村揭牌设立。2020年4月27日，辛庄村举行“高级农技师聘任仪式”，聘请生命科学学院邱念伟教授为高级农技师。邱念伟教授是曲阜师范大学博士、教授、硕士生导师，主要从事植物逆境生物学研究，在植物抗盐碱、旱性、高温、强光机制研究等方面取得很大成就。聘请邱教授，是镇党委、政府的决策，也是胡文雷的精诚所至。

2020年8月12日，我们站在200亩秋葵基地的地头，看着生长旺盛、果实累累的秋葵，“这就是科技的力量，我们感激邱教授”，胡文雷说。

五

辛庄小学，在辛庄村的东头，是7个自然村的联合小学。胡文雷曾经在这个学校读书。

2012年六一前夕，他找到校领导，提出每年拿出2000元资助品学兼优的贫困学生，学校为此设立了“胡文雷奖学金”，受益学生达到160人次。在他的提议下，辛庄村设立了“爱心奖学金”，表彰优秀学生240余人；投资20余万元为学校修缮道路、篮球场。他还积极引荐有关企业负责人，到校捐资助学。2013年12月，他和企业家王海春一块到校，王海春捐助了1000元钱，资助了家庭经济困难学生5名。

学校门前是一个丁字路口，这个路口紧靠一个深4米的大坑，家长接送孩子上学、放学存在重大安全隐患。2013年6月，在镇政府的大力支持下，胡文雷积极协调，实施了“辛庄小学东泄洪沟改造工程”，投入7万余元，拓宽了路面，保证了路基安全，为几百名孩子上学、放学的交通安全提供了保障。2014年，又投资8万元修缮校门口道路，并为学校修建了篮球场，得到了学生家长、师生的赞许和褒奖。

“我见证了辛庄的变化，文雷放弃自己的事业一心扎到乡村振兴上来，奉献了自己的才智，辛庄的变化让我们这些只身在外的辛庄人感到自豪。”曲阜市文化局原局长胡勇，一位1978年考取大学离开家乡的辛庄人对我们说，并竖起了大拇指。

“对于村庄的发展，你有什么新的规划和方向？”

“我是一位追梦者，这个梦就是让辛庄更美丽、更富裕、更宜居。我为这个梦而奋斗。”采访结束的时候，面对我的问题，胡文雷自信而又坚定地说。

周连泉

一个思想上入了党的人

孔令绍　何　勇

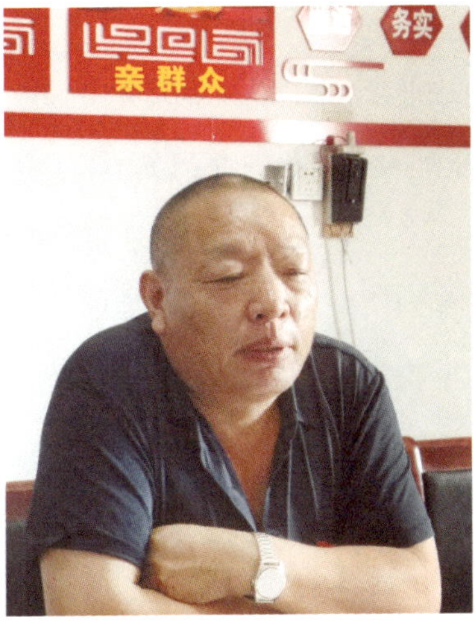

● 周连泉

走近孟李村的仿古牌坊，脚刚一踏进文化广场，悠扬的音乐就响了起来。

正在吃惊，党支部书记周连泉迎面走了过来："这音响是感应的，广场上只要有人它就响。"

文化长廊、古式凉亭、百姓大舞台、文化墙，逐一吸引着我的眼球。

我禁不住惊叹：呵，孟李村，一个和谐幸福的村庄！

生意人被召回村当支书

现在的孟李村是由东孟村、西孟村、李家村 3 个自然村组成的行政村，共有 543 户，2256 口人，分为 10 个生产小组，党员 66 名，3840 亩土地。该村地处曲阜历史文化名城以北的王庄镇，周连泉就是这个大行政村的党支部书记。

我们见到的周连泉，中等身材，两眼炯炯有神，浑身充满着朝气，看上去刚到中年的样子。一落座，我们就问："当支书多少年了？"

“20 多年了。”他随口回答。

我们感到疑惑：“今年多大了？”

“过 50 了。”他很平静。

我的心里一时不知道是什么滋味儿。一个人竟然可以这样的脚踏实地、心甘情愿，把自己的青春和汗水全都献给了这片热土。

周连泉生于 1966 年 12 月，1983 年初中毕业，1984 年赴中国人民解放军青州某部队服役，两次荣立三等功；1987 年加入中国共产党；1988 年 1 月退伍返乡。

作为军地两用人才的周连泉，当时才仅有 21 岁。这使我想起他的本家三国周瑜一展壮志的英雄形象：“遥想公瑾当年，小乔初嫁了，雄姿英发。羽扇纶巾，谈笑间，樯橹灰飞烟灭。”天知道当时周连泉的心气儿有多高，目标有多大。这一年，王庄乡金属制品厂选中他担任营销员。他脑子灵透，为人忠厚，经营意识强，打市场，交朋友，一干就是 10 年，经济、人脉双丰收。正值春风得意时，他的红颜知己齐敏也走进了他的生活。两个儿子周阳、周飞接踵而至。一个快乐的四口之家，令人艳羡。

转眼到了 20 世纪末，新世纪的脚步匆匆而来，似乎让人嗅到了春节的年味儿。周连泉给儿子买好了花样繁多的烟花爆竹，就等回家过年。1999 年 12 月初的一天，王庄乡党委、政府的领导来了，让他回村担任党支部书记。周连泉有些吃惊，但也在预料之中。那时候的东孟村还是一个独立的行政村。村虽不大，也有 400 多口人，但长期以来领导班子涣散，村里秩序混乱，贫穷落后的局面一直没有改观。

站在人生十字路口上的周连泉，心里像明镜一样。继续经商，轻车熟路，甚至玩儿着都能挣大钱；回村当干部，“晴天一身土，雨天一身泥”，出了力都不一定能落好。但是，咱是党的人，党让你回去，就没有什么可说的。

好男儿志在四方。周连泉回村了。军队上的立功人员，企业里 10 年的营销员，年龄不大，但历练有加。他整班子带队伍，治乱源树新风，抓经济富村民。仅用3年时间，就使东孟村形成了“村东养殖场、村西植物园、村南观光带、村北花果山”的发展格局。几年前的“牛尾巴”，如今成了“火车头”。

三个指头咬了一样疼

《三国演义》开篇就说：“话说天下大势，分久必合，合久必分。”我们这块国土，面积大，人口多，大大小小的自然村星罗棋布，分分合合，合合分分，再自然不过。可是，人家王庄镇的东孟村、西孟村、李家村，自从“合上”就再也没有分开过。

东孟村400多人，西孟村1300多人，李家村500多人。2002年，按照上级指示精神，3个自然村合而为一。3月26日，新组成的大行政村民主选举党支部成员，参加选举的党员共有53人，周连泉得了52票。实至名归，周连泉理所当然地成为新村的党支部书记。

先讨论叫啥村名。东孟、西孟的村民说：“俺东孟、西孟本来就是两个大村，合起来将近2000人，应该叫‘孟家村’。”

李家村的村民说：“俺李家村虽小，也有500多人，叫‘孟家村’不就等于俺这家子人家没有了。”

周连泉说：“国际上还讲国家不分大小一律平等。依我看，就叫‘孟李村’。大家看行不行，如果行，就鼓掌通过。”

全场响起了热烈的掌声。

面子问题解决了，里子问题更重要。接下来面对的是西孟自然村村民的一个棘手问题。西孟村村北有1200多亩地，一直浇不上水，历史上就是靠天吃饭。这一次一合村，西孟村的村民就眼巴巴地看着这事能不能有说法。

周连泉召开村支两委会、党员会亮明观点。既然合了村，就得思想上真合，不能再分你的我的。以后村里的所有事都是孟李村的事，谁都不能再分东孟村、西孟村、李家村。这一次，解决村北这 1200 亩旱地，就是检验真合村还是假合村的试金石。

“这个难题是应该解决，但是钱从哪里来？”党员和干部们都大眼瞪小眼。

周连泉打开天窗说亮话：“钱不是大问题，思想才是最大的难题。没有钱我垫上，只要思想统一了，问题就好办。”

周连泉先从家里拿出 20 万元。千军万马精神抖擞，连村里的老幼残疾也上了工地。开挖东大沟，建造东大沟通水渠；建设提水站，打通东河至李家村的通水渠。一冬一春下来，900 米的通水渠全打通了，村北 1200 亩旱地成了水浇田。村民们说，村里修建的通水渠就是俺们的“连心渠”。

乡村治理从微观走向宏观，从感性走向理性。修建通水渠的举动打动了全体村民，解决了合村后干部群众离皮离骨的基本倾向，可周连泉却在思考着更深层次的问题。乡村治理不能靠“一事一议”的简单方法，更不能靠一时一事的心血来潮，他开始酝酿制订《村规民约》，让村民从法理上自己管理自己。经过 3 个多月的反复讨论，又经过几次大的修订，一部“十二章”“四十六条”的《孟李村村规民约》形成了。村民们说，这个《村规民约》就是俺村里的“根本大法”，它从村民的衣食住行、生产生活、邻里团结、乡风民俗、财产管理、文明法治等都做了规定。村民自己作的规定，自己就要自觉遵守。

一晃十几年过去了。2017 年，上级又有了新精神，凡原来不是一个行政村的可以再分开。村支两委采取全民公决，却没有一人愿意再分村。

我们对此不解，遍访群众：“常言说，宁居鸡头不居凤尾。走遍十里八乡，合并的村都想再分开，你们为啥不愿分？”

大家异口同声：“因为俺有一个好书记。”

又去采访周连泉：“3 个自然村，你是怎么糅到一块儿的？”

“道理很简单，3 个指头咬了一样疼。”周连泉说。

好一个周连泉，执其两端用其中，孔子的中庸思想在他这里体现得淋漓尽致。

以经济为突破口，打造富裕村庄

当初回村当干部的初衷是把东孟村的事办好。可那是一个小村啊，治理起来相对容易，哪曾想到现在面对的是一个大村。开弓没有回头箭，抓住发展经济这个牛鼻子，打造经济强村，这是我最大的心愿。周连泉深入地思考着。

实质性提升农业生产水平。周连泉积极争取，让“全国小农水”项目落户孟李村。利用 500 万元项目资金，建造提水站 5 个，开挖大口井、机井 16 眼；埋设地下管道 10770 米、低压电路线 19800 米；建造桥涵 68 座；整修生产路 24 条、5390 米。自筹资金，对 3 个自然村老河道、老水库加深下挖，增加蓄水量 30 万立方米。通过努力，全面提升了全村的浇水灌溉能力，3800 亩农田全部变成了旱涝保收的丰产田。10 余年来，村民统一提水灌溉，每亩地平均每年比邻村增产小麦、玉米各 200 多斤。

大力调整农业产业结构。2004 年，周连泉第一个在曲阜市兴办旱藕种植基地，种植白莲藕 20 多亩。继而打造旱藕种植示范园、蓝莓种植示范园，辐射带动了周边村庄的发展。实施农业规模种植，村集体开发了小麦良种繁育基地。将 318 亩三级地流转给农机大户张中友，2008 年张中友成立了“曲阜市鑫源家庭农场”，规模种植小麦、玉米，获农业部“种粮大户”称号。2014 年，村里创办“曲阜市圆梦粮食种植专业合作社”。村集体以 20 亩土地作价 20 万元入股，党员王辉入股 150 万元，规模种植火龙果。

集中精力发展工副业。2002 年春，3 个自然村刚刚合并，为引导全村经济发展方向，周连泉第一个投资 80 万元，建起“曲阜市新时代养猪场”。建设高标准猪舍150余间，购进先进饲养设备，引进优良种猪，聘请专业人才。所产商品猪出肉率高、瘦肉率高、猪肉转化率高，被确定为“曲阜市生猪储备定点单位”。在周连泉带动和影响下，孟李村养猪专业户发展到40多家。养殖户徐登成租地24亩，存栏上千头，母猪300头，年盈利几百万元，也被曲阜市定为“生猪储存定点厂家”。工业项目发展到5家，恒昌制衣厂、刘旭机械厂、曲阜市信泰酒容器厂、曲阜市恒诚酿酒设备有限公司等年盈利都在几十万、上百万不等。

如今的孟李村，已经基本形成“农业+工副业”良性发展的大格局。粮食高产，工副业赚钱，成为一个名副其实的经济强村。

以调解为突破口，打造幸福村庄

走进孟李村的办公楼，周连泉先让我们去看看村里的档案室。整洁的档案橱排放有序，橱子里的档案卷宗鳞次栉比。村会计告诉我们，这是全市最先进的村级档案室，合村以来全村发生的大事都记在这里。认真地听着介绍，细心地看着档案，我们发现，纠纷调解档案占有很大比例。

“为什么这么重视调解工作?”我不禁问道。

周连泉说：“这是我们抓好精神文明建设的突破口。抓任何工作都不能‘盘子喝水一漫子来’。俺这个村人多、地多、经济活动多，产生的纠葛、纠纷、矛盾肯定就多。有人群的地方就有矛盾，这不用回避，也不能回避。常言说‘不打不成交’，每一次矛盾的化解，都是一次村民道德素养的实质性提高。”

孟李村把调解工作当成构建和谐社会不可或缺的重要手段，让它贯穿于物质文明建设和精神文明建设的全过程。在党支部、村委会之下成立了“‘和为贵’人民调解委员会”，由具有丰富工作经验的复退军人、现任党支部副书记徐登寅担任调解主任，各村民小组组长为成员，每10户推举一名

● 孟李村一角

热心调解工作的群众担任联络员，构成“横到边、纵到底”的矛盾纠纷排查网络。村支两委专门在办公楼二楼设立调解室，对一些疑难纠纷实行公开庭事调解。村里先后成功调解矛盾纠纷 56 起，成功率达 100%。

2018 年农历除夕，村民刘某到邻居徐某家索要出借的 25 米电缆线。因发生争执，撕打中刘某打坏了徐家门窗玻璃，刮破了自己的头部。刘某妻子听说后带着子女赶到徐家，矛盾正在急遽升级。片区联络员及时赶到，把双方带到调解室。经过庭事调查，调委会做出裁决：徐家借东西不还承担主要责任，向刘家赔礼道歉，赔偿刘某电缆线，并拿出 200 元钱补偿刘某医药费；刘某打坏徐家门窗玻璃，承担次要责任，也予道歉。两家心服口服，当场互致歉意，握手言和。

调解工作的有效实践，为精神文明建设的全面铺开奠定了坚实的群众基础和良好的社会氛围。在精神文明建设中，孟李村创造了“街长负责制”。每一条街巷中的 20 至 30 户村民，推举一名党员骨干或群众积极分子担任街长，负责整条街与精神文明创建相关的工作。年底，全村街长进行评比，村委会发给先进者奖金以示鼓励。成立由 15 人组成的“红白事理事会”，对红白喜事中的陈规陋习进行彻底改革，“喜事新办，丧事简办”已经成为群众的自觉行为。村里还会定期评选“文明户”“卫生示范户”“好婆媳”“好夫妻”“孝贤儿女”。今天的孟李村鲜花盛开，四季常青，处处呈现社会主义新农村的美好景象。

对于这些，周连泉似乎觉得做得还不够。他认为精神文明建设的实质应该是人文关怀，要做到关心人、体贴人、帮助人。全村543户，他家家都走到，哪家的困难他都记挂着。有针对性地为34户59人办了低保，为12户村民办了危房改造。村民孔祥明父母病故，妻子离异，本人患上精神分裂症，周连泉多方协调让他免费住上精神病院。村民徐登秋打工坠落脚手架致残，女儿考上大学，周连泉为其筹集学费1.2万元。鳏寡老人姜绪刚去世，他又为老人像有儿有女的村民一样置办丧事，让老人有尊严地离去。

周连泉说，做这些小事不是为了什么，就是让大家觉得遇到了难事在村里还有个依靠。这一桩桩，一件件，时常令村民们动容。人们把幸福挂在脸上，更是铭刻在心里。

我们的采访结束了。周连泉把我们送到村外很远很远。我们依然还被他感动着：“回村当干部20多年，您自己失去的太多了。”

“实际上，失去了，也得到了。”很有哲理。

“那是老百姓的认可。”我为他把话补充完整。

周连泉的神情十分凝重：“在实际问题面前，才能真正检验一个党员思想上入党没入党。入党誓词中说，‘随时准备为党和人民牺牲一切’。一个人连生命都可以不要，牺牲点利益那还不是小事。”

斜阳照射在周连泉身上，他的背影越来越高大。

杨军

衣带渐宽终不悔

李赋春

● 杨　军

灰白稀疏的头发，满脸的沧桑，生于 1971 年 7 月的杨军略显苍老了些，但从他坚毅的目光和坚实的脚步，我们却感到了一种激情、一种力量。

站在曲阜市杨辛庄的中心，向东西南北四个方向望去，平整的路面足有十米宽，灰白色调的房屋排列整齐，两边绿树成荫，老人们在树下乘凉，孩子们追逐嬉戏，一派温馨祥和的景象。

看看“老气”的杨军，看看美丽的村庄，这个已经当了 16 年村党支部书记兼村主任，连续多年荣获市、镇“先进个人”“优秀支部书记”称号，并当选曲阜市第十八届、十九届人大代表的杨军，在我的脑海中突然涌出了两句诗词：“衣带渐宽终不悔”“一片冰心在玉壶”。

我的事业就在杨辛庄

30 岁前的杨军有两个经历决定了他一生的命运：一个是三年的军旅锤

炼，另一个是市委党校两年半的经济管理专业学习。

1989年，杨军从北林中学毕业，怀着热血报国的信念参军入伍。在上海武警服役的三年，强壮了体魄，锻炼了意志，更在脑海中深深地刻下了坚强的信念。1992年10月退伍后，分配到曲阜孔子六艺城旅游有限公司做内保工作，良好的品行和素质得到了领导们的高度评价。

1997年9月，市委党校决定招收一批优秀退伍军人，学制两年半，为农村培养有文化、有素质、有党性的后备干部，又名"退伍军人农干班"。杨军积极报名，并以优异的成绩被录取。两年半的时间，系统学习了政治、经济理论，农业种植、水利以及企业管理的知识，为以后的农村工作打下了坚实的理论基础。

1998年12月，学习期间的杨军光荣地加入中国共产党。"我的事业在农村，在我的家乡，我一定要为家乡振兴奉献自己的一切。"在党校毕业答辩会上，杨军这样抒发着自己的情感。

毕业后，杨军先是到息陬镇派出所做协警。当时正在建设日东高速，安保任务繁重，杨军和战友们一起日夜巡逻，确保国家和人民财产的安全。

2001年春天，杨军进入村党支部，任支部委员。2003年12月，支部改选后任支部书记。他的理想，他的抱负，他为杨辛庄奉献、奋斗的历程从此开始。

村里环境搞不好，怎么发展？

杨辛庄位于小雪、鲁城、息陬三镇（街）交汇处，距城区3千米，距镇政府4千米。2003年底，全村共762人，街道破落，经济落后，村里没有一分钱，还欠有十多万元的外债。

杨军熟悉村里的情况，他知道"路要一步步走，饭要一口口吃"，村里要发展，首先要把民生搞好、环境治理好。

治水。杨辛庄人吃水困难，这是困惑了村民十几年的老问题。全村一眼井，在村庄的中间，污染严重，已达不到饮用水的标准。杨军上任第一件事就是：通过勘测，选在村南头新打了一眼230多米的深井，并重新铺设自来水管道和新建下水道。当清甜的自来水进入家家户户时，村民们激动得热泪盈眶，奔走相告，“杨军这个书记好，跟着这样的领头人有奔头”。

修路。村里过去的中心大街，不仅窄，而且还有违建棚，乱放乱堆更是普遍。其他几条街道情况更差，个别房子盖得不规矩，还有些老房子无人居住，任由其破落、荒芜。说起修路，杨军颇有感慨：“下了雨，路上积水，人都没法走。我就带着村干部拿着铁锨到大街上疏通，这样的环境怎么行？”

村支两委、村民代表大会决定了要把路修好，没有钱想办法筹集。2006年开始整修中心大街，用两年的时间完成了道路的疏通。2015年下半年开始，道路再度拓宽，村中大街到盛文路全面贯通，并安装路灯18盏。目前，全村已硬化路面4万多平方米，真正做到“街街连、户户通”，极大地方便了村民的出行。同年，因村中原饮用水碱大、周边污染，村委会决定又在村北重新打290米深井一眼，保障了村民的饮水安全。

经济发展是硬道理

近年来，杨辛庄因地处城郊，土地逐年减少，并且还无法自主做出长远的规划。目前，全村人口877人，土地每人仅0.4亩，并且边角地、夹角地太多。耕种、管理极不方便，村民种植的积极性不高，部分耕地常年撂荒。

2014年，村支两委研究决定土地全部收回归村集体管理，杨军在村民代表大会上更是动情地说：“年轻人都出去打工，把地交给村里，村里发放承包费；把老人交给村里，村里给你照顾。”

收回的土地，村统一规划种植杨树、梧桐树，还大力发展“树下经济”。现在村集体管理的60多亩杨树、230多亩梧桐树长势喜人，是真正的“绿色银行”，随用随取。现在，村民每人四分地，每年分到650元的承包费，春节分到20斤面、10斤油。每年的九九重阳节，村里为60岁以上的老人送去面粉和食用油，同时也送去了对老年人的关爱和温暖。

杨军还大力鼓励、扶持村民开展规模化养殖，为此村里专门建设了占地1万平方米的养殖园。现有养殖大户4家，其中，杨孝田、杨友成养的猪存栏量在300多头，年收入可达百万元。

在经济发展方面，杨军坚持走标准化、规模化、品牌化战略。杨辛庄村生产的无公害绿色有机蔬菜，通过了国家“无公害蔬菜基地”认证，辣椒、黄瓜、西红柿、白菜、洋葱、马铃薯六个产品获得无公害蔬菜生产证书，申请注册了“儒源”商标，成立了“翠玉”蔬菜专业合作社。近年来，蔬菜大棚种植面积逐步增加，生产的各种新鲜蔬菜供不应求。在村北建设了70亩生态园，进一步增加了集体收入。

最美乡村，美的是“精神文明”

“环境好了，经济发展了，归根到底还是要落到精神文明上来。”杨军告诉我们，“在村街文明建设上，我们舍得花钱、舍得下大力气。”

针对村公共活动场所小、设备简陋，满足不了村民需求的状况，杨军和村支两委向上级部门争取资金、自筹资金建设文化广场。投资10万元，建设了村阅览室、图书室、道德展室，现有科普图书1000余册。建设了高标准的村卫生室，有效改善了村民公共设施。

为激励村里学生的学习积极性，为社会培养更多的优秀人才，杨军提出倡议，村支两委研究决定：对本村考上大学的学生，每人奖励3000元；考上研究生，每人奖励4000元。并通过大学生入学前的座谈会，传达“鼓励大学生在校要安心学习，村支两委对大学生家庭给予照顾”的信息。

十几年来，杨辛庄村坚持开展“十星级文明户”“文明新风户”“好媳妇、好婆婆”“科技带头户”等评选活动。全村大部分家庭都达到了“十星级文明户”的标准。村里成立了“拉呱说事”协调工作室，调解邻里纠纷和家庭纠纷，促进村庄和谐。2019 年，村里又投资 30 多万元，铺设了三条水泥路，并安装了 12 个摄像头及 40 盏路灯。全村逐步形成布局合理、公共设施完善、人居环境优美、精神生活丰富的大环境。杨辛庄村 2019 年被评为曲阜市市级“文明村”。

2020 年春节前后，一场突如其来的新冠肺炎疫情打乱了人们的生活节奏，防疫工作成为压倒一切的关键任务。杨军勇于担当，带领村支两委成员、全体党员无条件地执行上级指示，村口设点、日夜值守、入户排查登记，不遗漏任何可能的隐患。同时，村支两委和志愿者踊跃捐款捐物用于抗击疫情，帮助困难群众，取得了防疫工作的全面胜利。

采访快要结束的时候，我们问起了杨军做 16 年村支部书记的感受，他说：“吃了不少苦，受了不少罪，也得罪了个别人。但看看村庄的变化，看到幸福的村民，虽说尝遍酸甜苦辣，但初心依然、无怨无悔。”

徐宏

乡村美景如画来，生态宜居龙尾庄

李赋春

● 徐　宏

地处“孔子故里”曲阜城北吴村镇的九仙山，山色秀丽，风光旖旎，灵气四溢，素有“小泰山”之称。龙尾庄就坐落在九仙山腹地，尽拥“九山之八”，由龙尾庄、葫芦套、大河崖、红山子、会泉峪五个自然村组成，村民 1950 人，耕地 1560 亩，山林约万亩。龙尾庄曾荣获山东省旅游特色村、济宁市 AAA 级开发区、济宁市生态文明村、山东省乡村记忆示范村、山东省森林村居、中国乡村旅游金牌农家乐、国家农业旅游示范点等荣誉，在当地可以说闻名遐迩、大名鼎鼎。

这里山清水秀，宜居宜业；人居环境，干净舒心；产业兴旺，百姓富足……漫步村中，畅享青山隐隐的苍翠欲滴，遁入一角的慢城人家，品味绿水柔柔的婉转乡愁，尽情感受怡然生活的尽善尽美。或者驾车慢行在九仙山路，仿佛进入世外桃源：山是家的墙，地是家的画；鸟在耳边唱，果在枝头挂；民风淳朴，风景如画；干净整洁的道路，古朴典雅的民居，村民脸上挂满了笑容……

“十几年前，这里是荒山秃岭，不通水、不通路，村民靠天吃饭，村集体无收入。现在的这一切，都是党的富民政策好，还有就是我们有一个好带头人——村支部书记徐宏。”村民孔祥爱对我们说。

2020 年 8 月 14 日，我们走进龙尾庄，体味了“一路花香、一路风光”的景致。在锦鲤养殖基地见到了徐宏，以及他所展现的一位普通农村支部书记的初心与执着。

大山的儿子爱大山

“我是大山的儿子，爱这里的山山水水。我没做出什么成就，只是尽心尽力，努力无愧乡亲。”知道了我们的来意，徐宏的目光转向远山沉思了一下说，“这雨后的仙山真美啊！”

生于 1963 年的徐宏，从出生到现在，除了在城里读书的时光，全部都是在龙尾庄度过的，大山养育了这位农民的儿子，也成就了美丽的龙尾庄。

1985 年高中毕业的徐宏没有选择外出打工，而是回到了龙尾庄，开了一间小卖部。“那时候，村里人购物太不方便了，去镇街四五里路，进城几十里。就是想着给乡亲们提供一个购物的地方，也没想着挣多少钱。”徐宏的创业就这样开始了。事实上，因为他的货品丰富、价格合理，生意一直很好，规模也在逐渐扩大。

1994 年，徐宏担任了自然村龙尾庄生产小组的组长，2002 年进入村委，担任龙尾庄、葫芦套合村后的村会计。文化程度高、品行端正、勤奋踏实的徐宏深受村民的爱戴，在村支两委很有威信。

2005 年春天，老书记徐成军突然患病不能继续工作，在病床上向镇领导推荐徐宏，他的建议也得到了村支两委和村民的支持。7 月 12 日，镇党委任命徐宏为龙尾庄村支部书记，从此开启他为家乡奉献才智的岁月。

徐宏爱大山，知道山里人追求，更知道村里人的期待。“只要大家信任我，我不图什么好名声，有多大头发挽多大卷儿，带领大家创造一个山清水秀、富饶美丽的生活环境；让龙尾庄起舞腾空，变变模样；让城里人刮目相看，成为龙尾庄的常来客；让山里人走出大山创大业。”面对全村党员、群众的就职演说，他没有豪言壮语，只有实实在在。

而他的内心，早已勾画出一幅美丽乡村的画面……

倾力打造美丽乡村

“要想富，先修路。”上任伊始，徐宏要做的第一件事就是建设“一环三通”。“一环”就是指东起红山头、西至九仙天池的盘山公路，“三通”就是全村路面硬化，实现了“村村通、巷巷通、户户通”。

修路缺少资金，徐宏就采取党员干部借一点、经济能人捐一点、村级集体投一点、招商外资引一点的办法，硬是解决了两千多米的道路硬化工程的“资金难”问题。2006 年，先后开通、硬化了路经九仙山的龙尾庄中心大街和主要道路，“晴天尘土尽飞扬，雨天石头露脊梁，坑坑洼洼南泥湾，山村街道就这样”的局面得到改变，“三通”成为现实。

没有公路，再好的美景也只能“藏在深闺”。2006 年“三秋”一结束，一场开山炸石的环山路建设战役正式打响，“两委”一班人决策果断，分工明确，组建“老石匠”开山队，找来挖掘机、推土机，开山炸石搞掘进。为加快进度，他们索性搭起工程指挥部，全班人马吃住在工地，硬是大干了三个多月，通过百日大会战，7.5 千米长、6 米宽的环山公路成功开通。2007 年，再接再厉，将 6 米的路面扩宽为 10 米。同时，在旅游盘山路线上种植桃、梨、杏、山楂、板栗、苹果等果树 1.5 万株，形成了“山顶青松戴帽，山腰密林环绕，山下果树抱山腰”的美丽景观。

2008 年，针对村民用水难的问题，徐宏多次组织召开“诸葛亮会”，聘请当地老农和水利专家“会诊”、勘探水源，千方百计筹资20余万元，在凉水泉附近，开挖了一眼深20米、井底掘横洞60米的岩石地道井，将山泉自来水引送到各家各户。随后，新修小谷坊、径流补水坝15座，治理九仙天池、王林水库、大河崖水库等处病险水利设施，确保留住天上水、拦蓄过境水、小雨不下山、大雨不成灾、洪水不决堤。与此同时，徐宏又主张在山腰、山脚修筑梯田，并栽植了山楂、石榴、杏、桃、板栗、核桃等优质果树。

龙尾庄村北大山上，有一个名叫葛条沟的大山谷，原有集体栽植的400多亩果园，主要栽有山楂、核桃、板栗等果树，但由于山高路陡，果园技术、管理跟不上，几乎年年收益很少。2006年，徐宏立志要让山上果树变成“摇钱树”。经村支两委研究决策，实行招标承包，胸有成竹的妇女主任孔庆莲中标，她勇挑大梁，随即组织起6位姐妹，7个人一起吃住在山上，整修堰坝，挖卧牛坑、鱼鳞坑，不仅使原来无人管问的果园焕发生机，而且又承包800亩荒山，新植了桃、梨、杏、柿子等优质果树，使荒山变成花果山，成为九仙山一道亮丽的风景线。

她们的事迹被山东电视台、济宁日报、曲阜电视台等多家媒体宣传报道，带头人孔庆莲荣获“全国十大状元提名奖”“全国绿色奖章获得者”，七姐妹还被誉为“九仙山的七朵花”，她们的工程被命名为“山东省三八绿色优质工程”。

“徐书记常说，‘我们山里人指望山，就得爱山、护山、美化山’，他带头干，我们紧跟步伐，村民合力，龙尾庄真是日新月异地变化着。”面对我们的采访，孔庆莲的语气里充满自信和自豪。

美丽乡村激活乡村旅游

2011年，坐拥国家3A级旅游景区九仙山的吴村镇，按照曲阜市委市政府提出的“生态观光旅游镇”主体功能区定位，全面启动实施旅游开发和观光农业建设。徐宏敏锐地意识到龙尾庄发展的机遇到来了。

“我们要发挥天时、地利、人和的资源优势，上‘农家乐’项目，让游人吃农家饭、看农家院、住农家屋，体验当地风土民情。我们要打造一流、独特风情的民俗文化村。”徐宏把自己的想法一股脑捅在村支两委会上，得到了与会者的一致同意。

徐宏深知“预则立，不预则废”的道理，组织村干部、党员骨干、创业之星、经济能人，走青岛、下临沂、赴日照，外出参观学习，与山东日照五莲县九仙山结成“姊妹山”，与九仙山靴石村结成乡村游农家乐“兄弟村”。请专家进村实地考察、会诊把脉，并让村民接受深入浅出的专门教育。

“2012 年，我们村开始了葫芦套自然村改造工程，邀请济南专业规划单位对原村落进行系统科学的规划设计，投入专项资金 380 多万元，对全村 40 多个砖瓦房外墙体进行了仿古粉刷、30 多个石砌和土坯房进行了维护修缮。通过流转、出让、托管等方式，在村内选取 10 多个能体现典型历史旧貌的民居进行了保护性修缮和经营性开发。突出葫芦文化，开发出了煎饼坊、刺绣坊、酒肆、茶社、葫芦画社等 10 多个民俗功能院。”徐宏如数家珍地介绍说，“这也是曲阜市第一个民俗村。”

纷至沓来的游客让龙尾庄人看到了“乡村游”“民俗游”的潜力，2014 年，结合美丽乡村建设，葫芦套民俗村升级改造的同时，又建设了会泉峪民俗风景园、龙山慢城公园，农家乐更是全面开花，全村 400 多户，有 112 户变成了“农家乐”，挂上了农家小院的牌子。五一、十一黄金周期间，每天接待游客上万人次。

周末、寒暑假，那些认山楂为无花果、不知黄姜怎么长出来的青少年，来到龙尾庄的生姜基地、种植园，亲自挖掘、采摘，体验农家生活。就连不少外国朋友也纷纷前来观光休闲，如前来曲阜修学游的印度朋友在葫芦套里演歌舞，挪威专家来考察，韩国大学生在龙尾庄里过大年。“农业观光，自然景观，风土民俗”成为龙尾庄旅游产业的三大特色，成为村民增收的亮点。

现在的葫芦套民俗村，吸引了一批以著名画家扈鲁为代表的国画、书法、雕刻等艺术家和爱好者的进驻，构建起了传统与现代多元艺术交流的平台；引入刺绣、食品、酒品、茶艺等娱乐餐饮产业，打造出了乡村旅游体验基地；开发建设龙山慢城公园、葫芦文化馆、慢客驿站、星级农家乐、龙目湾人工湿地、果品自采园，配以葫芦长廊、龙泉古井、大型葫芦雕塑等景观，形成了“游、购、娱、吃、住、行”田园牧歌式的慢生活生态区。

妇女主任孔庆莲一番话说出了村民的心声：“昔日围着锅台转，今日农家乐当老板，压根儿没想到，现在足不出户也可挣钱，比走南闯北去打工挣钱好多啦！”

产业兴旺，乡村振兴插上“金翅膀”

“栽下梧桐树，引来金凤凰。”丰富的资源得到充分利用，环境的提升不仅使乡村旅游、农家乐生意兴隆，农民吃上“旅游饭”，也吸引了社会各界能人志士，前来投资兴业。随着孔府文化茶园、芦斗寺佛文化中心、圣山老年公寓、圣山职业道德学校、风景庄园文化拓展中心、葫芦套农耕亲子体验园、黄连木能源林基地、葫芦套民俗旅游股份有限公司等多个项目落地龙尾庄，为助力休闲农业和乡村旅游，促进乡村振兴插上了“金翅膀”。

优美的环境还吸引了学子归巢、返乡创业。2014 年，大学生徐文正毅然辞去兖州龙桥监测有限公司工作，回村办起了锦鲤养殖项目，成立了“锦尚养殖中心”，他的观赏鱼场成为游客休闲娱乐的热点。通过 6 年的努力，“90 后”徐文正成了锦鲤养殖专家，有了自己的知识产权，养殖面积由 20 亩发展到 60 亩，还成为村支两委最年轻的成员。

在徐文正锦鲤养殖取得成功的基础上，2019 年徐宏及村支两委集思广

● 徐宏（左一）在锦鲤养殖池

益成立了“龙尾庄锦鲤养殖合作社”，利用九仙天池得天独厚的有利资源，在天池东岸发展了35亩养殖基地，采取了“党支部+合作社+农户+基地+公司”的运作模式，鼓励农民入股，实现集体、农户双赢。到目前为止，全村发展锦鲤养殖总面积达200多亩，锦鲤成为村集体增收的重点项目。

谈到产业发展，徐宏一下打开了话匣子：“下一步，我们还要结合乡村旅游，新上马锦鲤捕捞体验园，让前来亲子游的游客们进行捞鱼体验；坚持在林果、黄姜种植等特色农业上下功夫、用真劲；利用当地果园面积大、品种多的优势，再办5处果品自采园；利用绿茶产业优势在葫芦套自然村办起了九仙山采茶休闲园……”

这就是龙尾庄，乡风文明，产业兴旺，山清水秀，如诗如画；这就是徐宏，一个大山的赤子，一位初心不变的共产党员。

吴令玉

『老上访』变成了『袖珍村』

孔令绍

● 吴令玉

一进邱官庄，党支部书记吴令玉就紧紧握住我的双手。他情不自禁，把我们带进村里的文化广场，主动与我在书有“美丽邱官庄”的景观石前合影。他不停地指点着，“莲心亭”“姓氏碑”“文化长廊”“电视大屏”……

他带我们走在环村路上，心里洋溢着自豪和喜悦。绕村一周，我犯着嘀咕：只知道环城路，还头一回走了环村路。老吴，牛啊！

可我也感到愕然，十几年前，我曾代表市委宣传部在这里驻队，那时候邱官庄还是一个无人不知无人不晓的“老上访村”，怎么今天就变成了风景如画环境宜人的“袖珍村”？

复杂的事遇到“公心”会怎样

邱官庄只有 90 户人家，398 口人，300 亩耕地。就是这么一个弹丸小村，过去却是乱成了一锅粥。要说乱源，说复杂，其实也简单，这就涉及一个人：

王志伸。

王志伸是邱官庄的一个普通村民，50 岁上下的年纪，他对村里对外承包沙塘的事始终耿耿于怀，成了曲阜有名的老上访户。书记、市长定期接访，他也是常客。后来，他还到省城到北京上访。领导见了就头疼，人人拿他没办法。

邱官庄背靠泗河，泗河里边有一些荒滩，村里为了增加收入就把荒滩承包给本村村民。王志伸认为承包的标底太低，程序也不合理，因此就发动一批村民上访。因为这一事件，几百口人的小村庄就分成了两大派，村庄建设和发展什么事也做不成。

邱官庄的上访出了名，影响也越来越大，省市领导十分重视，遂责成书院镇党委、政府切实解决问题。经过研究，镇里决定调整邱官庄的领导班子。镇里的工作人员中有个邱官庄人，是从部队转业的老党员，领导觉得他熟悉村里情况，就任命他回村担任党支部书记。该同志忠厚老实，又很长时间不在村里，对这个烫手山芋一时不敢招不敢碰。另一方却是从中嗅出了味道，上访的势头更加有恃无恐。为了稳定局面，干部们反复商量，王志伸不是闹吗，干脆让他干算了。

王志伸堂而皇之地接管了沙塘，相安无事搞起了经营。可矛盾的另一方却出现了更大的反弹，村里越来越乱，形成了恶性循环。乱局中，镇党委、政府也没“丢松”，他们暗中发现培养着另外一个后备干部——吴令玉。

当我们见到吴令玉的时候，并没给人什么强悍之感。他才 50 多岁的年纪，但相貌却比实际年龄衰老了许多，由于腰椎的毛病，走起路来腰板挺着，身体稍向左侧倾斜。他一米八的个头，魁梧的身躯，木讷的神情中却彰显着自信，看上去与人交往不会带有水分。他于 1963 年出生，40 岁之前一直在外闯荡，凭力气赚钱。2002 年 10 月，组织上培养他入了党，随即当选了村主任，2003 年底当选党支部书记。

吴令玉的上任，给邱官庄的稳定带来了契机。村支两委会上，吴令玉

● 吴令玉同村民在一起交流

说："我们不能把简单的问题弄复杂了。大家都认为沙塘承包不合理，有猫腻，好办！收回来重新发包，谁给钱多谁干。"散会以后，他分别找到矛盾的双方促膝长谈。老百姓心里都有一杆秤，只要以心交心，谁都掂得出半斤八两。十几年的上访戛然而止，双方的矛盾纠纷顷刻化解，大家坐下来握手言和。

村民们大惑不解，不能说不会道的吴令玉竟有这本事？当事人王志伸一语道破玄机："人家有公心。"

解决生产急需是最闹心的事

过去的邱官庄是一个乱子窝，当干部的哪有心思和精力抓生产。浇地、种地没人管，黄牛过河各顾各。

先想法长出头发，再说理啥发型。吴令玉首先想办的事就是打机井。可一查账户，没钱。虽有满腔的热情，手里没钱却办不了事。只要想干，就没有过不去的火焰山。他自筹资金 10 万元，叫来了打井队，一气打了 6 眼机井。村民们浇上了地，心里有了底。吴令玉顺势而上，解决种地难。筹资购买了一台“上海 50”拖拉机、一台联合收割机，集体统一耕种，统一收割，只收油料费，不收服务费，低保户、贫困户一分钱不收。条件稍好后，又买了一台“东方红 100”拖拉机、一台大型联合收割机，全部配套后投资近 20 万元。村里收麦子、收玉米，3 天时间即可完工，村民们无不拍手称快。

“有多些头发，就绾多大的鬐”。邱官庄村小、地少、底子薄，发展工副业项目几无可能，吴令玉决定在村里的 300 亩地上作文章。他先去考察市场，然后按市场需求搞订单农业。从农民手里流转出 80 亩土地，每亩地补给农户 825 元，再让村民在自己的土地上打工，为山东宁阳伏山镇种植山药，当年亩收入三四千元。接着，又从农民手里流转 80 亩土地，给河北省邯郸市酒厂种植多穗高粱，亩收入达四五千元。尝到产业结构调整的甜头后，村民们有了信心。2015 年，步子迈得更大，流转土地 150 亩种植牛蒡，亩产七八千斤，远销日本、韩国，亩收入近万元。发展 10 亩桃园，亩产七八千斤，亩收入 2 万元。

曲阜人讲究天人合一，自然规律是不能违背的。山药、牛蒡、高粱等作物两三年后就不能再重复种植。吴令玉审时度势，召集两委反复商量，说要持续作好土地的文章，提出要把全村土地打包流转给农业种植大户，大家伙儿一致赞成。经多方考察，2018 年将村里 260 亩土地流转给宁阳县的农机大户李小龙父子。今天的邱官庄人，全都由农民变成了工人，或在自己的土地上打工，或外出打工，轻松自在，再不受那片黄土地的制约和束缚。

咱既然干，就得让村里变变样

吴令玉陪我们走在明镜般的村中心大街上。他指着南北、东西两条道路说：“这就是您当年在这里驻队时协调水泥厂给的水泥修的两条大街。其实，当时的物料能修完全村的路，很可惜，都败坏了。”看着吴令玉惋惜的表情，我们深深地感到，农村的基层组织建设有多么重要。

富裕起来的农民，应该享受优美的环境。吴令玉一鼓作气开始整治村容村貌。加宽 350 米的中心大街，由 5 米变成 7 米；打通东西南北 5 条街道、胡同，路面全部硬化；清理村庄四周，修通环村公路；与村中道路配套，修建排水沟；沿路全部安装路灯；路两侧栽植苗木花卉，实行绿化美化。

一连串的组合拳让邱官庄人钱袋子鼓起来了，村集体也有了钱。牛毛出在牛身上。村民的钱就应当让村民分享。2017 年，村里拿出 40 万元，建设了 1300 平方米的综合性文化广场，灯光、音响、显示屏一应俱全，村民们休闲娱乐有了去处。投资 100 万元，新建便民服务综合办公楼。邱官庄就在曲阜城边，居家与在城里没大差别，因此在村里居住的村民特多，90 户人家，货车、轿车就有六七十部，停车可成了大问题。看到这种情况，村支两委出面修建了两处便民停车场。

走进村委大院的办公室，往墙上一看：“曲阜市乡村文明示范村”“五好党支部”“优秀党支部书记”“济宁市民主法治示范村”“省级卫生村”等，从曲阜市到山东省的奖牌挂得满满当当。

采访座谈的会议上，有老书记、老会计、党员代表、村民代表、低保户和贫困户代表。大家争着发言，都想说吴令玉的好，大家发出了共同的心声：选对了一个人，救活了一个村。

韩德华

担当实干印初心

孔儒

● 韩德华

“既然是党员，就要模范带头干；既然当书记，就要踏踏实实为村庄做事、为村民服务。”没有豪言壮语，没有英雄壮举，曲阜市书院街道办事处韩家铺村党支部书记、村委主任韩德华，怀揣一心为民的初心，投入满腔的热情，引领群众调整产业结构奔小康，把村庄建设成为“济宁市文明村庄”和远近闻名的致富村。这位50岁的农家汉子，用真心、真情与大爱，谱写出一曲动人的奋斗与奉献之歌……

村民致富带头人

韩家铺村现有人口942人，240户，党员38人，党支部成员3人，村委会有3人，党支部、村委交叉任职2人，耕地610亩，山地540亩。村庄位于书院街道东部，北邻泗河，南临327国道及曲阜中联水泥有限公司（原曲阜水泥厂）。

1986年，中学毕业、年仅16岁的

韩德华购买了一台12马力的拖拉机给水泥厂运送石料，之后，又陆续添置了五铃、解放牌汽车，26岁时已是拥有3辆汽车、年收入20多万元的“小老板”了。

富裕起来的韩德华思维活跃、满腔热血，经常与村干部、村民讨论致富的方法，规划村庄发展的“宏伟蓝图”。这位生于斯长于斯的青年人，注定把自己的事业和命运同家乡紧紧地连在了一起。

2002年5月，村委会换届选举，韩德华踊跃参选，高票当选村委会主任。新官上任，第一件事就是村集体成立了“韩家铺装卸队”，为水泥厂运送、装卸物料。这个由30多位村民组成、年利润30多万元的企业，成为韩家铺村集体的主要经济支柱，为村庄建设提供了资金支持和发展动力。

在长达9年的村主任任期内，韩德华认真配合韩生勤、韩玉德两任支部书记做好村务管理，带领群众发展集体经济、做好宅基地规划等工作，赢得了领导的好评和村民的拥戴，2006年7月光荣地加入中国共产党。2011年3月，韩德华当选村支部书记。2017年12月开始任村支部书记、村主任。

为解决“一麦一棒”收入过低，年轻劳动力外出打工，很多土地得不到良好管理甚至撂荒的实际情况，2011年5月，韩德华在组织两委会、党员会、村民代表大会广泛讨论的情况下，决定进行土地流转。当年完成流转土地230亩，种植牛蒡；2013年再次流转400亩，种植苗木花卉；2019年流转120亩。流转的土地承包费1000—1200元，全部发放给村民。同时，从零散土地上解放出来的村民外出打工或进入种植合作社工作，每年收入增加20多万元。

目前，韩家铺村集体拥有红土塘、采石场、装卸队三个经济增收项目，年收入80万元。村集体拥有完整配套的收割、浇灌等农机设备，对村民种植的土地进行免费夏收、秋收、秋耕。同时，村集体给村民每人每年分配600元。

“我们村富裕了，村民的收入有打工收入、土地承包费、集体分红，家家房子高大漂亮，年轻人也大多在城里有房。这都要感激我们的好带头人韩德华。虽然他的收入减少了，但一个村富起来了。”71 岁的村民陈继双说。

村庄建设领头雁

2020 年 9 月 8 日，我们行走在村中心大街上，脚下是宽敞整洁的水泥路，两边是整齐美观的房屋，头顶是遮阴的大树，眼前是红叶、石兰、樱花、百日红组成的绿化带，文化广场上盛开着凌霄花，还有设施齐全的健身广场，街道两侧布置有宣传画、宣传栏……一幅美丽乡村的画面，让人流连，让人赞叹。

“我们的村庄现在建得跟城里一样，住着舒坦，生活幸福，这可多亏了韩书记和村干部们。”84 岁的村民韩德运自豪地说。

“我记得很清楚，2011 年 3 月，韩书记一当选书记就开始部署‘路路通、户户通’工程，他说‘路不好、街道破，村民哪来的幸福感?’”村支部委员陈继生说，“这些年来，村支两委在韩书记的带领下，村庄建设年年有作为，年年有变化。”

2011 年，筹集资金 30 多万元，加宽 3 条主路 2000 多米，分别达到了 6 米和 8 米的宽度；打通并硬化 9 条胡同 1800 米。2012 年，在两处无人居住的宅基地上建设了文化广场，修建了石亭、花架，周边安装了健身器材。2017 年，更换了全部电线杆，将高度从 8 米提高到 12 米，整理线路，使之安全又美观；投资 8 万元，建成村卫生所。2019 年，又投资 26 万元对全村 5000 米的道路铺设沥青，修建了高标准的下水道。同时，粉刷、美化村民房屋的墙面，修建了花池围栏，更换了门面房广告，硬化补修、绿化种植，打造了文化景观带。

加强村庄保洁卫生管理，建立长效机制和稳定待遇，成立了由 9 个人组成的保洁队，实现垃圾不落地，环境卫生干净整洁。建设了高标准的垃圾处理站，完成了街道上下水管道项目，补修施工路面；改造了文化活动场所，建成了新的党群服务中心和新时代文明实践站。针对全村202户村民的取暖设备进行集中改造，“以电代煤”供热改造工程顺利推进，实现冬季清洁取暖。

这些“暖心工程”“美丽工程”给村民带来了温馨幸福的生活，也赢得了村民对村支两委工作的支持和赞扬。“韩家铺的各项工作，只要上级一声令下，村民马上响应，不折不扣的完成，这就是韩书记这个‘领头雁’做得好。”村委尹效敏说。

2019年8月，泗河堤上路规划建设韩家铺段，涉及需要拆迁的农户房屋较多。时间紧、任务重，韩德华连续5天晚上召集“两委”干部和党员会议研究拆迁方案，根据每户的实际情况，连夜做群众的工作，白天开展施工进行拆迁工作，19位村民的房屋一个月完成，受到了工程指挥部的高度评价。

“村民对拆迁没有异议，都表示支持，我们研究的主要议题是如何安置好拆迁户。正是因为做好了这些工作，我们的拆迁才进行得非常顺利，也被领导称赞为‘和谐拆迁’。”想起那些日日夜夜，韩德华说。

现在的泗河堤上路已修建完成，韩家铺村北的环境大为改观，必然带来新的机遇。站在堤上路远望广阔的泗河水面，让人心旷神怡。美丽的泗河大道，便利的交通，让韩德华看到了蕴藏的商机。

“我们将积极争取，将沿道路房屋改造成农家乐，为村民致富增添新项目。”在韩德华的心中，美丽乡村和产业兴旺就是这样紧紧地连在一起。

乡风文明建设者

乡村振兴，既要“塑形”，也要“铸魂”，乡风文明是实现乡村全面振兴的核心和灵魂。韩家铺村紧紧围绕美丽乡村建设目标，推动移风易俗、树立文明乡风，提升村民的精神面貌，打造风清气朗的美丽乡村。

“不仅要让农民‘住上好房子、开上好车子’，还要让农民‘过上好日子、活得有面子’，我们建立了‘乐和家园’，让乡风文明融入生活的方方面面。”韩德华介绍说。

乐和家园在村党支部领导下，坚持“四议两公开一监督”基本制度，配合村民委员会、村务监督委员会、村民会议、村民代表会议以及村级下属组织依法履职，由“一网、两站、三院、十个理事会”四部分组成。一网就是网络。两站：新时代文明实践站、志愿者服务站。三院：文化大院、乡村书院、文明庭院。十个理事会：协商议事理事会、民事调解理事会、守望互助理事会、党员群众教育理事会、产业发展理事会、文化节庆理事会、关心下一代理事会、婚丧嫁娶理事会、环境卫生理事会、治安保卫理事会。

“每年我们都要开展道德模范、好人好事评选，对好家庭、好邻居、好媳妇、好公婆、‘星级文明户’等公开表彰。带动培育崇德向善、争做好人的文明乡风。”村委委员、妇联主任陈继爱介绍说，“这些年来，村庄面貌焕然一新，垃圾不再随意丢弃，村民之间的纠纷少了，邻里之间和睦了。”

每年的九九重阳节，是韩家铺村老人们最快乐的一天。160 多位 60 岁以上老人聚在一起，领取村集体发放的鞋、衣服等物品，合影留念。2019 年还组织老人们集体游览尼山圣境。尊老敬老在韩家铺已成为“孝德文化”的一部分，成为村民的自觉行为。

移风易俗，树立新风。“过去，红白事大操大办，村民不堪重负；如今，村里成立了红白理事会，婚事办得喜庆热闹、丧事办得庄重节俭。人情、面子都有了，经济负担也轻了，刹住了攀比之风，避免了铺张浪费。”提及红白理事会，群众交口称赞。

坚持村干部坐班制度，值班村干部每天记好坐班记录，几年如一日，村干部每天干了什么一查坐班记录便知，也便于群众监督。对村里党员实行设岗联系服务群众制度，分别设置了政治宣传岗、村务监督岗、扶贫帮困岗、纠纷调解岗、治安保卫岗、文化宣传岗等，为全村所有党员搭建了发挥作用的平台。让每个党员成为“发展经济的领航员、政策法规的宣传员、科学技术的辅导员、勤劳致富的信息员、矛盾纠纷的调解员……”，进一步带动党风、民风的根本好转，促进整个农村的稳定与发展。

乡村振兴显身手，担当实干印初心。2012 年 11 月，韩德华被推选为曲阜市第十七届人大代表；2017 年 12 月，被推选为曲阜市第十八届人大代表；2019 年 1 月，被曲阜市人大常委会评为优秀人大代表。2018 年韩家铺村获得了“济宁市文明村庄”的称号。

行走在韩家铺的村街，我们看到了洋溢着幸福感、自豪感的村民，听到了他们信心满满地迈向生活富足、安居乐业的美好生活的铿锵脚步。

刘勇

梅开二度，是为了那份追求

孔令绍

● 刘 勇

前杨庄村是曲阜市的压煤搬迁村。一听“压煤搬迁”，就知道这村里有钱。

但就是因为村里的这点“钱”，才让刘勇两度出任党支部书记兼村主任。刘勇说：“我再次回来当干部，就是为了不让有了钱的老百姓再受苦。”

转业回来当支书，村里一穷二白

刘勇生于1968年6月，1985年高中毕业后参军入伍，赴湖北省广水市某空降部队服役，1989年1月加入中国共产党，在部队曾荣立三等功，1990年底转业回到村里。

前杨庄村不大，200多户，800多人，1000多亩土地，可村里的矛盾却不少。虽然村里很穷，但村庄紧靠单家村煤矿，地下开采已近尾声，搬迁是迟早的事。大家想，一搬迁，还不就来钱。因此，不少人还真瞅着那支书、村主任的位置。

刘勇的心里并没那样的城府，家庭的影响给他打下了深刻的烙印。父亲曾经当过村里的支书，他忠厚老实，真诚纯朴，兢兢业业地为村民们服务，很受人们好评。刘勇就想做个父亲那样的人。

那年转业回来，他踌躇满志，雄心勃勃，心里充满了理想。他强壮的身板虎虎有生气，空降兵的气质、风度和素养让人肃然起敬。他稳重大方，不苟言笑，但说出话来给人的感觉却是入木三分。他不端架子，说话和气，村里的男女老少都能和他谈得来。1992 年 6 月，村党支部换届选举，刘勇以绝对优势当选为党支部书记。

农村的生产承包责任制搞了十几年，大家虽然吃上了饭，但却出现了深深的积怨。村里人均耕地本来就不多，平均 1 亩地左右，可竟然有的一人种着 4 分地，有的一人种着 6 分地，有的却一人种着 1.5 亩、1.7 亩地。就因为这地亩不平均，村民们矛盾尖锐，纠纷四起。刘勇召开村支两委会议、党员会议和村民代表会议，进行调查研究，听取群众意见，最终形成决议，每人按 1.3 亩调整了土地，稳定了群众情绪。

地是调整完了，但种还是有问题。自从分田到户后，集体的服务一直没跟上，村里没有机械，一到耕种、收割，农户就作难。刘勇和干部们商量，必须解决群众种地难的问题。这时候，集体是绝对的空壳，一分钱没有。刘勇跑到矿上，反复说明情况，借来了 10 万元钱，买来 3 台“上海 50”拖拉机、3 台联合收割机。

刘勇带领村支两委处理着村里一件件积重难返的基础性工作，群众的满意度随之越来越高。就在这时，前杨庄村的干部群众都面临着一个更加严峻的现实。村里的土地正在一点点塌陷下去，不少住户的房屋出现了裂缝，村庄搬迁迫在眉睫。要离开这祖祖辈辈生活的地方，对每一个村民的心理都是巨大的冲击，大家期待的目光一起聚焦到刘勇身上。

1997 年，时庄镇党委、政府正式做出前杨庄村整体搬迁的决定。这是曲阜市最早搬迁的村庄，因此有着得天独厚的优惠条件，新村址选择自由度极高。刘勇寝食不安，夜不能寐，他的心里异常激动与兴奋：这是俺前杨庄村千载难逢的好机遇，我要为俺村的千秋万代负责，我要用我的心血、汗水和智慧把我的父老乡亲带入更加美好的未来。

新村址决定着村民未来资产的市值，刘勇心知肚明。他带领着他的团队，马不停蹄，不辞劳苦，四处考察，最终确定把未来的新村建在曲阜城西的边上。全体党员和村民代表会上，决定刚一宣布，全场一片骚动。一位村民大声喊叫："新村建那么远，我们开着车去种地吗？"

刘勇理解乡亲们的感情，大家割舍不下生养自己的那块地方，离老村越近，他们的情感就越有依托。可这恰恰就是目光短浅的表现。他和两委成员挨家挨户做工作，依然没有效果。刘勇万般痛苦，无奈之下，退而求其次，将新村址定在时庄镇政府西邻，327 国道以北。

1999 年刚一开春，前杨庄新村破土动工了。一幢幢宽 11 米、长 18 米的二层欧式别墅楼拔地而起，水、电、路、管网等配套设施同时跟进，每家安装一部固定电话。2000 年底，村民们全部迁入新居。

村里一有钱，有人就红了眼

又是一年春草绿，又是一年百花艳。2001 年的春天，前杨庄村人脸上绽放着笑容，他们的心里乐开了花，做梦也没想到能有这么好的生活环境。站在新的起点上，刘勇和村支两委的同志们精神振奋，信心百倍，决心在干事创业的征程上大展宏图。

时光荏苒，日月如梭，一年的时间一晃而过，转眼到了 2002 年的春节。春节过后，就是村委换届的时间节点。其实，刘勇早有预感，近一个时期以来，村里就有了不安定的苗头。有人上访，有人举报，拨弄是非，蛊惑人心，以小人之心度君子之腹。村庄搬迁，那是什么概念？进了那么多钱，有人就怀疑村干部多少不捞点！

曲阜市检察院反贪局果真来了，一查就是一个星期，却没查出村干部的半点儿贪污问题。但始作俑者仍然不依不饶，继续煽动群众情绪，把水搅浑，使整个村里乱了方寸。为了稳定局面，镇党委、政府决定暂停刘勇党支部书记一年，镇里下派一名脱产干部代理村党支部书记职务。2003 年 8 月，镇里主持前杨庄村村支两委换届选举，闹事者一方当选党支部书记，村主任、会计换了新人，两委干部基本大换班。

一年两年三四年，五年六年七八年，不知不觉中一干就是十几年。矿上每年一亩地就给 4000 元钱的补偿款，过惯了穷日子的农民们年年有甜头，像是在抽食鸦片的快感中日复一日，年复一年，可总见不到新村建设有什么变化和发展。

陈毅说过："手莫伸，伸手必被捉。"一次，理财小组的刘洪珠、刘洪山、周福德 3 位同志在审查账目时偶然发现，有一笔塌方地补偿款对不上。这笔补偿款是 180 万元，却只给村民兑现了 80 万元，那 100 万元却不见了踪影。理财小组顺藤摸瓜，发现了更多猫腻，随即向上级作了反映。市纪委、市检察院立案调查，最终查证原书记、主任、会计将 100 亩塌方地补偿款隐匿达 10 年之久，其中 3 人贪污 27.3 万元，327 万元说不清楚去向。2015 年，原书记被判刑 1 年 9 个月，原主任被判刑 1 年 6 个月，原会计被判一缓二监外执行。

12 年的闹剧就这样收场了。那 3 个人都离开了村里。可巨大的窟窿，群众的损失，散乱的人心，却都留在了那里。

接过烫手山芋，是为了那份追求

当初，有人夺权是为钱；而今，村里一片乱局谁来管？刘勇的内心，凄凉，痛苦，尴尬，无以言状。当年在部队上入党时，我也是满腔热血；入党宣誓时，我也是慷慨激昂。作为党员，至今我也算不上是一个纯粹的人，但总要有一点起码的觉悟——为人民做事情。

2014年底，村里已是乱象丛生。这时候，又到了村委换届的时间节点，对于如何收拾残局，村民们有着迫切的期待。刘勇硬着头皮回来了。答案是明确的，刘勇当选了。但党支部还不到换届时间，前任的事情还没结案，他只能当“看守”主任，静观其变。2015年4月，村党支部换届，刘勇梅开二度当选村支部书记。

“为什么回来？”我们欲探求他心底的秘密。

刘勇百感交集：“我是一个党员，我不能眼看着俺前杨庄再乱下去，我不想让俺的村民遭受无谓的损失。”

“那些账，不怕吗？”我们深表同情。

“能不怕吗？这笔账得靠集体创造的收入一点一点地去还。”他既无奈又自信。

刘勇二度担任书记、主任的任期，是在偿还群众的人情债、经济债的主题中拉开序幕的。偿还欠债，平息众怒，稳定人心。新一任党支部、村委会就任后，刘勇召开两委会议，正式做出决定：亏欠村民的327万元补偿款，每年至少偿还20万元，直到还清为止。

我们担心地问：“有难度吗？”

“太难了。5年了，每到过年就像过鬼门关。但是，再难，每年年底承诺还给村民的钱一分都没少过。”刘勇欣慰地说。

确保每年的塌方地补偿款兑现到位，各项福利补贴发放到位，让村民们放心。每年向全体村民公布当年塌方地补偿款发放额度，及时向村民兑现，让每个人心里都有一本明白账。利用集体收入对村里50名新增人口按每人每亩500元发放补贴，为204户办理家庭财产保险补贴10元，为590名符合标准参与农村合作医疗的村民每人每年补贴50元，为170名老人办理银龄安康保险每人每年补贴20元。

挖掘潜力，发展经济，增加集体收入。村庄搬迁后，老村址的200亩土

前杨庄村一角

地已经塌陷，村两委研究，按每年每亩 300 元的价格，承包给本村 7 户村民养鸭子，租期 10 年，集体每年收入 6 万元。新村前后有集体土地 50 亩，两委决定，村前建门面房，村后建大棚，让有限的资源为集体增加收入。

围绕群众关切，切实搞好服务。彻底整治脏、乱、差，村庄路面全部硬化，道路两侧栽植果树，美化村容村貌。投资 4 万元，建设高标准净水房，向全体村民免费供应净水。为所有住户升级成水冲式厕所，村里购买了抽粪车，每个季度由村干部义务为村民清理一次。投资 6 万元，建设了时庄镇第一家开放式群众服务中心和高标准综合治理中心。建设 5000 平方米的“党建主题公园”和两处休闲文化广场。

在乱局中度过了十几年的落后村，经过刘勇与新一届村支两委班子 5 年的“修复式”治理，一举成为曲阜市的先进村，荣获山东省、济宁市、曲阜市颁发的 10 余项荣誉称号，刘勇也连续荣获“优秀党支部书记”称号。有效化解了干群矛盾，村民们与村干部的抵触情绪消失了，群众的思想面貌发生了根本改变。在新冠肺炎疫情中，在刘勇的带动下，仅有 202 户村民的小村庄踊跃捐赠钱物的就达到上百户。两委干部刘洪元说：“我曾和两任书记搭过班子，但感受大不一样。”

刘勇带我们去看村中央的“党建主题公园”，丰富多彩的党建知识映入眼帘。我不禁问道：“为什么打造‘党建公园’？”

“我对党有感情。”刘勇的神情是那样的凝重。

“还感到委屈吗？”我又追问。

刘勇停顿了片刻：“也谈不上委屈。作为党员，面对权和钱时，要有底线，要对得起党；受挫折时，要理解党、坚信党；有了成绩和荣誉，别翘尾巴，要感恩党。”

刘勇曾认为自己不是一个“纯粹的人”，可他却是始终朝着这个方向努力着。

卢正忠

筑梦美丽乡村

李赋春

● 卢正忠

宫家楼村位于尼山镇东南部，北依孔子湖（尼山水库），南面和东面与邹城市田黄镇接壤，离曲阜市区30多公里，距尼山镇驻地15公里，现有162户，村民686人。清朝道光年间，有两户宫姓人家来此居住，一户给曲阜孔府孔端甫家当佃户种地，后一户宫姓人家是地中富户，并盖楼一座，成为当地的标志性建筑，当地人们便习称宫家楼。

就是这样一个偏远的库区村庄，几十年来，村风纯朴，邻里和睦，村民遵纪守法，安居乐业。现在的宫家楼村更是一个环境优美、产业兴旺、生态宜居的美丽乡村。

“宫家楼村有着光荣革命传统和辉煌的历程，有卢令修、卢保州、马成龙等革命烈士，新中国成立后，在卢保江、卢令臣、乔伟、卢令甫、卢正田等五任党支部书记的带领下，干群一心，村庄得到了持续稳定发展。”在村里的新时代文明实践站，村党支部书记兼主任卢正忠给我们介绍说。

卢正忠生于1967年，高中毕业后到村小学教书，之后又经营了十年的建材生意，1996年加入中国共产党，2004年任村委委员兼会计，2014年12月担任村党支部书记。

“我是第六任书记，承上启下，责任重于泰山。让村庄更美丽、更富裕，是我一直怀揣着的初心和梦想，不敢有丝毫懈怠。”

让村庄更美丽

2020年8月2日，在卢正忠和济宁市下派的驻村第一书记徐雷申的陪同下，我们行走在宫家楼村的道路上，天蓝，水碧，空气清新，环境优美，乡村道路干净整洁，乡间别院错落有致，来往的村民透着和美幸福的神态和笑容……

● 卢正忠（左）与济宁市下派驻村第一书记徐雷申交流工作

“六年来，卢书记为了村庄建设没少费心，做了很多的实事。”村支两委委员卢广恩对我们说。

卢正忠上任后，对乡村环境整治坚持两条腿走路，一是查漏洞、找死角，二是升级改造。“故步自封，不与时俱进，很快就会落伍、被淘汰”，卢正忠常常这样告诫村干部，更是告诫自己。

村北原来有一个大脏水沟，一到夏天就散发出难闻味道，村民们都是“避而远之”。卢正忠一上任就开始着手整治，猛药去疴，组织人手将脏水沟填平，又请施工队在原处建设了一处亭子和长廊，原本无人问津的臭水沟，现在变成村民休闲的小广场。

因为地处库区、山区的原因，饮水安全一直是困扰村民的一大问题。2015 年，卢正忠筹集资金，打机井 3 眼，更新了自来水管道，解决了村民“等水”的问题，实现了全天供水，方便了村民的生产生活。2017 年 5 月，村内全部铺设了排污管道，路面上再也没有污水坑、脏水池，村中大街、东西两条街铺设沥青路，整修生产路 3000 余米，村街面貌焕然一新。

2019 年 7 月，有村民反映村内路灯已经使用十多年，夜间照明的时间较短，有的路灯到了晚上 9 点多就不亮了。听到村民反映，卢正忠马上把更换太阳能路灯提上日程，在第一书记徐雷申的协助下，更换太阳能路灯 40 盏，解决了夜间照明的问题。

借着“美丽乡村”建设的东风，完成街道两旁的墙壁绘画 2770 平方米，建设一处牌坊、两处亭子，对村内绿化苗进行了补栽，安排环卫工人定期清除村内杂草、修剪绿植，增加了村民夏季乘凉的去处，丰富了村民生活，也成为曲阜市新农村建设的一个靓丽风景。

2019 年 10 月 28 日，宫家楼村通过省级“美丽乡村”建设验收，被授予山东省“美丽乡村”。

让村庄更文明

“孝敬老人、严教子孙、尊老爱幼、亲穆存心，是我们家的家风家训……”在宫家楼村新时代文明实践站，村委委员、村传统文化讲师卢婵正在给暑期中的孩子们讲课。

村新时代文明实践站，遍及全村的文化墙、文化大院、文化广场，宫家楼村文化建设可以说遍地开花，走进村民生活的方方面面。丰富村民的文化生活，闲暇时一起学习科技知识、谈思路、谋发展。利用农闲时间，请来各行各业的专家、能人到村，为村民们讲知识、讲技术，不仅使他们拓展思路、开阔眼界，还使他们掌握了更多先进文化知识和技术。新时代文明实践站从中起到了积极的作用。

“今年，我们又充实了实践站的内容，配备了空调、电脑、遮光帘等办公设施，房屋进行了吊顶，解决了讲课开会时有回音的问题。”卢正忠介绍说，文明实践站得到了更有效的利用。

每年 11 月份，在文明实践站举办“儒学节”。村民们都聚在一起包饺子、看大戏，在这个电子化、信息化的时代，这些活动多了一些对于生活的返璞归真。实践站还收集整理了一批有纪念意义的传统物品，让大家感受乡村记忆，留住乡愁。

2018 年，宫家楼村兴建了文化大院、文化广场，在全村各个街道墙壁上绘制了乡村振兴、基层党建、文明礼貌等文化墙，让村民随时随地可以感受到文化的氛围和熏陶，提高了村民的思想道德和文明修养。

在路边、广场安装了十多套体育健身器材，每年开展“五好文明家庭”“好媳妇、好婆婆孝贤之星”等评选活动，全村形成了“人人比奉献，个个争先进”的良好精神面貌。

万民乡风，旦暮利之。“我们通过新时代文明实践站开展了习近平新时代中国特色社会主义思想大讲堂、家风家训教育课、邻里饺子宴等活动，让老百姓亲身感悟新时代文明风尚。”卢正忠说。

让村庄更富裕

“这个淀粉加工厂，每小时可生产粉皮、粉条1000斤，可安置10人就业，每年为村集体增收15万元”，在建设中的曲阜圣境圣像食品加工厂，卢正忠给我们介绍说。

大型旅游项目“尼山圣境”的建设给宫家楼村带来了前所未有的机遇，在驻村第一书记徐雷申同志指导、帮助下，卢正忠同村支部一班人开动脑筋、发动群众，把加快村民致富、集体增收放到了重要议程。

听到村民卢波在淄博为全市商超配货，此人具有“信息广，能力强，业务量大”等特点的信息，卢正忠同徐雷申第二天就赶往淄博市。卢波也关心着家乡的发展，项目很快就确定下来。

新农村建设，党建引领最关键。2020年4月，村党支部决定以“党支部+农户”模式注册成立了“宫家楼村田园综合体合作社”，将党支部的政治优势、组织优势与合作社的经济优势有机结合，合作社以种植莲藕、垂钓、休闲娱乐为主，村集体以40亩土地入股，村民自愿入股，按效益定期分红。

为消除村民的顾虑，卢正忠利用村民会议、干部入户等形式鼓励村民积极参与，党员带头入股，结果很快就得到了村民的拥护和支持，吸收社员31名，股金22.8万元。其中，让卢正忠感动的是在外打工的两位年轻村民分别入股2万元和5万元。

村集体流转土地种植的70亩苹果园，6月15日就已成熟，占领了市场先机，取得了很好的效益。合作社的成功运作，不但大大地提高了村民的经济收入，也为村经济发展注入了活力，走上良性发展的轨道。

“我们还要利用临近景区的优势，开设一批‘农家乐’，让游客品农家菜、住农家屋，感受新农村的美丽。”在八个巨大的藕池旁，卢正忠望着不远处的“孔子像”说道。

让村庄更美丽、更文明、更富裕的梦想，使卢正忠沉醉其中，又好似刚刚开始。

朱明良

农村的创举：合作社联盟

孔令绍

● 朱明良

一下子就走进了偌大的蔬菜大棚，一眼望不到边的全是西红柿，每一株秧上都挂满了果，绿的青翠欲滴，红的让人垂涎。

时下正值隆冬，外边冷飕飕，里边暖烘烘。大棚里的景色令人应接不暇，作物迸发出的生机触目皆是。

兴致正浓时，陵城镇乡村振兴服务队的贾振兴迎面走了过来。他向我们介绍，这就是朱明良同志领办的“合作社联盟”搞起来的冬暖式大棚。

朱明良，曲阜市陵城镇兰家庄村党支部书记、陵城镇高端果蔬合作社联盟理事长。

乡村振兴走向康庄道

党的十九届五中全会提出：“优先发展农业农村，全面推进乡村振兴。坚持把解决好‘三农’问题作为全党工作重中之重，走中国特色社会主义乡村振兴道路，全面实施乡村振兴战略。”朱明良引领的合作社联盟就是中央关于乡村振兴战略的最好注脚，在当地已经起到了很好的示范效应。

“对于一个有10个村级合作社组成的联盟，镇党委、政府为什么选中了朱明良担纲?”我感到疑惑不解。

陵城镇党委书记武凡明直截了当：“明良同志党性觉悟高，有乐意为人民服务的情怀；管理能力强，有较高的协调能力；有市场经济意识，发展经济有套路、有办法。”

乡村振兴服务队贾振兴：“俺服务队包了10个村，兰家庄是让俺最省心的村。今年全市举行各个村街‘技术大比武’，兰家庄得了全市第九名。”

这让我们立马对朱明良刮目相看。

2019年7月，济宁市、曲阜市两级组织部门组织下派干部成立了陵城镇乡村振兴服务队，服务对象共有10个村，其中，兰庄村、北驻村、鲍庄村、小果庄、南庄西为济宁市乡村振兴服务村，东郭村、小厂村、杨庄村为济宁市下派第一书记村，李杭村、新兴庄为曲阜市下派第一书记村，这10个村得到的帮扶资金总数达到了600多万元。

乡村振兴如何做，成了镇党委、政府反复思考的难题。思来想去，他们得出两点结论：一要让那600万元资金成为引领乡村振兴的方向，二要选出一个“能人”引领乡村振兴工作。

随即，一个“1 + 3”模式跃然闪出：党建 + 联合社 + 公司 + 基地。朱明良成竹在胸，跃跃欲试。在镇党委、政府领导下，他按部就班，有条不紊，内联外协，排兵布阵，逐步展开。

流转土地，统筹资金，集约经营。10个村庄，分布在陵城镇的东南西北，这就需要找到一个中心点作为基地。镇驻地的陵南村、陵北村尚有150亩的连片土地可以利用，通过协调，把它流转出来作为基地。将10个村的600万元帮扶资金集中起来，在基地上建设25个钢结构冬暖式大棚。

指导协调，理顺关系，构建框架。按照10个下派帮扶村的不同类型，逐一指导各村党支部建立村级专业合作社。各村合作社成立后，再以合作社名义入股“联合社”。在此基础上，陵城高端果蔬合作社联盟正式成立，朱明良被推选为联合社理事长、法定代表人。朱明良召开理事会议，研究决定入股及分红事宜。10 个村上级帮扶资金分为三个类型：5 个济宁市乡村振兴服务村每村 100 万元，3 个济宁市下派第一书记村每村 50 万元，2 个曲阜市下派第一书记村每村 20 万元。按照入股自愿原则，10 个村实际入股到账资金 548 万元，各村入股资金在入股资金总额中的占比即为分红比例。兰家庄入股 78.5 万元，占分红比例的 14.32%。

加强外联，借梯上楼，特色发展。发展果蔬产业，山东省寿光市已经走出一条特色发展的新路子，与其合作将会收到事半功倍的良好效果。朱明良与镇党委、政府一起奔赴寿光，找门路，求合作，终于与寿光市庄鑫种业有限公司达成合作协议，而后合作成立了“高新农业科技公司”，陵城占股

● 朱明良（中）在蔬菜基地指导工作

66%，寿光占股 34%。寿光方面负责公司的技术指导和销售服务。

提供服务，造福百姓，脱贫攻坚。土地流转之后，当地农民大多没了土地，年富力强的，有技术专长的，都外出找工作，挣大钱。家里老弱病残的村民，既没收入，更孤寂难耐。朱明良把他们组织起来，到果蔬基地打工，每天发给他们 60 元工资。各个果蔬大棚里，不仅是这些村民们工作的场所，还成了他们谈心交流、身心愉悦的俱乐部。

春华秋实，朱明良率领他的联合社辛勤耕耘，独具“绿色陵农”特色的有机果蔬已经上市。预计果蔬基地每年每亩可获纯利润 3 万元以上，该项目每年可获纯利润百万元以上。这个联合社在当地的乡村振兴中已经发挥着导航作用，它正在带领广大农民走向共同富裕的康庄大道。

磨刀不误砍柴工

对于朱明良，主持联合社的工作又是一次极好的历练。自 2007 年开始，他就担任村党支部书记，在工作中锻炼着自己，提高着自己。驾驭全局，协调各方，成为他的看家本领。

朱明良生于 1977 年 6 月。初中毕业后，他就开始走南闯北。1993 年，只有 16 岁的他就到了济南国棉二厂做建筑维修；1994 年，赴蓬莱干装修；1998 年，回到当地的陵城安装公司从事管道安装；2001 年至 2003 年，独自承包工程。

朱明良没有太高的学历，却有着当干部的优势。他出生在农村基层干部家庭。他的爷爷朱登山当了一辈子的村党支部书记，父亲朱宁奎是村里红白事理事会的负责人，朱明良从小就受到了祖辈和父辈的熏陶。擅长处理人际关系似乎是他与生俱来的素养，他潜质中还蕴藏着浓浓的人情味和深深的情怀。虽然多在外少在家，村里百姓还是喜欢他。2004 年村委换届，村民们把他选进村委，当了村主任。2005 年 10 月，朱明良光荣加入中国共产党，

2007 年就被选为村党支部书记。

朱明良的心处处贴着群众，从不违背群众意愿。兰家庄是个小村，全村 203 户，799 口人，原有耕地 510 亩，现有耕地 180 亩。越是地少，村民的注意力就越盯着土地。国家政策是耕地的承包关系 30 年不变，因此调整起来很难。可农村的现实摆在那里，农民就是靠着那点土地吃饭，人走了不减地，人来了不增地，矛盾只能越积越多。那时候，一般村都不敢戳这个马蜂窝，甚至到现在有的村也没调过地。朱明良上任后，第一件事就是调地。从那以后，添人添地，减人减地，成了村里的惯例。2012 年、2018 年，外边两次征地共计 330 亩，征地款 2000 多万元。朱明良本想着用这钱做点大事，可村民们还是愿意分钱，村支两委就按照大家意愿每人分了 3 万元，剩下的每人 3500 元办了失地保险。

朱明良务实能干，做好事，做实事，村庄环境逐步改观。2012 年，村支两委研究对村内的 12 条道路进行硬化重修。12 条路面积共 1.5 万平方米，对外承包最低每平方米 80 元钱，朱明良带头组织村民自己干，修下来只合到每平方米 50 元钱，这一项就为村里节省了四五十万元。原来村里没有活动场所，群众文化生活匮乏。2019 年，村里投资 20 万元，修建了 1000 平方米的文化广场，满足了群众文化娱乐、强身健体的需求。接着，又投资 100 多万元，建起村支两委“为民服务中心”。服务中心设施健全、完善，党员活动室、爱心书屋、莲心驿站、退役军人服务站、新时代文明实践站、“和为贵”调解室等一应俱全，仅爱心书屋就藏书 1 万多册，顺应了新时代农民对文化知识的渴求。

朱明良的思想之根深深地扎在农民当中，他的心里始终装着人民群众。55 岁的村民颜振朋在建筑工地工伤死亡，妻子长期患病，家里有两个女孩。工头是颜振朋连襟，虽然是亲戚，但却不想多出钱而草率了事。朱明良找了当事人又找单位，不知跑了多少趟，终于让受害方拿到了 50 万元的补偿款。现年 64 岁的村民朱明杰与 1981 年出生的儿子朱利雷原来经销医疗器械，自家有车、有房、有公司，生活富足。可天有不测风云，2013 年儿子得了脑出血，先后两次做开颅手术，用去几十万元的花销，后续治疗每天都要花钱。祸不单行。紧接着朱明杰患了心脏病，做了心脏搭桥手术；妻子换了膝盖瓣膜。一个好端端的家庭一下子跌落到谷底。朱明良最先想到的就是给他家办低保。但给一个原来有车有房有公司的家庭办低保，难度有多大可想而知。朱明良简直跑断了腿才得以办成。全家人都失去了劳动能力，朱明良又去跑畜牧局，给他家弄来了母羊和公羊，让朱明杰养羊支撑生活。村里组织服务队、志愿者为其料理家务、打扫卫生。村干部每月两次到家里走访。朱明杰激动地说："俺家里的日子虽然很苦，可有村干部们操心，俺心里却很热乎。"

朱明良没有做出惊天动地的大事业，可在奔向小康的路上他却是脚踏实地、步步为营。2010 年至 2019 年，他带领的村党支部连续 10 年被评为市、镇"五好党支部"，兰家庄被评为济宁市"美丽乡村建设示范村"，朱明良连续多年被评为"优秀共产党员""优秀党支部书记"。

一位哲人说过，世界上能登上金字塔的生物只有两种：一种是鹰，一种是蜗牛。朱明良何尝不是这样一只蜗牛啊！

我想，在我们党内，这样的"蜗牛"多了，我们党的事业才会根基永固；我们的党员，若能都是这样的"蜗牛"，那就定能迎来理想的明天！

颜浩

初心如磐，成就大美庙东

李赋春

● 颜　浩

盛夏时节，曲阜市姚村镇庙东村的生态莲藕产业观光示范园里，荷花已竞相绽放，美如画卷。许多游客带着孩子，闻着满园清香，来感受赏荷花、采莲蓬、钓龙虾的乐趣……

沿着荷塘，一路风景一路精彩。走进庙东村，宽阔通畅的街道，整齐美观的民居，近万棵芳香四溢的蔷薇沿村内街巷蜿蜒曲折，几千棵枣树、石榴树枝繁叶茂，脸上洋溢着幸福笑容的村民往来其中，一个生态宜居的村庄展现在人们的面前，犹如世外桃源。

如今的庙东村产业兴、村风正、生态美，是远近闻名的富裕村、省级文明村。可谁也不会想到，六年前，这里却是个环境差、人心散、集体经济薄弱的落后村。

“颜浩不当书记，就没有庙东的今天。”“颜书记有能力，敢担当；风险给自己，成功了归集体。”“村民都感激颜书记，他是我们的主心骨……”，听说我们来采访颜浩，村民们围了上来，七嘴八舌，纷纷竖起了大拇指。

“我只是做了一个党员，一个村支书该做的事。党建引领，才是庙东走向美丽、富强的根本。”面对村民的赞誉，庙东村党支部书记颜浩连连摆手、摇头，并深有感触地说。

现在，就让我们走进庙东村，循着颜浩的成长足迹和村庄的发展轨迹寻找一下庙东村巨变的奥秘吧！

好钢用在刀刃上，好党员就要勇于担当

庙东村位于姚村镇驻地西北 1 千米，全村共 332 户，1172 人，其中回族 48 人，党员 34 人，耕地 1100 亩，是姚村镇唯一回族和汉族聚居地。

生于 1967 年 11 月的颜浩是土生土长的庙东村人，在村里读完小学，镇中学毕业后考入曲阜市技工学校机电专业学习，1991 年 7 月，分配到曲阜市锻件厂（后改制为曲阜市索龙索具有限公司）工作。勤奋好学又脚踏实地的颜浩，一步一个脚印，做过学徒、机械操作工、带徒师傅、车间副主任、销售科科长、副总经理，2003 年 7 月 1 日光荣加入中国共产党，为公司的市场开拓和跨越式发展做出了贡献。

2006 年 4 月，颜浩开始自主创业，在庙东村建设成立了曲阜正昊五金制品有限公司，从事五金制品、铜件、铝件的制造销售。从无到有、从小到大，正昊公司稳扎稳打，一年一个台阶，到 2014 年时已发展成为员工 100 多人，年产值 1500 万元的规模企业。

此时的颜浩可以说顺风顺水、事业成功，他还积极关心村里的事务，扶贫救困都有他的身影，2012 年村里修路，他主动捐助 2 万元，赢得了村民的承认和褒奖。

平静的事业、生活在 2014 年 6 月的一天被打破了。这一天，时任姚村镇党委书记的刘慧敏到正昊公司调研，一见到颜浩，就夸奖个不停。颜浩很

惊讶，感觉肯定有问题："书记，有什么事，您就说吧！"

"你是党员吗？"刘书记问颜浩。

"是党员，11 年党龄了。"颜浩回答。

"那就好，现在组织交给你一项任务，回村去竞选支部书记。"刘书记加快了语速，"不要谈困难，镇党委、政府就是你的后盾；不要谈条件，是党员，就要不忘初心牢记使命，就要敢于担当。"

这不容商量的"命令"让颜浩一时感到了惊讶，连拒绝的机会都没有。村里的情况他非常清楚：村委办公场所破旧不堪，只有半间屋可用；集体不仅没收入，还欠债 70 多万元，村干部的补贴 8 年没发过；基础设施差，贫困家庭多；村里矛盾重重，是出了名的贫困村。当这个村支书，简直是"烫手的山芋"！

回家一说，立刻遭到全家的反对。"放着好好的企业不干，省心的钱你不赚，却要回村里去当书记，操心费力不说，还不一定落好，你说你图个啥？"妻子第一个反对；老表叔听说了专门赶过来，千嘱咐万叮咛："千万不能接。"

刘慧敏书记的话始终回响在颜浩的耳旁，他知道前面的困难和曲折。"咱是共产党员，致富不能忘了众乡亲。别说是镇政府领导给咱交了心、谈了话，看得起咱；就是不给咱交心谈话，你说你能眼巴巴地看着村里那么多的老少爷们还在过穷日子？那么多贫困户的孩子吃不好，穿不暖，上不起大学。啥也别说了，回村带领老少爷们共同致富，就是我最大的心愿。"颜浩说道。

2014 年 11 月 24 日，颜浩参加村党支部书记选举。众望所归，当时庙东村与苏村、于村三个自然村的 89 名党员投票，颜浩以 88 票当选。

“三部曲”打通致富路，映日荷花别样红

面对村弱民穷的局面，颜浩明白发展是解决一切问题的关键，如何选准发展产业、实现增收致富是压倒一切的大事。他带领村支两委一班人东到平邑，西到巨野，南到江苏，北到泰安，积极考察学习借鉴外地发展经验。最终在赴江苏考察的基础上，确立了在庙东村大力发展生态莲藕的发展思路。

面对村民的迟疑、观望，颜浩确定了庙东村产业发展的“三部曲”：干部引路——支部书记和村干部带头试点，让大家看到成功和希望；合作扩张——带动集体和党员、农户和精准扶贫户致富；产业兴旺——让庙东村成为曲阜生态莲藕、养生木耳、出口蔬菜产业发展的核心区，走好市场化、多元化、产业化、电商化、集团化发展之路。

2014 年，庙东村在村内 10 余亩的废弃坑塘里，开展了生态莲藕种植试验。因资金匮乏，可谓举步维艰。颜浩带头个人投资 10 万元，并号召全村党员积极参与。“一开始阻力很大，很多老百姓不理解，认为北方地区不可能种出莲藕来。当时颜书记就在大会上表态，承诺如果项目失败，他承担损失，如果项目成功了，收益就属于集体。”村支委陈学国说。

在颜浩和党员们的带领下，项目得以顺利实施。2015 年，庙东村莲藕喜获丰收，亩产 4000 多斤。看到种藕效益不错，村民纷纷加入进来。村两委趁热打铁，成立了专业合作社，扩大生态莲藕种植规模，并且以“合作社 + 基地”为支撑，采取“党支部 + 农户 + 精准扶贫户”的发展模式，实现了村集体和精准扶贫户收入同步提高。

2016 年，庙东村利用 30 万元扶贫项目资金，将生态莲藕种植扩大到 50 亩。村支两委明确规定：村集体占 10% 的股份，只享受收益，不承担损失。所得收益，主要用于环境整治、精准扶贫等民生事业发展，个体成员和精准扶贫户通过土地流转、资金入股、打工获得持久收益。2016 年底，村集体收入达到 10 万元，村里拿出资金 3 万元，专门用于 32 户 52 人精准扶贫户

的再兜底，人均分配 577 元。

2017 年，颜浩带领村民选择 4 个藕池搞起了龙虾、泥鳅与莲藕混养试验。当年龙虾产量 150 斤—160 斤，泥鳅 120 斤，每亩增收 3000 余元。2018 年，庙东村 50 亩藕池全部实施了龙虾、泥鳅与莲藕混养，每亩水塘纯收入从 7000 多元增加到了 8500 多元。

“村民收入每年都有很大的增加，我们连续四年给全村 32 户精准扶贫户分红达到 11.1 万元，让老百姓感受到了集体增收的获得感和幸福感。”村会计宋宪民自豪地告诉我们。

一枝独秀不是春。在自身发展的同时，庙东村决定走扩大规模、抱团取暖、互利共赢的路子。2020 年 3 月，“合作社联盟莲藕产业基地”在庙东村成立。依附联盟基地的辐射带动，“庙东模式”在毕家村、宫家村、孙家道沟、白塔等周边 5 个乡镇 10 多个村实施，共建设 500 余亩莲藕田，泗河滨河示范区生态莲藕产业初步形成。庙东村为周边莲藕种植村培育优良藕种，免费设计立体混养藕池，免费提供技术指导，辐射带动周边莲藕种植 200 余亩，合作社联盟基地 2019 年实现集体增收 16.8 万元。

党建引领强村路，文明实践倡新风

“党支部 +”“党员 +”是颜浩从事村务管理与发展的基本模式和思路。他始终坚定认为“党建引领”是做好一切工作的出发点和根本保障，通过强攻坚、优储备、抓转化，不断提高村党组织动员、凝聚、服务群众的能力和水平，激活党建这一“红色引擎”。

在莲藕基地高高竖起的红色牌匾上，“党建带产业，产业党旗红”十个大字鲜艳夺目。“党支部 + 合作社 + 农户”的经营模式，以村级党建经济合作社为平台，将分散经营的农户集中起来抱团发展，走出了一条“党建引领、因村制宜、集体收益、农民增收”的致富路。

村庄建设、财务管理同样是党建引领。颜浩上任后，抓班子、带队伍，推行“五职管理”“分类管理”，搞村居规划，成立村级财务监督委员会，让权力在阳光下运行，让群众对乡村发展看得明明白白。

颜浩刚上任时，建于20世纪70年代的老村委大院老化陈旧、破烂不堪，2015年3月，经村两委人员研究提议，召开党员和村民代表会议，会议决定建设新的村委大院。同时，推进村主次街道的环境美化、绿化工程，重点实施幸福桥整体拓宽、东西大街沥青路面铺设、人行道地砖铺装、路牙石安装，并对道路两侧进行整体绿化。

2016年，庙东村进行土地调整。颜浩召开两委会、党员会、村民代表会，商量制定科学合理的政策，并确定了“先分地，后抓阄”的办法，避免营私舞弊。党员带队量地、分地，两委成员跟上工作。“地分完，没有一个纠纷，没有一个闹意见，这在过去是不可想象的。”村民、老党员李玉祥感慨万分。

2018年春天，庙东村的“美丽乡村建设”正如火如荼地进行，可资金也是捉襟见肘、缺口较大。村支两委研究决定号召村民捐助，颜浩带头捐款2万元。让他没有想到的是，广播播出后，村委院里就排起了长队。十天的时间，全村247户捐款22.29万元。为记住这些给村庄建设作出贡献的村民，村里在文化广场专门刻制了“功德碑”，让这种精神代代传承。

针对如何凝聚人心、构建和谐邻里关系，从2018年开始，庙东村依托新挂牌的“新时代文明实践站”，常态化开展了以学习实践科学理论、宣传宣讲党的政策、培育践行主流价值观、丰富活跃文化生活、持续推进移风易俗为主要内容的文明实践活动。

同时还建起村史馆，把庙东村发展历程展现出来，让群众甚至下一代更好地了解庙东村历史沿革；以“五老”（老党员、老干部、老战士、老教师、老模范）为主体组建了文明实践队伍，定期举办以崇德向善、孝老敬亲、科技培训等为主题的教育实践活动；沿街打造老年人活动中心一处，将综合服务室和卫生室搬到沿街，方便了群众来办理各项事务；采用全民公决的形式制定了《村规民约》，依托村民自治实现村民的自我管理、自我服务、自我监督；发挥“四德榜”作用，开展“好媳妇”“好婆婆”及文明家庭的评选，树立道德模范标杆；成立了“红白理事会”，并完善管理制度，做到村里红白事有人管、有标准、有章程，避免了红白事上的铺张浪费；开展“百姓儒学节”，并利用儒学节的契机，每年在重阳节这一天给全村 80 岁以上老人分发食用油、蛋糕卡，并举办敬老饺子宴等活动，在全村形成孝老、敬老的良好风尚。

短短的五年，庙东村在以颜浩为班长的村支两委领导下，强党建、抓管理、谋思路、促发展，历经探索，多措并举，使该村由以前远近闻名的“乱子窝、空壳村”，发展成为党组织建设坚强有力、乡风文明、邻里和谐、生态宜居的美丽乡村。

在会议室，我们看到了满墙的牌匾、锦旗，庙东村连年被曲阜市、姚村镇授予“优秀党支部”“精神文明先进单位”等称号。2019 年 6 月，庙东村党支部获得济宁市“干事创业好班子”荣誉称号。2020 年 7 月，曲阜市村级“竞赛比武大排名”如期进行，庙东村荣列第六名，获得“全市竞赛比武前十名村”的殊荣。

“金奖，银奖，不如老百姓的夸奖”，群众心中有杆秤。农村党支部书记，为老百姓做出了多大的成绩与贡献，村民们说了算。颜浩用他的实际行动诠释了一名共产党员的初心与使命，同全体村民一起成就了美丽富饶、活力无限的大美庙东。

姚建峰

『80后』村支书的初心与担当

李赋春

● 姚建峰

从远近闻名的“困难村”，到党群亲如一家的“和谐村庄”；从村容村貌脏、乱、差的“问题村”，到乡风文明的“幸福乡村”；从街道办事处排名倒数一二的“落后村”，成为曲阜市的“文明村”……这就是3年来，发生在曲阜市时庄街道办事处大柳村的蜕变。

“这都是因为我们有一个好书记，带领我们一步步干出来的。”漫步在大柳村，谈起现在居住环境的变化，村民一片赞语。他们口中的“好书记”就是姚建峰，一位“80后”的年轻人。

心系乡亲勇担当，三年村庄大变样

姚建峰生于1982年10月，2001年曲阜职业中专毕业后，开饭店、做工程，是村里的“致富能人”，2014年10月光荣加入中国共产党，成为年轻人学习的榜样。

事业成功的姚建峰心里装着大柳

村，关注、关心着大柳村的发展。2014 年 12 月，村委会换届选举，姚建峰回村参选，当选村主任。

当上村主任的姚建峰却没有一点兴奋的感觉，只是感到了无比的压力。此时的大柳村“一穷二白”：村委会五间年久失修的瓦房，一张破旧的办公桌、两把椅子，院子里杂草半人高；村里道路“晴天一身土，雨天一身泥”；老百姓浇地难、看病难、走路难；几十亩的土地承包费是村里唯一的一点收入，却被上一届村委会透支收取数年，接手村主任时账上没有一分钱……

一个多月的时间，姚建峰白天走家串户征求村民意见，召开村委会研究意见；晚上辗转反侧很晚才能入睡，努力探讨和思考着振兴村庄的计划和方案。

2015 年春节过后，村支两委达成一致意见，先从改变村容村貌开始，拓宽整修村中心街，解决村民出行难的问题。通过招标，以三年付清工程款的方式，顺利修通了高标准的中心街。之后，又申请政府项目，修通东西坡两条生产路 1500 多米。同时，多方筹措资金，新打机井 8 眼，缓解了村民“浇地”的困难。

2016 年，姚建峰一鼓作气，完成了中心街绿化改造、安装 LED 路灯 68 盏、监控探头 32 个等民生项目。村庄亮起来、美起来，也变得更加安全。2017 年春天，针对村民看病难，姚建峰多方协调促成以曲阜市卫计局出资 5 万元、剩余资金村里补齐的方式建设了村卫生室，实现了村民“小病不出村”的愿望。投资 22 万元，新打一眼 200 米深的饮用水井，让村民喝上了“放心水”。

三年的时间里，姚建峰始终用勤奋、智慧和勇气诠释着“村主任”这个角色，无怨无悔地为群众办好每一件小事、实事，带领大柳村走出困境，走向美好。

2017 年 11 月村支两委选举，众望所归，姚建峰高票当选村党支部书记兼村主任。

狠抓班子建设，全力打造过硬党支部

“给钱给物，不如建个好支部”，群众盼望好干部、好班子。姚建峰要求村支两委成员将自身定位为服务队，制订了村干部坐班表，做到“村民有需要，村干部随时到”。村党支部坚持“三会一课”制度、“五代理”制度、“四议两公开”制度，推行“小微权力”清单制度，搭建“银农直联”，重大事项及时召开党员、村民代表大会表决，党务、政务、财务及时公开。

每一名党员既是党的政策宣传员，也是爱管“闲事”的调解员。每名党员负责联系 5 至 10 户群众，定期入户走访、征求意见，并以书面形式向村党支部汇报。党支部将意见归类汇总、开会研究，提出解决方案，在下次“党员活动日”时，通报解决和办理情况。

针对村民吃水及农田灌溉出现的新问题，2018 年春节刚过，村党支部就召开会议决定全面维修机井。“说了算，定了干”，会后村支两委开始准备维修所需材料和工具、召集人员等。正月初六正式开工，村干部全体上岗，每天坚持 10 小时工作，历时 50 天。全村 50 眼机井全部维修维护了一遍，并新购置水泵 15 台，新打机井 5 眼，更换地下电缆 4000 米，维修、更换、埋设地下管道 3000 米，铺设沙石路 700 米。只要村民提出哪个机井不上水了、哪里地下管道漏水了、哪里地埋线坏了，村干部、维修人员就会及时到达，如当天不能维护解决，也给村民答复原因、确定维修时间。

村党支部是宣传党的主张、贯彻党的决定、领导基层治理、团结动员群众、推动改革发展的坚强战斗堡垒。支部过硬，才能打胜仗。在他的带领下，大柳村攻克了两大难题：

一是清洁煤推广。推广清洁煤是一项基本国策，但在实际执行中却遇到很多阻力，大多数村民觉得无所谓，以及改用清洁煤价格偏高，取暖设备需要改进等。姚建峰深入群众家中挨家挨户做工作，采购清洁煤 129 吨，完成了上级安排的任务。

二是改造厕所。2018 年 2 月，中办、国办印发了《农村人居环境整治三年行动方案》，曲阜市时庄街道党工委部署任务后，村党支部精心谋划，按照“大学习、大调研、大改进”方式开展工作，姚建峰带领村支两委成员多次到各户实地考察情况，分类确定改造厕所方案，天天转工地，时时抓质量。经过 18 天的真抓实干，大柳村完成 273 户，远超街道部署厕所改造任务的 115 户，并且全部验收合格。为此，时庄街道党工委在大柳村召开全街道改造厕所现场办公会议，推广大柳村经验。

姚建峰担当作为、干事创业的精神和行为得到了党委、政府的一致认可，2018 年上半年姚建峰被时庄街道党工委授予“干事创业有担当好书记”的光荣称号，大柳村党支部于 2018 年、2019 年连续被时庄街道党工委评为“五星级党支部”。

迎头赶上，创建优美宜居环境

姚建峰上任后，在第一次村支两委会议上就提出当前的主要工作就是从“改变村容村貌，改善村民生活环境”入手，全面推行生态环境建设、人居环境整治、乡风文明建设等乡村振兴战略。

修路治乱，大力开展人居环境整治。2018 年，按照党建示范村的标准，投资 75 万元历时 3 个月修铺水泥路面 8360 平方米，投资 40 万元水泥用于全村散水水沟硬化 76447 平方米。为方便通行、美化街道，对全村街道全面维修 3741 米，修缮水沟 2920 米，调整新铺设、改道排水管 550 米，收回并整修出村周围河堤，用于绿化美化及增加村集体收入的土地达 50 余亩。在村庄“压煤”引起的房屋斑裂工作上，主动沟通，化解群众同煤矿、压煤办之间的矛盾。陆续搬出房屋斑裂严重的 29 户村民，稳定了村民情绪，保障了群众安全。

在修建排水沟时，姚建峰身先士卒，天天扑在工地，常常是赤膊上阵。

党支部成员也不计报酬、不计得失，同群众一起流汗，通过大家共同努力，大柳村的街道面貌焕然一新，村容村貌大为改观，村民无不拍手称好。卖豆腐的老汉说：“现在最方便的就是我。”因为他天天在村里转，再也不用担心豆腐被颠碎了。

植树造林，封沙固土，打造“绿水青山”“绿满乡村”。大柳村东、南两面环堤，每到春、夏季，南风一起，风沙漫街，就像给村庄蒙上了一层“毛玻璃”。2019 年初，大柳村以街道“天大小事”工程建设为契机，启动了“绿满乡村管护建设项目”，投资 16 万元，在堤坝、村围、街道种植白杨、银杏、紫叶林、玉兰等 3000 多棵。

“把河堤栽满树，既能解决风沙问题，又能固土护堤。等树长起来，还是村民散步乘凉的好去处”，说起这件事，姚建峰总是充满期待，恨不能这些树一夜就能枝繁叶茂地长起来。

民生为本，贴心服务村民

大柳村有人口 1119 人，耕地 1539 亩，主要种植小麦、玉米。因为各种原因，长达 20 多年没有调整土地，村民意见很大。2018 年春天，姚建峰专门花了一周时间广泛征求村民意见，在征得 70% 的农户同意后，召开村民大会表决通过了进行土地调整。在分配过程中，姚建峰坚持每一环节都张榜公布、公开透明。历时 3 个多月，大柳村平稳地完成了土地调整，创造了零上访、无纠纷的土地调整记录，并成功流转土地 211 亩。

“全体村民注意了，今天下午有特大暴雨，请注意观察房屋情况，注意安全，有情况及时给村里汇报。”这是姚建峰于 2020 年 8 月 5 日中午在村广播中的喊话。晚上 8 点，暴雨停止后，姚建峰同村支两委成员分头挨家挨户查看情况，第二天逐一落实解决。

“大柳村地处煤矿矿区。近几年来，随着煤矿开采的加速，村民房屋频繁出现斑裂，群众情绪不稳定，意见很大。”支部委员朱利杰告诉我们，“姚建峰为这事操碎了心，不知道在煤矿、街道之间跑了多少路。”

2018 年，姚建峰根据村内实际情况和村民意见，同古城煤矿和街道压煤办紧密沟通，成功动员了 29 户房屋斑裂严重、有安全隐患的村民搬迁外住。由于房屋斑裂，村民家房屋多数漏雨，为使村民安全度过汛期，姚建峰组织施工队，并和村干部一起带头干，对存在房顶漏雨现象的 210 户村民的房屋进行维修，在街道、煤矿、村民间起到了“稳定器”的作用，大柳村无因煤矿开采而引发的上访事件。

“‘美丽乡村’不仅要美在物质上，更应该美在精神上，只有‘内外兼修’，才能真正让乡亲们享受到发展成果。”姚建峰说，大柳村通过打造主题公园的方式，将过去说教式、灌输式教育向文化熏陶、感性共鸣、理性思考、寓教于乐、自觉接受等新方式进行转化，让群众在生活、娱乐和休闲中受到法治道德熏陶，真正让乡风文明融入群众生活、进驻群众心里。

● 姚建峰（右三）为大学生发放奖金

自2018年以来，全村每年都要公开评选“好媳妇”8名、“好婆婆”8名、优秀党员10名，并召开先进个人表彰大会。获表彰的村民春节每户发放10斤鸡蛋，考取大学、研究生奖励1000元，为750名村民每人补贴了50元购买医疗保险。通过这些活动的开展，大柳村的村风民情更加积极向上，在全村形成了争做“先进”的良好风气。

2020年的新冠肺炎疫情防控，是检验党支部战斗堡垒作用的一次大考。村党支部在党委、政府的统一领导下，精心组织，认真执行防控任务。全体党员、干部、群众积极参与，从抗疫捐款情况就能充分体现出党支部的号召力。防疫期间，大柳村党员、群众自发到村委会捐款，村委会共收到捐款47920元，其中党员及入党积极分子捐款24050元，占全村损款额一半以上。

肩头有担当，心中绘蓝图。“坚定跟着党的政策，时时刻刻想着老百姓的利益，心底无私坦坦荡荡，支部引领党群一心，强村富民就是硬道理。”姚建峰用信念和行动诠释了一名农村基层党员干部的初心和担当。他热爱这个养育他的村庄，心中有一个坚定的目标，那就是“一定要让村庄更富裕、秀美、和谐，让村民的生活更加幸福美满”。

孔凡珍

巾帼展风采，撑起一片天

李赋春

● 孔凡珍

2020 年 10 月 25 日，九九重阳节，曲阜市陵城镇古路套村的村委大院内，欢声笑语，热闹非凡，一年一度的“邻里和谐饺子宴”拉开了序幕。

一大早，很多热心村民自发赶来帮忙，擀皮、包馅，忙得不亦乐乎，大家配合默契，其乐融融。临近中午，志愿者们将热气腾腾的饺子和菜肴端上桌，全村 154 名 60 岁以上的老人围坐在一起，一边观赏节目，一起品尝美味，共同享受着邻里和谐带来的快乐。

这和谐融洽、美好幸福的场面，是古路套人生活的一个缩影。走进这个风景如画的村庄，不仅会被宽阔整洁的街道、绿树掩映的民居所吸引，更会为广场上健身的、村中来往的村民脸上洋溢的笑容所感染。

“这几年，我们村从里到外大变样，过去是路难走、晚上黑、没有公共设施，看个小病也要跑几里地，孔书记来了后，一切都好起来了。”“孔书记把村民当成自己的亲人，办好事、办实事。”……村民们听说我们来采写村书记孔凡珍的事迹，纷纷赞誉起来。

一个初冬的日子，我们走进了古路套村，走近这位巾帼书记，一探村庄变化的原由和孔凡珍的多彩人生。

情系故乡，临危受命任支书

古路套村，因位于三条古路的交叉处而得名，始于明朝中期，沈姓来此定居，后他姓迁入成村。现有居民 202 户，756 人，党员 41 人，耕地 360 亩。近年来，随着城市的发展，逐渐成为“城中村”。

孔凡珍于 1967 年出生，在古路套村成长、读书，中学就读于曲阜市体育学校，作为市自行车队的一员，曾在省自行车队少年组集训。中学毕业后回村，1989 年 10 月出嫁到东家村。

美好的爱情、幸福的婚姻成就着孔凡珍的多彩人生。1990 年，孔凡珍到镇供销社工作，1992 年又调到市水利局下属实体大成彩扩部，从此也翻开了她事业发展的新篇章。

大成彩扩成立于 1989 年，在旅游业方兴未艾的年代兴盛一时。孔凡珍以优异的品行和销售能力很快崭露头角，成为业务骨干和部门经理。但市场竞争是残酷无情的，时间到了 1999 年，大成彩扩这个“老职工多，机器设备严重老化，技术资源匮乏”的国有企业，遇到了发展的瓶颈，面临倒闭。

企业要发展，就必须改制。不服输的孔凡珍在家人的支持下，接任了彩扩部经理这一重任，成立了曲阜大成数码彩扩有限公司。起步之初，她凭着一股敢闯敢干的韧劲，购置先进设备，带领 30 多个面临下岗的好姐妹学技术、跑业务，很快企业便有了起色。几年后，攻城略地，在市内重组兼并及新设 6 家彩扩部，并在周边的泗水、邹城设立 5 家彩扩分部，安置下岗职工 76 人，成为技术设备一流、规模效益良好、资产上千万元的大型彩扩“窗口”企业。

在取得良好经济效益的同时，大成彩扩也以优质的服务得到了社会各界的广泛认可和好评，先后获得“山东省文明诚信单位”“济宁市巾帼文明示范岗”“济宁市青年文明号”“曲阜市青年文明号”“曲阜市五星级诚信企业”等多项荣誉称号。孔凡珍于2002年5月加入中国共产党，并先后荣获山东省优秀女企业家、省级消费者诚信标兵、济宁市劳动模范等荣誉称号。

作为企业家的孔凡珍，事业上已是如鱼得水、功成名就。她想不到的是，2013年秋天，陵城镇罗庙管区书记孔德政、包保领导孔广才先后多次找她做工作，希望她出任古路套村支部书记；10月的一天，时任镇党委书记孔祥池找到并对她说：“你是党员，就要敢于担当。”

自2012年原支书辞职后，古路套村已经一年半没有领头人，很多工作陷于停滞，成为村务矛盾重重、各项工作落后的“问题村”。镇、管区领导经过反复分析研究，决定请孔凡珍回村担此重任。

孔凡珍明白这是组织的信任。但她还是犹豫甚至拒绝——因为离开家乡已经20多年，对村里的情况一无所知，对农村工作更是门外人，担心不能胜任，误了家乡的发展。

2013年10月19日，镇领导与她谈话，并且下了命令：“只要村党员会议通过，马上就上任。”20日晚，村里召开党员大会，集体表决通过：孔凡珍任古路套村党支部书记。

上任的第一天，村民们早早聚在村委会，欢迎这位“回娘家”的女支书。说起当时的感受，孔凡珍依然感慨万千：“回到离开20多年的娘家村当书记，感谢组织的信任，同时也感到了从未有过的压力。全体党员和村民的支持给了我前行的动力，我相信只要依靠组织，发挥村民的积极性和创造力，就一定能做好村里的工作。”

民生为天，担当奉献谱新篇

孔凡珍刚上任，巨大的困难就摆在了面前：节气都过了小雪，别的村庄小麦都长出了五六厘米，可古路套村的地还没分出去。季节不等人，麦子种不上，来年老百姓收不到粮食怎么办？然而，谁都知道，分地是农村最难的工作。

雷厉风行的孔凡珍当天晚上就一户户走访村民，了解情况，拉家常，讲道理。当了解到是因为许多遗留问题，导致村民对村干部有很大的抵触情绪时，她郑重承诺："我回村里就是为大家服务、为大家解决问题的，咱们先分地、种地，其他的问题随后想办法解决。"

办事就要花钱，可村里一分钱都没有。孔凡珍做通村民思想工作后，自己拿出 2 万多元钱，为参加分地的群众发工资，然后联系找来播种机，免费为村民耕地播种。接下来的几天里，从早晨 7 点到下午 6 点，她一直靠在地里，晚上去村民家里走访，一直忙到深夜十一二点。就这样，诚意打动了村民，奉献温暖了村民。

2014 年的春节，孔凡珍是在不断地调研和思考中度过的。村里的道路、水电、村容村貌、村民的文化生活等，千头万绪，她感觉似乎又回到了 1999 年接手大成彩扩的时候，信心也油然而生，一幅"富而美"的社会主义新农村蓝图浮现在她的脑海里。

运筹帷幄，担当奉献。7 年来，孔凡珍带领村支两委、全体党员同村民们一起，齐心协力，真抓实干，一步一个脚印，一年上一个台阶，使古路套村焕发了生机活力。

2014 年，硬化了村里的道路，完成了"一路两壕"，安装了路灯，重建了中心大街往东至廖河的道路。彻底告别了"晴天一身土，雨天一身泥"的状况。解决了学生上学和群众的生产、生活问题，村街进行了绿化并栽植观赏树木，实现街街绿、街街亮的同时，启动了"文明一条街"的建设，用文字及图片教育、引导村民人人讲文明，村里的村容村貌随之焕然一新。

2015年，“填坑造地”建设了文化广场，修建了“和谐亭”，安装了健身器材。新建了老年活动室和留守儿童活动室，购买了象棋、麻将等娱乐用品。村里还聘请了一位退休老师，学生每天放学以后可以来这里学习，特别是那些父母不在身边的留守儿童，村里为他们创造了一个良好的学习氛围。

2016年，为方便村民因病就诊，村里建立了卫生所。乡医孔凡猛、李海洋一方面治病救人，积极组织全体村民免费检查身体；另一方面利用专业特长开展健康教育讲座，引导增强村民的健康意识，使村民有了“预防重于治疗”的健康理念。2018年，古路套村荣获“曲阜市健康村居”称号，并获得“全国基层中医药先进单位”荣誉。

群众的事无小事，孔凡珍把事事放在心上，落实到行动中。近年来，先后完成安全饮水、农改电、改厕等民生工程。在村里新打了饮水井，安装了净水设施，保证了村民饮水安全；重新安装了400千瓦变压器，满足了村民的用电需求；新打了两眼机井，解决了群众浇地难的问题。

美丽乡村，相亲相爱一家人

孔凡珍把村民当亲人，在她的眼里，古路套人就是一家人。6年来，每年的九九重阳节，由她个人出资，为每位老人送油、送米，开办“邻里和谐饺子宴”。她发起“相亲相爱一家人”活动，为全村村民拍摄全家福，这项活动得到了市委、市政府的一致好评，决定在全市范围推广，用镜头记录每个村庄的面貌，让历史定格在这一瞬间，用图片展现每个村庄和谐、幸福、美满的画面。

“改善人居环境，打造美丽乡村”整治期间，孔凡珍带队入户，对村里的大街小巷进行全面清理，为每家每户发放了明白纸和门前三包责任牌，使

● 古路套村重阳节饺子宴合影

村内环境得到进一步提升。全国妇联发起的“美丽庭院”活动，古路套村 5 户村民荣获济宁市级“美丽庭院”称号，被树为全市的典型。

文化广场、老年活动室，丰富了村民的文化生活。在村委李海洋的带动下，村里成立了舞蹈队，并多次在比赛中获得奖项。孔凡珍还非常注重家风家教的宣传教育工作，组织各户之间团结互助。邻里和睦，村风和谐，家和万事兴，成为村民的共识和行动。

2020 年春节的新冠肺炎疫情期间，孔凡珍带领 70 多名党员代表，在主要路口 24 小时轮流值班，舍小家顾大家。背着药壶在村里大街小巷不辞辛劳、不畏危险地喷洒消毒，更是免费为大家发放防疫物资，为出行不方便的村民发放大米、面条、食用油，率先向陵城镇捐赠防疫消毒物资。

村庄要发展，班子是关键。孔凡珍重视村委班子的建设，注重发展高学历、高素质、年轻的新党员，壮大党员队伍。现任村主任孔令平 33 岁，村委孔凡刚、李海洋都是 35 岁，显示着朝气和活力。同时，孔凡珍经常带领村支两委专程去周边的先进村庄观摩学习、取经，加强对两委中青年干部的培养和监督，增强领导班子的整体功能。以制度管人、规则管事，变“一言堂”为“透明堂”，做到“小事有沟通，大事会上定”。涉及群众切身利益的热点问题均由党员会、村民代表大会讨论决定，并在公开栏中公开，接受群众监督。

“孔书记上任后，‘群众围着干部转’变成了‘村干部围着群众转’，事事有人管、有人问，村中的大事小情也变得公开透明，群众心气顺了，村里的工作也就好做了，是个人人拥护的好书记。”老党员孔凡祥对我们说，“这些年，孔书记付出了聪明才智和辛勤的劳动，同时也为家乡人提供了大量经济上的无私捐助。”

其实，古道热肠的孔凡珍，多年来一直致力于慈善事业，为社会扶贫救困、助学、救灾捐款捐物100余万元，而自己却是生活节俭。“我很少进理发店，头发长了，自己修一下，简单大方就可以，在衣着方面也是，我的每件衣服要穿好多年。家庭方面从小事做起，从小我就教育自己的孩子，要节约，不能浪费，从点点滴滴开始，包括节约用水、节约用电，养成良好的生活习惯。”这就是孔凡珍，一个“知情知性”的女性企业家、村支书。

近年来，古路套村先后荣获“山东省卫生文明村”“曲阜市五好村党支部”“模范村委会”“美丽乡村建设示范单位”“支持重点工程建设先进村”“先进集体”等称号。孔凡珍更是荣誉连连：曲阜市第十六届、第十七届人大代表，山东省优秀女企业家，济宁市劳动模范，济宁市道德模范，济宁市三八红旗手，济宁市“十佳”巾帼创业带头人，济宁市爱心妈妈，济宁市创业之星，济宁市巾帼增收带头人，曲阜市“十佳爱德”模范，曲阜市劳动模范，曲阜市三八红旗手，曲阜市十佳创业带头人，曲阜市十佳好作风村居党支部书记，曲阜市青年岗位标兵，曲阜市新长征突击手，曲阜市新乡贤，曲阜好人，最美劳动者，创业之星等，并被聘请为曲阜市人民陪审员、曲阜市田家炳小学名誉校长。

“圣人无常心，以百姓之心为心”，孔凡珍始终用真诚的心，真心实意地为群众办实事，始终保持着一名共产党人的本色，用担当和奉献撑起了大成彩扩和古路套村的一片蓝天。

孔祥义

文明村里的『倔支书』

何勇

● 孔祥义

曲阜市姚村镇薛家村是远近闻名的“山东省文明村”。一进村，党支部书记孔祥义就把我们领到村里的文化广场。他指指点点，介绍着石亭、村志碑、文化长廊，心里的自豪感显露无遗。

他告诉我们：“我这人有个倔脾气，只要看准的事就一定得干成。这个广场就是动员全村人捐款 30 多万元建起来的。”

凭倔劲，打通“堵塞”的一公里

孔祥义生于 1956 年。虽说过了花甲之年，可我们见到的孔祥义却是精神矍铄、虎虎生威，丝毫没有年迈的迹象。一落座就向我们介绍起他的过去。1976 年高中毕业后就参加了村里组建的建筑队。1979 年，随着建筑队到济南做工程，专干木工活，学得了一手好手艺，一直干到 1986 年。在外见过世面的孔祥义，凭着他的木工特长，回来后马上办起了自己的木器厂，后又“借梯上楼”经营家具，生意越做越好。从参加建筑队到自己经营工厂，这20年的时间里，他都紧紧围着村里的工作转。因此，1997年孔祥义光荣加入了中国共产党，2006年被选为党支部书记。

打通交通堵塞，解决村民心头之患。薛家村共有412户，11个生产组，1520口人，党员46人，耕地2488亩。村里有个农贸市场，农历每月逢二、逢七为集市。因为没有其他替代道路，一到“开集”，村里群众就没路可走，只能在集市的这条街上挤来挤去。每10天中就有两个集，频度如此之高，走路难问题成了老百姓最闹心的一件事。但是，只要新修路就要占用土地，这事做起来十分棘手，所以上届村干部迟迟没有解决。

孔祥义一上任，就觉得这事堵得慌。村支两委会上，他推心置腹给大家诉说衷肠：“不解决村民走路的问题，就像有一只苍蝇卡在喉咙里，吐也吐不出来，咽也咽不下去，要多难受有多难受。我认为，必须首先解决这个问题。”通过反复认真的讨论，党支部、村委会干部有了统一认识。

两委决定，先修通村庄南段8米宽的新路。这需要占用两个生产组的2.2亩耕地，虽然地不多，但却需要11个生产组的所有村民平均承担，这就需要全体村民同意。孔祥义召开两委会、党员会、村民代表会、小组村民会，反复宣讲修路的意义，结果10个生产组同意，只有离所修新路比较远的第一组坚决不同意。形不成统一意见就不能强行修路，孔祥义发动两委干部、党员代表逐家逐户做工作，一跑就是一个月，终于达成了共识。有了统一意见，修路的事一蹴而就。南段新路修通之后，交通堵塞有所缓解，学生上学方便了，村民出行也方便了。

南段大街修通之后，村里群众普遍反映很好，这就坚定了两委干部继续修通北段大街的信心。但是，规划新修的大街中央有4户村民的房子，而且房子的主人长期不在村里居住。孔祥义带领村干部一次又一次地寻找这几户村民，可是找到后有的态度冷淡，有的态度恶劣，一时半会儿根本做不通工作。孔祥义动之以情，晓之以理，经过两个多月的登门拜访，几位房主终于松口同意。村支两委对他们提出的条件和要求按照规定给予了满足，村庄北段大街顺利建成。

在打通这条关键性大街的同时，孔祥义带领村支两委完成了薛家村总体建设发展规划。按照规划，先后拆除民房、庭院 15 处，整修了两条 10 米宽的南北大街，疏通了 16 条小巷，村民们按照新规划建造民居，一个宏伟的农村建设格局让人耳目一新。

手不软，一心一意抓经济

“在曲阜，60 岁以上的党支部书记已经为数不多，你可算得上农村基层的‘常青树’。为什么能够一直稳坐‘钓鱼台’？”我思忖着孔祥义的为官之道。

“说到底，还是得有经济基础。老百姓穷得像蛇蚤一样，他不跟干部急眼？村里穷得叮当响，你说话谁听？”孔祥义心里如明镜一般。

孔祥义担任党支部书记前，薛家村事实上就是一个空壳村，村里花钱就靠集市上收的那点摊位费，说实话，连“点眼药”也不够。

干啥就得吆喝啥，农民种地就得玩转那堆黑坷垃。本以为薛家村这一带的黑土地土质一定很肥沃，可孔祥义却告诉我们，这边土质并不好。我也开启了广阔的联想：“是否就是那种‘英雄坷垃孬种泥’？”

孔祥义顺口答曰：“对啊，对啊。这种土地既漏肥，又难种，其实并打不出粮食来。”

薛家村土质不好，离城又近，能出得去的村民都出去了。有的农户，200 元钱一亩就把土地包给了别人；有的农户，人在外边，就拿着地不当“好孩子拉扯”，有一搭无一搭地应付，地里根本打不出粮食；更有甚者，直接撂荒。孔祥义经过深入的调查研究，把情况掌握得一清二楚，在村支两委会上提出了“土地流转，整体整合”的议题，得到了全体干部的认同。从2013年到2018年，村里共整合流转土地1600亩，占全村土地总数的60%以上。村委会给农户每年每亩地750元，这些农户由原来在土地上基本不见收益，到现在都得了实惠。村委会把这些流转出来的土地以每年每亩950元的价格承包给了4家种粮大户，这些大户为曲阜市农业局培育良种，实行规模种植，发展成为当地重要的种子基地，经济效益成倍增长。村支两委提供管理和服务，从土地流转的差价中，村集体每年都增加收入几十万元。

大力发展养殖业，让农民手里真正有钱。多年来，党支部、村委会把发展养殖业一直牢牢抓在手上，目前已发展养猪场3家、养鸭场3家。村民孔令春的养猪场存栏量达到500头，年盈利100万元以上。村民孔祥元、孔祥河、孔祥泉的养鸭场，每年养殖达到5个批次，一批次6000只鸭，一年3万只，年盈利几十万元。

为了增加集体收入，村里还加强了对集市的管理，把集体的150亩预留地承包出去。村支两委正在筹建储备仓库，即将建立“种植合作社”。

暖人心，努力建设美丽乡村

一座座房，一扇扇窗，一家家的庭院在飘香。一条条路，一排排树，树上的知了叫嚷嚷。酷夏时节，漫步在薛家村的大街小巷，却让人不自觉地多了些凉爽。打量着我们的惬意，孔祥义也来了兴致：“近年来，我们下力气狠抓‘美丽乡村建设’，当地的生态发生了很大变化。”

乡村建设永远在路上。薛家村在完成“全省文明村”创建的基础上，继续打造美丽乡村示范片区。曲阜是孔子的故乡，儒家文化的发源地，整个村庄建设风格凸显儒风儒韵的文化特色。全村民居一律小瓦盖顶、仿古改造。墙面全部彩绘，沿街墙面喷涂社会主义核心价值观内容和优秀传统文化经典。对村头牌坊进行仿古式维修改造。对村内2条南北大街、3条东西大街、16条小巷的路面全部硬化，实现“村内通、户户通”。对村内村外道路两侧实行全部绿化，实现“点”“线”“面”相结合的村庄绿化格局，构筑起绿色生态屏障。对村内路灯全部更新升级，各街道路口安装了40余个高清摄像头。全村绿化、亮化、硬化、美化成为一体，村民们抬头见景，走路观景，天天生活在花园里。

环境熏陶与身心愉悦紧密结合。党支部为引导村民共建共享，发动党员、干部、群众捐款30多万元，村里投资20多万元，建起一处3500平方米的文化广场，广场上的百姓大舞台、健身器材、文化长廊、公益宣传栏等配套设施一应俱全。村民们天天品尝着自己的文化盛宴——看乡戏、展村风、赏民俗，热闹非凡。

“孔子故乡的泗河水，催生了俺村的农业强、农民富、农村美……”寻着远处传来的悠扬歌声，村支两委的同志陪同我们走向文化广场。我不禁问道：“你们的乡村治理为什么能够全面发展？”

“这就得益于俺们村支书有思路、有倔劲，他只要看准的事情肯定会一干到底。”村干部们纷纷称赞。

孔祥义的“倔劲”实则是对党的事业的忠诚、执着和责任。

吕登星

驶向幸福港湾的领航人

李赋春

● 吕登星

杨庄村位于曲阜市陵城镇西北角，沂河南岸，人口1350人，耕地1320亩。以前，主要是传统的“一麦一棒”种植模式，是一个脏、乱、差的落后村。而现在的杨庄村是远近闻名的“沙发制作基地”、仔鸡孵化专业村，村里还有养殖大户，可以说产业兴旺、村民富裕。整洁宽阔的街道，整齐美观的民居，来往幸福的村民，展现着这个美丽乡村的秀外慧中。

“村庄的变化，要归功于党和政府的政策好，归功于我们有个好领航人——吕书记。”说起杨庄村的发展，村民们异口同声地赞誉起村支部书记吕登星。

能工巧匠，带出产业兴旺

生于1962年的吕登星，1979年中学毕业后到邹县（现邹城市）沙发厂学习木工。他勤奋刻苦、虚心好学、任劳任怨的品行深得师傅们厚爱，技艺也是日渐成熟，5年的时光，已经成长为一位能够独立作业并且带学徒的“木工师傅”。

1985年吕登星回到曲阜，在曲阜南关木器厂工作了一年后，毅然决定回到家乡自主创业，开设了杨庄村第一家个体沙发厂。真材实料、做工精细、价格低廉的优势，使吕登星制作的沙发一上市就成为抢手货，供不应求。但受场地、资金等方面的限制，规模无法扩大，为满足市场需求，他便无私地帮助其他村民加入“沙发加工”的行列中来。

榜样的力量是无穷的。20世纪90年代前后，村里家家筹划着做沙发，或者跟着别人学习，每年都有几家或十几家沙发作坊成立。最多的时候，全村达到31家，就业人员近200人，每家盈利2万—3万元，成为先富裕起来的村庄。“杨庄沙发”销往曲阜、宁阳、邹城等地，在市场上供不应求。

1996年4月村委改选，吕登星被村民推选为村委委员；1997年10月他光荣地加入中国共产党；1999年11月当选村支部书记。

“杨庄沙发”成为有号召力的品牌，作为村支书的吕登星意识到这已成为杨庄村的竞争力和发展动力，做好服务，为加工户排忧解难成为他和村干部的责任和日常工作的内容。

“我的厂规模较大，木头经常短缺，每次都是吕书记帮助解决。我们这些加工户都知道，有困难找吕书记，没有解决不了的。”金阳沙发厂老板吕维滨对我们说，他的厂每年生产布艺、皮革沙发1000多套，有员工15人。

富裕起来的村民根据市场的需求不断拓宽着产业发展的路子，近年来，村里成立了8家仔鸡孵化厂，3家养猪场，产业兴旺，村民们安居乐业。

雷厉风行，成就美丽乡村

1999年的杨庄村基础设施落后，路难走、卫生差、吃水难……吕登星上任后，首先列出“清单”，做出计划，下定决心要把这些民生问题尽快解决。

“吕书记有很强的超前意识，村庄建设很多都走在了前面，还有他的特点就是雷厉风行，说干就干，并且必须干好。”采访中，村委孔凡慎、吕维生、宋凤英对我们讲，并一一介绍着吕登星这些年带领大家做过的“大事”。

从2000年开始，每年有项目，年年有变化。吕书记一上任，首先修通5条主街道和生产路，铺设了1000多米的沥青路面；新增一台50千瓦变压器，解决村民用电困难；2005年土地调整后，支部、村委多方协调，“千斤粮增产项目”落地杨庄村；新打机井18眼，农网管道2000米，由原来的裸铝线全部改为地下电缆。

针对原有机井老化、深度不够、水质差影响村民身体健康的情况，2006年初，村两委协商决定，在村前打一眼深度超200米的吃水井，并铺设入户管道，解决了村民吃水问题。2009年再打新井，并对管道进行优质封闭，让村民用上放心水。

2010年，吕登星认识到富裕起来的村民同样需要丰富多彩的精神生活，在全镇率先建设村文化广场，将村桥头垃圾遍地、臭气冲天的垃圾场改建成了美观又实用的健身、娱乐、休闲场所。同时，率先完成“村村通”路面硬化和自来水“户户通”工程。

2014年8月，在资金困乏的情况下，安装路灯65盏，让村庄亮了起来。2016年3月初，再次扩建文化广场，面积达到了600平方米。广场砌垒四周围墙，中间硬化路面、立起篮球架、设立乒乓球台，外围新添置健身器材。从此，村民们在茶余饭后，到广场上休闲娱乐、跳广场舞。

2016年秋收过后，杨庄村响应“厕所革命”建议，用不到20天时间，完成无害化水冲式厕所改造200多件（套），完成任务率85%，再加上原来厕改数量和沼气池厕所，全部完成上级下达厕改任务，合格率98%以上。2017年，完成村里所有大街两侧路面加宽，又把原村集体的百万粮仓修缮一遍。2018年3月初，购置大型饮水机一台，让村民用上了更加卫生、健康的饮用水。

2018 年 9 月，为响应市委组织部以党建引领基层各项事业的发展部署和村级场所提升的要求，杨庄村自筹资金，建设新的村务中心。2019 年初，鲁南高铁横穿杨庄村大面积耕地，给村庄带来严重影响：机井被毁，管道截断，农电不通，因施工隔断造成耕种困难等。吕登星与两委成员统一思想，大局为重，做好村民思想工作的同时，积极补救，沿铁路两侧新打灌溉机井 6 眼，管道近 3000 米，地缆 1500 米。2020 年 3 月，应市、镇高铁指挥部要求，高铁线路 300 米内的 27 眼农业灌溉机井全部封闭，虽然上级水利部门给新打了 17 眼，但管道、电网缺失，既影响土地调整，又影响农田造墒，村支两委急村民之所急，借钱购买 PVC 管道 7600 米、电缆 1600 米及管件，日夜施工，只用 10 天时间，管网全部连接上，保证了村民耕种的需要。

“从这些流水账，可以看到我们村的变化。在吕书记眼里，群众再小的事也是大事，我们村支两委分工明确，安排的事都是限时完成，但都是他带头，难事他先上，大家干着舒心。”村委宋凤英说，“我们村离城镇远，但产业兴旺，村街美丽，别的村都羡慕。”

担当奉献，铸就坚强“村魂”

听着村民们述说着村庄的变化，以及其中的故事，我突然感觉到，杨庄村有着与众不同的精神，那就是村干部、党员以及全体村民的担当奉献是杨庄村发展的动力和主旋律。

“遇到难事急事，搞建设没有钱，村干部上，党员上，村民上；能省的钱就省，能自己做的事就自己做，精打细算又慷慨大方。”老党员、原村主任铁忠良说，“吕书记走在前头，带出了好村风。”

2010 年 5 月，村里建文化广场，但没有钱，吕登星同村支两委成员一商量，大家一致表态“咱们自己干”。一声令下，全体党员干部及部分群众

● 吕登星（左二）与两委成员

撸起袖子干了起来，不到一个月时间，把垃圾场变成了村民活动中心。

2012 年村里安装自来水和实施路面硬化，缺少资金，村民自发每户捐款 1000 元；驻村企业曲阜弘利化工有限公司老板王贵彬捐款 5 万元；曲阜市市政公司殷瑞法捐助混凝土 220 立方米，价值 5 万余元；曲阜市中联水泥厂吕维永捐助水泥 50 吨；村里收到捐献物资、钱款折合 49.5 万元。为节约资金、保证质量，自来水工程采用公开招标，以 16.5 万元的价格承包给丰氏水暖管道安装公司，材质选择东宏 PE 优质管材，价格低廉，性能达标。路面硬化工程，两委研究决定：由村支部书记吕登星、副书记孔凡慎为质量监督，由朱宁波、苏长杰、马长申、吕长祥四个生产组长组成的工程队以每平方米 62 元价格中标。3.5 米宽的 13 条胡同，面积 1.2 万多平方米，工程决算 75 万元，比市场报价节约资金 40 余万元，工程做到了质量上乘、价格最低。

2016 年 3 月初，扩建文化广场过程中，还是党员干部带头上，自力更生，发挥各自所长，调动渣土近200车，直径1.5米压力涵管20节，红砖4万块，混凝土近80立方米，一个长20米、高近8米的影视墙从4米多深的大沟底，砌垒出地面3米多高。人心齐泰山移，用不到1个月时间，600多平方米健身广场在村中心原来的沟坑上建成了。

杨庄村人精打细算，但到了关键时候又是慷慨大方。2007年，果庄小学校舍改造，村民捐款1.5万元，每位个体工商户捐款300元，吕登星捐款1000元，王贵彬捐款5万元；2008年，四川汶川大地震，一方有难八方支援，党员干部、群众踊跃捐款捐物价值5000多元；2015年，吕登星捐赠章枣中学孔子像一尊，价值1万元；2020年春节，为防控新冠肺炎疫情，吕登星带领村支两委及全体党员日夜值守并带头捐款捐物，给群众送粮送菜。

“吕书记常说，不能担当的人，就当不好村干部，就不是好党员。杨庄村人心齐、有奉献精神，与村支两委及全体党员的勇于担当分不开，与带头人做出的榜样分不开。敢于担当、勇于奉献就是杨庄精神。”村会计、曲阜市第十八届人大代表王元元说，言语间透着自豪。

多年来，杨庄村连续被曲阜市、镇党委和政府评为“优秀党支部”“先进基层党组织”“模范村委会”“市级文明村居”等，吕登星荣获“优秀党支部书记”称号，并当选曲阜市第十二届政协委员。

回忆21年村支书的工作经历，吕登星感慨万分：“村里工作千头万绪，有时候忙一天也说不出忙了些什么，但看到村庄越来越漂亮，村民越来越满意，心里就有说不出的高兴。当好带头人，做好领航人，是村支部书记的责任和使命。”

郭文生

没地的村，书记难当

何勇　孔令绍

● 郭文生

时庄街道的霍家村，地处曲阜城郊，是曲阜市经济开发区所在地，农用耕地基本都被征用为工业用地。

刚刚入秋的天气，依然还是炎热。我们走进霍家村村支两委办公室。座谈会上，我们直奔主题："没了土地，就省事了，这干部应该好当？"

"不好当。没钱的家庭，爹娘难当；没地的村庄，干部难当。"村党支部书记郭文生直抒胸臆。

管好村里的钱袋子，就守住了老百姓的命根子

霍家村，有村民216户，912人，原有1013亩土地，因为曲阜市在这里建设经济开发区，土地一下子征走了900亩，村里就剩下113亩土地。

21世纪初的中国大地，全国经济都在强劲发展。曲阜经济开发区的工业园里人头攒动，你方唱罢我登场。曲阜热电厂、瑞鸿重工、方正集团、企鹅橡

塑、中建材优科等一大批企业如雨后春笋一般发展了起来。

高高矗立的厂房层层围绕，隆隆的机器声打破了往日的宁静。这对于霍家村既是机遇，也是挑战。当时的村领导似被“东风吹，战鼓擂”的胜利号角冲昏了头脑，躺在土地补偿款的“金山”上睡起了大觉。集体经济发展原地踏步，村庄的旧模样年复一年。直到 2014 年 10 月，在外经商的郭文生回村担任村党支部书记。

郭文生生于 1977 年，1994 年初中毕业后进入曲阜市圣时建安有限公司从事工程建筑，一干就是 20 年。2007 年至 2017 年，他担任项目经理，华沁园、新医院、仁和小区、犁铧春秋等建筑工程都留下了他忙碌的身影。其间，他一边工作，一边学习深造。2005 年 9 月至 2008 年 6 月，郭文生参加了山东省委党校在邹城市委党校举办的“建设经济管理”大专班，取得了省委党校颁发的大学专科毕业证书。2008 年 7 月，他光荣地加入了中国共产党。

40 岁出头，年富力强，在建筑领域刚刚崭露头角，事业如日中天，他却回到村里当了干部。村民们不解，也有人感到奇怪。郭文生告诉我们：“我搞了 20 年的建筑，确实也赚了钱。但是，一个社会，如果人人都只想着赚钱，没有了其他追求，这个社会不可怕吗？我之所以回来，是因为我有了钱，村里也有了钱，我以‘钱’攻‘钱’，大家不会担心我赚集体的钱，但前提是我必须有‘公心’。”

经济开发区征用的 900 亩土地，每亩地每年补助 1500 元，共计 136 万元。这对于一个不足千人的小村确实是一笔不小的资金，管好、用好这笔钱款，成为村民们众目睽睽的一件大事。村支两委研究决定，首先，要建立“来钱告知，支出公示”制度。每年的土地补助款到账，马上通知全体村民，以使大家安心；每一笔支出都向全体村民公示，以使大家放心。其次，建立民主理财制度。大家的钱大家管，该干什么不该干什么村民们说了算。再次，建立资金监管制度。成立理财监督小组，对每一笔开支跟踪监管。

称盐的钱不打油，确保村民的钱兑现给村民。村里每年给每个村民发放口粮款 1000 元，60 岁以上老人每月增发 40 元；农村合作医疗，为每人每年补助 150 元；为入托儿童每人每年补助 300 元；为全村每个家庭购买了“家庭财产保险”；为 66 岁至 78 岁的老人购买了“银龄安康保险”；为 80 岁至 89 岁老人过生日，送生日蛋糕，发 100 元贺礼；为 90 岁以上老人过生日，送生日蛋糕，发 200 元贺礼；年终为贫困户统一发放救助金；参军入伍的奖励 600 元；考上大学的学生专科奖励 800 元、本科奖励 1000 元。

村支两委把土地补助款管理得头头是道、扎扎实实，村民们个个像吃了“定心丸”，因而铸就了霍家村和谐稳定的基础。

鸡蛋里挑骨头，寻找商机

农民失去了土地，就像打仗失去了纵深。没了土地的年轻人，无牵无挂，外出打工，自主创业，衣食无忧。村民们的基本生活也都有了保障，可村集体却成了空壳。郭文生心想，不绝地奋起，就得困死，再难也要寻找生机。

仅剩的 113 亩土地成了村里的香饽饽。村支两委的干部会上，郭文生提出，村里就剩下了这点土地，但我们却还在这里零打碎敲，它的收益肯定不行，如果把土地流转出来集约经营，想必为村民、村里都能增加点收入。党员、干部达成了共识，村里从农民手里流转出 80 亩土地，成立了“强村蔬菜种植合作社”。村民有的在合作社打工增加了收入，加入合作社的农户年底还能领到分红，村集体每年能够增加几万元收入。两委干部领着村民在各个企业围墙外边寻找边角地，开荒种了 3 亩土豆。

老村委大院让村支两委培养成“发财树”。村里有一处 6 亩地的村委大院，已经闲置多年，郭文生早就把它看在眼里。他召开党员会、干部会、村民代表会，让大家统一意见，把 6 亩地作价 100 万元，成立了股份公司，以每股 1 万元动员村民入股，结果 16 户村民购买了 179 股，筹资 179 万元。利用这笔资金，村里建起 4000 平方米的钢结构厂房，并以每平方米 70 元的价格出租出去，使村民、集体双受益。2019 年，村民每股分红 699 元，集体收入 7 万元。

瞄准未来，抢占商机。曲阜飞机场即将落成，机场路从霍家村前经过。村支两委已经做出规划，沿路建设 1 万米长的商业街，未来将会给村里带来重要发展机遇。

郭文生的良苦用心激活了霍家村发展的生命线，失去土地后的人心稳住了。

时刻把群众冷暖挂心上

“在农村基层当干部，村里经济实力强就办大事，经济实力弱就办力所能及的事，最怕的就是干部不干事。”郭文生坦然地面对着村里失去土地的现实。

改变村庄落后面貌，提升村民生活质量。霍家村是一个传统老村，村容村貌、生产生活设施老旧不堪。郭文生担任村党支部书记不久，就筹资 4 万元，重新铺设灌溉管道，购买了 3 台大功率潜水泵和变频柜，有效解决了农田灌溉问题。村里投资 10 万元，重新改造卫生室，聘请老乡医担任所长，解决了村民看病难问题。投资 100 万元，修建村内排水管道 5000 米，铺设路面 7000 平方米。对全村农户进行“三格式”厕所改造。新建两处高标准垃圾处理箱，垃圾日产日清。将村内 40 盏老旧的高耗能路灯更换成亮度高、低耗能的 LED 路灯，安装了 30 个高清摄像头。栽植 200 棵独杆石楠，形成 2000 多米的冬青及石楠球绿化带，大大改善了村内生态环境。建成一处高标准健身娱乐广场，配置了健身器材。建起了农民文化屋，图书室，篮球、台球、乒乓球活动场地等文化设施，丰富了农民的业余文化生活。

群众的事就是天大的事。郭文生的心里始终装着村里百姓。他经常走访贫困户、困难户，谁家有了事他都跑到头里。他教育党员、干部说：“咱村里没地，经济实力也不强，更不能和群众争利益。”村里开荒种的 3 亩土豆，收获后村民每人分 10 斤，分到后边不够了，干部就没分到。74 岁的单身老人陶宪明，符合入住敬老院的条件，但住了一段时间后说住不惯，非闹着回村。郭文生召开会议研究，发动群众共同动手，给他盖了两间新房子，生活设施配备得一应俱全。陶宪明逢人就讲村里的干部好。

采访结束后，郭文生风风火火，带着我们跑到尘土飞扬的修路现场，他激动地憧憬着机场路修通的景象：“万米商业街用不了多长时间就能展现在我们面前，到那个时候，我们的老百姓就会过上更好的日子！”

纪连秋

最不像官的村支书

孔令绍

● 纪连秋

夏秋之交，北方干旱，正在长穗的玉米着实需要水分，各家各户都在浇着收割前的最后一次水。

我们正赶着去曲阜市姚村镇纪家村。在村外的路上，迎面碰到了骑着自行车慌慌张张赶路的纪连秋。他连忙从自行车上蹦下来，往后车架上一指："呶，我带着工具箱去给浇地的农户修电机。人家电机坏了，地不能浇了。"

"怎么不派电工去修？"我们感到不解。

"我们村里没电工，我就是电工。"他朴实得掉渣。

他就是纪家村党支部书记纪连秋。

闯关东，练就钢筋铁骨

小时候的纪连秋是个苦孩子。他生于 1958 年 8 月，家里兄弟姊妹 6 人，弟兄 4 人中他排行老二。初生那年"大炼钢铁"，之后就是"三年困难时期"，可见他童年遭遇的苦难。1978 年，纪连秋高中毕业。那时候，正是改革开放的前夜，广袤的农村还在迷茫中徘徊。纪连秋家人口多，姊妹们年龄小，工分挣得少，生活上捉襟见肘。为了寻找出路，1980 年春节刚过，22 岁的纪连秋跟着大爷去闯关东，千里迢迢落脚到黑龙江省尚志县马延乡周山村。

关东地区地多人少，山东老乡特多，爷俩又厚道本分，定居不久就在当地混得很熟。生产队里干活早出晚归，日出而作，日落而息，纪连秋一年出工将近 300 天。他甩开膀子一干就是 3 年，凭着意志和力气，爷俩已是吃穿不愁。此时，改革开放的浪潮已经席卷全国。1983 年，纪连秋分到了 30 亩土地。爷俩肯吃苦，会种地，他们种玉米、种土豆，养奶牛、养耕牛，日子过得比山东老家富裕了许多。这时候，纪连秋在本村的恋爱对象颜世荣奔他而来，在此完婚，先后生下一男两女。日子逐渐稳定下来，可大爷因年事已高，思乡心切，独自回了山东老家。无奈之下，纪连秋将家产变卖了 3000 元钱，拖家带口回到了纪家村。

回到村里的纪连秋处境十分尴尬。由于多年不在村里生活，他一家 5 口人既没有土地，也没有房子，临时住在父母的老房子里。党支部、村委会经过研究，匀给他家 3 亩地。纪连秋精心种着这 3 亩地，他家地里的收益总是比别的农户多，再加上自己做点小生意，生计勉强可以维持下去。申请建房子，村里已经没有现成的宅基地。村支两委也为他想尽了办法，决定把 5 个猪圈坑和 1 个地瓜窖划给他。纪连秋有的是力气，他硬是在那片废墟上，用他从东北带回的那点钱，建起一处漂亮的住宅。

凭韧性，解决棘手难题

安居乐业的纪连秋，对村里心怀感激。这时候，他除做好自己的事情外，也把心思用在村里的发展上。给村里管理电机、抄电表、收电费。村里干部看他实在，还让他当了现金保管员。1995 年，他成为入党积极分子。

1996年1月，光荣加入中国共产党。入党之后，纪连秋积极配合村支两委的干部开展工作，踏踏实实地为村民服务。1999年被选为村委委员，兼任村民小组组长。2007年，被选为村委会主任、党支部书记。

上任第一板斧，解决裸铝线被盗问题。纪家村670口人，1100亩耕地。这里是一马平川的平原，耕地全是抽水浇地。当时的低压线路全部走地上，使用的材料是裸铝线。由于电线杆较低，裸铝线每年都被偷盗几次，严重影响了农民抽水浇地，群众对此十分不满。那时候，经济条件比较好的村庄已经都用上了地埋线，可纪家村没钱，始终没有解决这个问题，纪连秋上任后就拿这个热点问题开刀。他召开两委会、党员会、群众代表会，明确向大家表态，不管有钱没钱都得解决这个问题。会后，广泛发动群众，说明利害关系，在此基础上，向村民借款9万元，又向镇政府争取3万元，铺设了3700米地下电缆。

一鼓作气，完善抽水浇地配套设施。地埋线问题解决后，纪连秋又发现了更大的问题，原来的水利设施已经全部老化，1.7万米长的地下管道漏水，机井太少且抽不上水，电力供应严重不足。纪连秋一边旧调重弹向村民借款，一边向上级部门争取支持。市农业开发办公室、市供电局、镇政府等，他都成了那里的常客。几年下来，先后筹资40多万元，铺设直径4寸的PVC塑料管4000米、直径6寸的PVC塑料管2600米。2010年，借助“黄淮海农业开发”项目，将全村所有地下管道全部更换成PVC塑料管，总长达到7000米。新打机井6眼，增容80千瓦变压器1台。2015年，变压器增容400千瓦，彻底解决了用电难问题。村民们激动地说：“真没想到，多年都没解决的生产难题，让纪连秋给解决了。”

综合整治村庄环境，大力提升文明程度。10多年来，曲阜市经历了创建国家卫生城市和全国文明城市两次洗礼。纪连秋积极配合这两次创建活动，使纪家村发生了翻天覆地的巨大变化。首先将村内5条主要大街铺上柏油，硬化路面达到1.2万平方米，铺设排水沟1500米，大街两侧以银杏、女贞、冬青等名木花卉进行绿化。然后，清理全村历史上形成的垃圾堆，打通通往各家各户的小巷，硬化路面 7000 平方米，小巷两侧栽植了石榴及冬青。全村路灯照明一律改造成 LED 光源。对沿街房屋、墙壁进行仿古改造，制作墙体彩绘 180 平方米。新建 150 平方米村支两委办公用房，对老旧办公用房进行仿古改造。如今走进纪家村的大街小巷，恍如行走在古式的公园之中。

凭本色，博得群众喜爱

座谈会上，大家七嘴八舌评论着纪连秋。

两委成员王庆金："纪连秋这人，是个实诚人。他没有官瘾，曾经几次提出要退下来。"

老党员颜世新："连秋不摆谱，没有一点官架子。他当着书记，兼着村民组长，还兼着电工。一分钱不多拿，您说他图什么？"

村会计孔令章："俺书记拿着集体的钱很主贵，恨不得把一分钱掰成两半花。"

纪连秋做事就是"太抠门"，以至于"抠"得让人"不舒服""不理解"。村里修路，修了一茬又一茬，修了一条又一条。外村修路对外承包价一平方米 70 元钱，这是当时约定俗成的价格。况且，工程发包的决策人想捞点外快易如反掌，村里其他干部也能跟着沾点光。可纪连秋却带着村民自己干，自己买材料、包清工，干下来每平方米才合 40 元钱，村里的大街小巷改造、户户通、村村通，一修就是三四万平方米，不知道给村里省了多少钱。

这几年，村村都建"文明实践站"。人家外村建完合每平方米 1200 元，他还是带着人自己干，干完合每平方米 800 元。可是，大家知道，现在农村实行村账镇管，报账都到一处报，人家单价是 1200 元，你单价却是 800 元，连负责报账的都说他的价格不真实；更使其他村报账的觉得别扭，感到很尴尬。

孔令章还在喋喋不休地说着纪连秋的“抠门事”：“那年村里安监控，他领着我们一路奔波去了济南，买光缆，买部件，每个人都把背包装得满满当当，监控材料就这样从济南背了回来。监控系统一共装了 23 个监控头，这一省就是 2 万多块钱。”

做事一贯“抠门”的纪连秋，对老百姓可并不抠。村里富裕之后，对村民们的福利和照顾一点都不差，村民们谁家有了事都成了他的事。村民纪士环，母亲是盲人，儿子患病手脚瘫软无力，村委把她评为低保户。儿子看病，家里拿不出钱，纪连秋当即给她垫上；母亲去世，纪连秋带头帮她料理丧事。

村委委员、妇联主任纪凤爱激动不已：“俺书记在镇里连续 12 年都是优秀党支部书记。就是因为他人缘好，才让他带出了现在的好村风、好民风。俺村里的调解室，只是个摆设，从来就没调解过纠纷，多年都是‘零上访’。俺村里的好媳妇、好婆婆、孝贤儿女、卫生示范户满街都是，俺村很早就是济宁市的文明村。”

座谈还在继续。突然，纪连秋的手机铃声响了。他嘴里念叨着“不好意思”，还是接听了电话：“哦，家里断电了，我一会儿去看看。”

送走了我们，他又背起了熟悉的工具箱赶往那家农户。他的背影在我的心中越来越高大。在这里，我真实地体会到了什么叫“公仆”。

我对纪连秋的“公仆”精神如痴如醉，但却不能确定这一词语的准确内涵。那天，我夜不能寐，挑灯打开《现代汉语词典》第 452 页，上面赫然写着：“公仆：为公众服务的人。”

王德明

奉献，人民不会忘记

孔令绍

● 王德明

刘家庄，位于曲阜、邹城、泗水三地交界，地处丘陵山区，自然条件恶劣，资源匮乏。历史上就逃荒的多，要饭的多，打光棍的多。旧社会吃不上饭，喝不上水，20世纪八九十年代虽比过去好上很多，但用水问题仍很突出。用水困难是摆在村民面前的头等大事。

俗话说，没有钱的爹娘难当。1995年，王德明走马上任，当上了这个穷透了气的刘家庄的党支部书记。

他能让刘家庄人吃上饭、喝上水吗？带着这个天大的疑问，我们走进了刘家庄。

饱汉要知道饿汉的饥

人，生不能逢时，长不能择地。王德明就生长在刘家庄这个穷乡僻壤里。

为了改变命运，父母拼命地让儿子读书，可他上到初中就坚持不下去了。1981年，下了学的王德明不知所措。

天茫茫，路漫漫，他面对苍天，放声呼喊：我的路在哪里，我要走向何方？无奈之下，他出去打零工，凭着力气和机灵，赚得了些许积蓄。这时他想，人生要找到坐标和方向，现在，改革开放刚刚开始，各条战线都在搞建设。俺村里山上有的是石头，我何不买台拖拉机搞运输。王德明有眼光有魄力，东拼西凑，一步到位地买来一台“泰山25”。1983年开始搞起运输，一干就是10年。可想而知，这个10年，肯定是他的黄金10年。

1995年11月，经组织考察，党员选举，王德明成为刘家庄的党支部书记。村里有1089口人，2546亩地，当时的情况基本是人喝不上水，地浇不上水，村民们连最基本的生产生活条件都不具备。王德明心想：这些年我在外边挣了不少钱，自己的生活是翻身了，可是老百姓的生活还是举步维艰，作为一个党员，看到这些情况心里就难受。

当时村里人饮水是靠村北山沟里的3个水坑，这水坑也是多年前人们掘出来的，是靠天上下雨，从山上往下流水，一点点积攒，但由于蒸发和渗透，水坑并存不了多少水。为了吃上水，村里人不分男女老少，不分黑白昼夜，跑上好几里路去那里排队挑水。水坑周遭挤满了人，人们用水舀子一下下把水舀到水桶里，挑一担水往返至少需要两三个小时。因为水源不好，水不清洁，人喝了经常拉肚子。

经过再三考虑，王德明下决心首先解决吃水这个群众生活最迫切的问题。他召开两委会议，提出在北山上打深井，再用高架饮水进村。可村干部们你瞅我，我瞅你，大家议论纷纷：出力我们不怕，可钱从哪里来？王德明却仗义执言，同志们只要认为这事该干，钱我垫。党员干部全部上阵，村民分片包干。挖掘管道，架高自来水设施，家家通上了自来水。而后，打深井一眼，架设管道，重新扩容水塔容积，全村百姓真正吃上了安全、卫生、合格的饮用水，彻底解决了长期以来人们肩挑手提吃水难的问题，村民们无不拍手称快。

刘家庄人历史上“吃饭”就是问题。究其原因，旱的时候庄稼浇不上水，涝的时候洪水淹了庄稼，地里根本打不出粮食。30 年前，下了一场暴雨，刘家庄附近两个自然村中间的水库溢洪不畅，水面急遽上涨，导致了堤坝漫水，洪水肆虐，冲垮了房屋，淹没了庄稼，村民们极度恐慌。为了不让历史重演，王德明带领干部群众修筑小二型水库 1 座，大小塘坝 5 座，解决了涝时蓄水、旱时浇地的问题。2011 年秋，山洪暴发，村北山前一处拦水塘坝被冲垮，王德明自己出资 3 万元修复了水损工程，土方达 800 余立方米。2015 年，对村下游的小二型水库又进行了加固维护，拓宽了溢洪涵洞。这些水利设施的修复确保了农户的庄稼旱涝保收，村民们吃不上饭的情况得到了根本改观。

靠奋斗，让农民过上新生活

祖祖辈辈面朝黄土背朝天的农民们，做梦也没想能不为吃饱饭发愁，能喝上清凉的自来水，他们有生以来第一次得到了心理上的满足。可王德明却不满足，他想，条件差就按条件差的来，稳扎稳打，一口吃不成大胖子。

按部就班，先做好土地的文章。有了水浇地的条件后，王德明召开两委会、党员会，教育引导党员、干部利用好来之不易的条件，带头把土地种植好、管理好，向土地要效益。广大村民种地的热情空前高涨，小麦、玉米一年两季稳产丰产。

深入挖掘潜力，向荒山要效益。刘家庄的荒山野岭遍地都是，王德明清楚地看到这是村民致富潜在的资源。两委会上，他明确提出，要引导农民大力发展养殖业。他一家一户地发动，帮着筹措资金，帮着清理场地。第一年就发展起来 5 家养殖户，他们养牛、羊、鸡、鸭，每家当年收益就达四五万元。2019 年，有的养殖户盈利达到了 80 余万元。

整治环境，让人们过上新生活。王德明刚上任时，村里没有一条像样的道路，土堆、粪堆、柴火堆随处可见。垃圾如山，长期无人清理，死猫烂狗的腥臭味刺鼻。王德明带领全村群众大干苦干，铁腕整治困扰村民几十年的脏、乱、差，主要街道硬化达到2000米。条件稍好之后，又全部安装了路灯，还装上了监控探头。2016年，建起了一处文化娱乐广场，一处健身器材广场。2019年，又新建一处南北长95.5米、东西宽21米、总面积2000平方米的文化广场。过去人们出门就要捂鼻子，现在娱乐、健身都有了去处。

检察院查账查出了一个清官

王德明在刘家庄的党支部书记任上一干就是10年。他付出的心血和汗水，点点滴滴都被刘家庄人看在眼里。从1997年开始，他先后被选为曲阜市党代表、人大代表，济宁市人大代表，曲阜市劳动模范。他所在的党支部被评为曲阜市优秀党支部，他的自身价值得到了社会的认可。

刘家庄有个邻村叫土门村。这个村的情况与10年前的刘家庄相似，村里群众的思想十分混乱。这时候，镇党委、政府想到了王德明。镇里主要领导与他促膝长谈，告诉他镇里想让他兼任土门村党支部书记。王德明一下子蒙了头，一个刘家庄就让我拿出九牛二虎之力，才治理成这个样子，如果再给我压上一个落后村，到头来我会吃不了兜着走。再说，我有义务去管别的村吗？

“德明，党员不是一个村的党员，而是共产党的党员。我们都还记得马克思的话，无产阶级只有解放全人类才能最后解放自己。你就忍心看着邻村的群众受苦吗？”领导似乎看出了王德明的心思。

王德明义无反顾：“我是党员，我听党的。”

2014年，防山镇党委任命王德明为土门村党支部书记。好在刘家庄已经进入了平稳发展期，这让他能腾出手来集中精力抓土门村的发展。越贫穷，越落后，人心就越思变，土门人总算盼来了一个好带头人。王德明没有二意，像对待刘家庄一样，扑下身子，埋头苦干，修路打井，治山治水，3

年干下来，土门村果然大变样。

初期治理刚刚完成，王德明正在施展抱负。恰在此时，曲阜市检察院接到了检举王德明的投诉信，说他贪污。一个贫困村的支书，开着好车，吸着好烟，穿着时尚，不贪污钱从何来?

刘家庄的会计石传成先把2012—2017年的账本送到了检察院。一查就是一个月，没查出问题。5年的账查不出问题，再查10年的。石传成又把2002—2012年的账送了过去。再深查，还真查出了“问题”：村里修水泥路欠王德明90万元，村里建村委办公院欠王德明40万元……

账上查不出问题，再到村里调查。村民王树河说：“说人家德明贪污，俺半个耳朵也不相信。就在眼前的新冠肺炎疫情，德明自己拿出4万元钱，给俺们村买这买那。那年治理污水，他一次就垫了40多万元。”

2017年10月，秋风瑟瑟，王德明身上明显感觉到了凉意。又挨过一段时日，就到了年底。市纪委、市检察院、市经管站联合在防山镇召开干部大会，明确宣布：王德明不是贪官，他是一个清官!

我们的采访还在继续：“村集体欠你那么多钱，什么时候才能还上?”

王德明微微一笑：“我拿出来的钱分成两类，一类是捐款，当时就明确不要了；另一类是垫支。”

“垫支的钱能拿回来吗?”我们继续追问。

“拿回来拿不回来，这不是大问题。问题的关键是能不能让村集体尽快富起来，没有‘大家’，哪有‘小家’? 下一步，我要下大力气办好村党支部领办的合作社，让它成为村里致富的牛鼻子。”

走出刘家庄，凝视着村民们笑眯眯的双眼，他们的表情像似告诉我们：奉献，人民不会忘记!

张景良

信念的力量

孔令绍

● 张景良

张景良，曲阜市农村基层资格最老的党支部书记。他所处的河洼村，有河，有洼，却没水。偌大的丘陵山区，祖祖辈辈都为水发愁。

立秋加一伏，秋老虎还在肆虐。又燥又热的天气，丝毫没挡住我们去见张景良的脚步。

听见我们的车子进了村委大院，张景良和村支两委成员都跑了出来。

他亲切地给大家握手，热情地用双臂把我抱住。我猛地发现，他的左臂上竟然没有手！

我的泪水在眼眶里打转，指着他光秃秃的左臂惊愕地发问："这……？"

"炸石头打井，炸掉了。"他微微一笑，坦然得让我发呆。

火药爆炸，意外伤残

张景良生于1957年1月，1975年初中毕业回村当了团支部书记。初生之犊的牛刀小试，就让他在村里崭露了头角。1976 年 6 月，张景良加入中国共产党；随后被选为大队党支部副书记，兼任生产大队大队长。

一个普通农民的后生，他憨厚、善良、朴实得土里掉渣。组织上培养咱入党，培养咱当干部，为了什么？就是让咱给老百姓做点事，叫他们过上好日子。河洼村的农民，水吃不上，地浇不上，这事一想，张景良既头疼又难受。

大队长是村里行政上的一把手。张景良年轻，壮实，虎头虎脑，脏、难、险、重各种挑战从不畏惧。当时最大的难题是找水。他组织了由自己担任总指挥的“找水打井突击队”。突击队由三个组组成，一组组长张景功，二组组长高兴成，三组组长高文亮。每组 8 个人，轮班倒，歇人不歇马。说是打井，实则是挖井。先在丘陵上开挖长 2 米、宽 1 米、深 15 米的深壕，再在壕底顺着石头的纹理向四周掏洞上百米，最终让水慢慢渗到壕子里，这酷像新疆吐鲁番的坎儿井。三组人马不分昼夜，战斗正酣。

转眼到了 1978 年的深秋。一天，三组组长高文亮因家里有事不能带班。没什么说的，张景良顶上。装炸药，上引信，封雷管……不料，导火索与雷管摩擦，突然引爆，当场炸飞了张景良的左手，左眼球崩裂。他的工友张延洪、高文明瞬即扒下自己的衣服，使劲捆上张景良血流如注的左臂，死死捂住咕咕冒血的左眼。村里唯一一台“小 12”拖拉机开过来了。大家紧紧地抱着张景良，拖拉机哒哒哒的马达声伴着人们焦躁不安的心跳声“火速”奔向 20 公里外的军队医院。军医们立即进行救治，但因伤势过重，导致左腕处截肢、左眼球摘除。

15 天后，张景良出院了。看似一次不复杂的手术，但这对张景良却意味着什么？终生的残疾。

初心不改，斩获爱情

母子连心。自从儿子因公致残后，张景良父母成天以泪洗面。看着儿子的可怜相，爹娘哭了一场又一场："俺的孩儿才21岁啊，他连对象都没谈过，以后的日子可怎么过啊！"

张景良也是哭了一场又一场。倒也不是吝惜自己的手和眼。想想当初，自己那么年轻，什么都不懂，还是一个初出茅庐的毛孩子，组织上硬是培养自己入了党、当了干部，现在咱还没为党干成一件事就残废了，活在世上还有什么用？

他想到了轻生。我不能为党做事，也不会连累党和社会。他想尽各种办法去死，喝药、上吊、坠崖，可都没能如愿。那是因为父母和村里人早就看透了他的心思。1979年，中国对越自卫反击战爆发。这年2月，张景良看到了作战英雄卢源泉的事迹报道。卢源泉作为某部作战参谋带领一支小分队化装深入前线侦查，不幸踩中地雷，为掩护战友，他被炸瞎右眼，炸掉左脚掌。为了信念，他坚持活了下来。张景良深感敬佩，英雄就是英雄！我虽成不了卢源泉那样的英雄，可如果死了，那是多么的卑微与狭隘！不，我要活下去，用我伤残的身体力所能及地为党做一点事情。

他像打太极拳一样，又拉开了架子。这年刚一入冬，他就组织群众冬季大干，深翻土地，向有限的土地要效益；全民上阵，围河打坝，建成一座蓄水15万立方米的小二型水库；村后有个叫"高上崖子"的高高的土堆，下边的河圈里尽是荒滩，拉上边的土，填下边的滩，一冬一春造出了30亩好地；豁出命去，也要挖井找水，他的打井突击队日复一日年复一年，一天都没有停歇，几年下来，奇迹般打出了35个岩石地道井。

人是要有一点精神的。张景良凭着他的人生信念，凭着他的血性精神，又活出了一个崭新的人样。市内外报纸、电台、电视台接连报道他的先进事迹。爹娘不再为儿子的生存担忧，大家伙不再为他寻死害怕，村民为他的坚强而自豪，纷纷投来崇敬的目光。

村里的女青年张新华年轻貌美，长相俊秀，思想上进，崇尚美好。几年来，她细心地观察着张景良的一举一动，既同情，又爱恋。她被张景良的倔强和坚强震撼着，被他的所作所为打动着，对他仰慕已久。人前人后，不时暗暗送上关爱的秋波；夜深人静，偷偷送来亲手缝制的千层底儿的布鞋。对于这些，张景良早已看在眼里，记在心里。可他却装聋作哑，毫无反应。

张新华把脸一扭，羞涩地说："俺可不是一时冲动才来找你的。你在人家心里已经好几年了，我已拿定主意，就要嫁给你。"

张景良把头压得低了又低，这事着实让他难为情："我也是人，也有七情六欲。可我是一个残疾人啊，怎么能毁了你的青春和前程？"

张新华丝毫也没退缩，她深深地懂得张景良的内心，他不仅需要爱情，更需要有人陪他一路前行。对于张新华的爱情攻势，张景良也已失去抵挡之力。这桩美丽的爱情故事早已不翼而飞，传到了女方家里。这着实给新华父母出了一个天大的难题。景良这人确实不错，可他毕竟是个残疾人啊，俺这宝贝闺女以后的日子可要怎么过啊！

精诚所至，金石为开。张景良、张新华这对患难情侣结婚了！张景良艰难曲折的人生路上，投来一束铮亮铮亮的阳光。

治山治水，挖掉穷根

一个残疾人却没有残疾人的状态，张景良浑身上下满是钢筋铁骨。1982年，村里换届选举，他当选为村党支部书记。

河洼村是一个大村。它由前河洼、后河洼、秦家村、西山子村 4 个自然村组成。全村 576 户，2236 口人，其中党员 87 人，村里耕地面积 3910 亩。这里全是丘陵，资源极度匮乏。张景良心想，没有困难还要我们共产党人干什么。大家选我担任党支部书记，我就要带领干部群众斩断村里的穷根。

把治水作为村里永恒的主题。河洼村所处的丘陵地带属一级片麻岩，地下水源奇缺。村里年年打井，仍年年缺水。从最初的十几米打到30米，从30米到50米，从50米到80米，现在最深已打到263米。连户打井，连片打井，白天打井，黑夜打井，人们到底付出了多少心血和汗水谁也算不清，他们用40年打出了246眼井。人吃上水了，牲畜吃上水了，庄稼浇上水了，河洼人的心病彻底矫治好了。

因地制宜，发展生产，让农民增收。村里有了水，改变了过去靠天吃饭的旧格局。村干部引导农民由只在陵上种地瓜改为种小麦、玉米、花生、棉花等附加值高的农作物。在此基础上，继续调整种植结构，引导农民发展林果业，整个陵上漫山遍野都种上了梨树、苹果树、山楂树，目前已实现全村人均半亩果园。产业结构的调整，不仅让农民手里有了“活泛钱”，而且家家户户都有了存款。

创办种植合作社，让村集体不再是空壳。河洼村古河道多、塘坝多。村里开发利用这些过去曾经荒废的自然资源，种植莲藕，养殖泥鳅。莲藕亩产达6000多斤，卖出了好价钱。泥鳅还走出了国门，卖到了韩国。在乡村振兴服务队的帮扶下，积极参与吴村镇8村抱团发展“飞地经济”项目，建起冬暖式大棚，种植网纹香瓜、反季节蔬菜。这些举措，让一个过去的经济空壳村一年增加了几十万元的集体收入。

弹指一挥间，40年一晃而过。河洼村的山绿了，路宽了，灯亮了。过去的荒山野岭变成了现在远近闻名的“生态文明村”。张景良脸上洋溢着喜悦，他带我们去看荷塘。那绿竟都连成一片，莲叶大如席，花如孩儿面，香气袭来足以让你窒息。

张景良的内心何尝不像这无际的荷塘，博大而真实。虽已身残，他的面前却是充满了鲜花和掌声。他曾一次又一次地走上领奖台，他曾一次又一次地走向报告席。

我想，张景良向人们讲述的，可能不是他的伤残故事，而是伤残背后坚如磐石的信念人生。

吴建祥

金杯·银杯·老百姓的口碑

李赋春

● 吴建祥

来到曲阜市书院街道办事处夏家村，先是被“宽阔整洁的街道，美丽如画的村庄”所鼓舞；见到村支部书记兼主任吴建祥，又被他的“气场”所打动。他一米八的身高，身材挺拔，精神矍铄，步伐矫健，声音浑厚洪亮。

陪同采访的街道办事处组织委员郝然给我们介绍着夏家村的情况：夏家村，212户，人口712人，耕地715亩，党员35人，村支两委3人，2019年村集体收入60余万元，先后荣获全国“美德在农家”活动示范点、全国妇联基层组织建设示范村、山东省绿化示范村、济宁市先进基层党组织、济宁市新农村建设样板村、曲阜市先锋标兵基层党组织、曲阜市圣城先锋基层党组织等荣誉，2006年被授予“山东省文明村”。

吴建祥生于1949年10月，1992年2月加入中国共产党，中专学历，1996年8月起担任村党支部书记兼村主任，先后获得济宁市优秀共产党员、济宁市劳动模范、济宁市优秀村民委员会主任、曲阜市优秀人大代表、曲阜市优秀共产党员、“感动曲阜”十佳人物、曲阜市十佳仁德模范等荣誉称号。

“我做了该做的工作，做得还远远不够，金杯银杯不如老百姓的口碑，得到老百姓对我工作的肯定是我 24 年来工作最大的收获和前行的动力。”面对我们竖起的大拇指，吴建祥说。

“老百姓说好，才是真的好”，我们走进夏家村，听听村民对这位 24 年的“老书记”的评说吧！

夏家村越变越好，成了省级文明村

说起当年的吴建祥，可是我们村的“致富带头人”。1982 年就承包了 5 亩地种植蔬菜，后来陆续扩大到 30 亩，1985 年到沂南学习种植韭菜和大棚技术，成功把“旱生韭”移植到夏家村的土地上，每年收入从三四千元增加到三万多元，是村里的富户。

1985 年到 1990 年，吴建祥是生产组长，他毫无保留地将种植技术传授给村民，带动了村里 30 多户村民跟着他种植韭菜发了财。

他的带头作用赢得了村民的信任。1990 年村委改选，吴建祥被选为村委委员，1996 年 3 月当选为村主任，同年 8 月当选为村党支部书记。

夏家村是新中国成立后几十年的老先进，但在 20 世纪八九十年代也出现了一些问题：村集体资产空壳化，原来是全市农机最多的村，被上一届村委会全部卖光；道路破损，胡同不通，污水满街流；村委会办公室墙倒屋漏，也没人办公；村民怨声载道，交提留都成了老大难的问题……

吴建祥清楚村里的情况，也知道症结所在。上任后，带领村支两委成员深入家家户户，征求意见，统一思想；发挥党员作用，包片联户；建立制度，一切村务都放到阳光下运行。

现在看夏家村的路宽、干净、美观，这些都凝结着吴建祥的智慧和心血。从1997年开始，他就多方筹措资金，硬化4条主干道1200米，打通了23条胡同。之后，又经过3次改造，形成现在宽7米的主干道，3米—5米的胡同，排水沟管网，整齐划一的绿化带。当年为打通胡同，他和村支两委成员可以说“跑掉鞋底，磨破嘴皮”，既把事做好又让村民心情舒畅，他做到了。

2006年，全村喝上自来水；2008年完成厕所改造，家家用上沼气池，这在全市也排前几名。2008年4月，建筑面积500平方米的村委办公楼建成；还有……近几年，又投入几十万元，更换了路灯、道路铺设了沥青、修建了健身广场、扩建了农机仓库，村居环境进一步改善和美化。

2006年，夏家村被评为省级文明村，之后每年复审都是顺利通过，直到现在。

“吴建祥在任24年，经历了8届选举，大多都是全票当选。上级组织的各种形式的民意调查，村民对他都是赞声一片。他的威信都是真心真情干出来的。”2009年退休的老支部委员赵连第对我们说。

村民增收致富，产业兴旺才能安居乐业

2003年春天，针对多年来年轻人外出打工，土地交给老年人耕种，大多收成不好或者撂荒的情况，村里组织了一次大讨论：土地是继续分到户，还是流转？吴建祥就一句话：村民增收是硬道理。

大讨论带来了思想统一，带来了产业大发展。2003年。夏家村进行了农业产业结构调整，村民保留每人四分地的口粮田，自种自吃。村民不再上交农业税、集资和提留，改由村集体负担。流转的500亩土地全部栽植了速生杨，对外发包、收取承包费，从此村集体每年都有了稳定的收入。

2013年，承包合同到期，吴建祥又积极推动第二轮土地承包。先后召开党员会和村民代表会，研究制定承包方案。经过招投标，完成土地流转

300 多亩，种植高品质的苗木花卉，每亩承包费 1800 元—2000 元，增加集体收入 50 多万元。

村民从土地上解放出来，从事二、三产业，村民自发组织的房屋装修队就有 10 多个，从业人员近百人，人均年收入 3 万多元。另外，村民还开办有养鸡场、养猪场、纸箱厂、饭店等。说起就业率，可以说我们村是百分之百，六七十岁有劳动能力的村民也在农场或者林场工作。

产业兴旺，村民富裕，集体增收。村集体为群众代交了治安保险、农业保险，年终每人发 300 元过节费。

现任村委吴振林告诉我们："在吴建祥的心里，群众的事无小事，就是要做细做实。现在村集体资产达到 273 万，其中就有联合收割机一台、大型拖拉机两台，以及耕种配套的农业机械。每到收获的季节，村干部就跟机作业，在田间地头指挥协调，保证作业进度，村民都说这是'暖心工程'。"

把村民当成亲人，是村民的主心骨和贴心人

吴建祥对夏家村的每一位村民的情况一清二楚，村民有困难，他都是跟上帮助、靠上解决。"他把村民当成亲人，是村民的主心骨和贴心人。"村民赵金娜说。

2012 年夏天，村民赵秀菊的儿子突发强直性脊柱炎，驼背到近乎直角，不能正常行走，只好终止在山东大学法律系的学业回到家中。赵秀菊的丈夫早些年去世，女儿出嫁，经济情况可想而知，高额的医疗费让这对母子彻底绝望。吴建祥知道后，一方面安慰赵秀菊母子，一方面帮助寻医问药。

赵秀菊母子来到北京三〇一医院，检查化验下来，又发现孩子股骨头坏死。"不论什么病，能治就治。钱，大家一起想办法。"吴建祥在电话里坚定地对赵秀菊说。放下电话就同村支两委成员商量办法，并带头筹资 2 万元，同时赵秀菊的亲戚筹集了 7 万元，给孩子做了股骨头手术。

随后，吴建祥找到民政部门，找到济宁电视台、山东电视台，呼吁“救救孩子”，得到了社会爱心企业、单位、个人的大力支持。民政部门赠送了轮椅，济宁一家商场赠送了电脑，济南骨科医院免费为孩子做了脊椎复位手术。住院三个月的生活费1万多元，在吴建祥带头、发动村民帮助下得到解决。之后，帮助办理了残疾证，申请了低保，母子俩的生活逐渐走向了正规。

“我们感激吴书记，感激爱心单位和爱心人士，没有吴书记的引导和帮助，我和儿子不知道会怎么样，真不敢想。”说着话，赵秀菊已是热泪盈眶。

吴建祥就是这样，时时刻刻把村民的疾苦放到心上，他常说：“村干部就是为村民服务的，村民的事就是我自己的事。”

勤政为民，清正廉洁，带出美丽文明的夏家村

“全村十几个垃圾点，每3天就要清理一次，开垃圾车的是书记吴建祥，开铲车的是村委吴振林，并且都是义务劳动，没有一分钱报酬，这一干就是7年。”村民赵金娜说，“外包收费高，清理不及时，村支两委一商量就自己买了车辆，没有驾驶员，书记、村委当了志愿者。”

在夏家村还有一支响当当的“三八文明队”，成立于2000年，下设17个小组，成员60多人，第一任队长是村委、妇女主任许福英。文明队成立时确定的工作范围：村街环境卫生、计划生育、精神文明。每天早上，天蒙蒙亮，文明队的队员们就走上大街清理街道卫生，成了村庄的一景。

村风正，环境好，人心齐，夏家村也因此荣获全国计划生育先进单位、全国“美德在农家”活动示范点、全国妇联基层组织建设示范村等荣誉。

吴建祥做事扎实，勤政为民。村支两委分工明确，严格实行坐班制，节假日照常值班，做到“有人管事”“事有人管”，努力让群众满意。在财务管理方面，坚持上级监管与群众监督相结合，发挥村务监督委员会和村民代

表的作用，凡是村里的重大事项，一律按照“四议两公开一监督”的程序进行。2018年，按照市委组织部的工作要求，率先推行“小微权力清单”运行工作，做到按规矩办事。

1998年，村里发生了一起儿女不孝的事件，吴建祥抓住这个“典型”大做文章，既教育了三个不孝的儿子，又对村民形成了影响。村里随即成立了“红白理事会”，修订《村规民约》，倡导喜事新办、丧事简办，大力弘扬“孝文化”，让传统美德进家庭、成风尚。开展“环境卫生进家庭”“星级文明户”“好媳妇”“好婆婆”“孝贤儿女”等评比活动，年终进行表彰。从此，“孝德文化”在夏家村扎根开花。

打造“法制文化一条街”，让村民懂法、守法、用法，是吴建祥的又一创举。走进夏家村，映入眼帘的是道路两侧电线杆上醒目的法治宣传标语，老百姓们三五成群地驻足在道路两侧，仔细阅读着墙面上的法制漫画故事，整条街营造出浓厚的法治宣传氛围。村委大院门口的“全民守法红黑榜”更是醒目，人人争上红榜，让老百姓之间形成了比学赶超的守法氛围。充分利用“和为贵”调解室、“民情夜会”等平台，调解矛盾纠纷。做到了“小事不出村居，大事不出镇街，矛盾不上交”，维护了村居的和谐稳定。

这就是吴建祥，几十年如一日，始终站在党旗下，站在百姓身边，夏家村的和谐稳定、百姓的富裕幸福就是他最大的梦想和矢志不渝的追求。他获得了许多金牌、银牌，更获得了最珍贵的老百姓的口碑。

郭新春

让东郭村再铸辉煌

孔令绍

● 郭新春

汽车一路风驰电掣驶上了崇文快速干道，一个转弯进了坐北朝南的一座牌坊，上书“东郭村”。

激动的心如同小兔一般就要蹿了出来，眼前浮现出的尽是55年前的景象：农业样板县，东郭丰产方，劳模郭守明……

那是1965年的春夏之交，“山东省建设农业丰产方现场会”即将鸣锣开场，中央委员陈少敏、山东省委书记谭启龙、曲阜县委书记李秀、东郭村党支部书记郭守明等悉数坐在主席台上。正在罗庙小学上高小五年级的我和李士强活蹦乱跳跑上主席台，表演着相声《说说东郭的丰产方》。

“高山仰止，景行行止。”东郭村——你是何等的辉煌！

一位中年男子忽然出现在我的面前，打断了我的思绪。他就是曲阜市陵城镇东郭村现任党支部书记郭新春。

辉煌过后无“东郭”

东郭村曾有着苦难的历史和不堪回首的过去。但是，它却因拥有了郭守明而创造了辉煌。

东郭村历史上有1000多亩地，却全是沙土地，沙多土少，根本打不出粮食；村里有1000多口人，因为粮食青黄不接不够吃，绝大多数人外出逃荒要饭成了常态。新中国成立后，地还是那片地，人还是那群人，状况仍不乐观。村里百姓为了生活，依然存在外出逃荒要饭的现象。

哪里有苦难，哪里就出英雄。在那个时代，东郭村出了个郭守明。1922年，郭守明出生在东郭村的一个雇农家庭。他命运多舛，1942年，他20岁时就被侵华日军抓去当“华工”。他不情愿为日本人效力，就偷偷地跑了出来。1943年，又被抓了壮丁，到天津当兵，干了3个月，他瞅准机会又偷跑回家，靠卖豆腐、捞鱼捉虾为生。1946年，曲阜第一次解放，他当上村里的民政组组长。1948年，曲阜第二次解放，被选为农救会委员。1952年，郭守明串联5户贫农组成临时互助组，第二年发展成23户的常年互助组，他担任组长。后来，郭守明把互助组发展到初级社，再发展到高级社，他都被选为社长。1955年，郭守明加入中国共产党。1956年组建党支部，他被选为党支部书记。

郭守明带领群众吹响了建设社会主义新农村的号角。年复一年地抽沙换土、削高填洼，整治农田1000多亩。兴修农田水利，打机井236眼，全村土地4天普浇一遍。将一尺二的老三腿耧条播改为八寸小腿耧畦播。间作套种，改两年三种三收为一年三种三收、四种三收。粮食产量由1956年的亩产413斤猛增到了1260斤。制订新村建设规划，改善群众住房条件。1964年，全村已建新瓦房692间。这一年，全国农业展览馆展出了东郭村实现排房化的经验。相继办起敬老院、幼儿园、农业中学，实行了公费医疗。郭守明还带动周边8个村发展，为其无偿捐助2万余斤优质粮种。1959年，《人民日报》报道了“东郭大队一带八”的经验。

郭守明的工作得到了中央、省、地、县各级认可。1958 年被评为华东地区农业劳动模范；1959 年赴北京参加国庆 10 周年观礼；1964 年，被选为第三届全国人大代表。谭启龙、杨得志、安子文、陈少敏等领导同志多次莅临东郭村视察。英国、新西兰、土耳其、罗马尼亚等多国新闻记者前来采访报道。1966 年，57 个国家大使组成的外交使团前来参观访问。当时，全国各地每天来此参观学习的干部群众均有三四千人。

一个人创造了东郭村一个辉煌的时代。1981 年 3 月 24 日，郭守明书记结束了一生的磨难、拼搏、奉献和他那彪炳千秋的历史，驾鹤西去。

郭守明的离去，似乎给东郭村留下了诸多空白——刚刚进入改革开放的农村人在思想上如何转弯，政治强人的接力棒如何接好，名人的继任者如何对待权力，“中外闻名”的光环如何对待，新时期农村经济如何发展……所有这一切，都让他的继任者一下子剪不断理还乱。20 多年的光景里，东郭村的党支部一气换了 6 任书记。走马灯似的频繁换将，真好似你方唱罢我登场，可惜的是都只拉开了序幕，却没有高潮。在不算短的时间里，东郭村黯然失色，光环消失殆尽，在社会上销声匿迹。村里的百姓们感到惋惜，有人戏谑说：“守明走后无东郭。”

曾经的中国农村一盏耀眼的明灯，今后的路怎么走，它要走向何方？

人生的十字路口，没有红绿灯

东郭村从巅峰跌落到了谷底。村里的党员、干部和群众都期待着能有一个有情怀有本事的人横空出世，力挽危局。2005 年 12 月，东郭村村委换届，村民们想到了常年在外的创业能人郭新春。这一年，他以高票当选村委会主任。

此时，郭新春的事业正风生水起。他生于 1977 年 12 月，1993 年初中毕业后，16 岁就单枪匹马去烟台学习机械维修，然后又到蓬莱粮油公司、曲阜酒厂打工。经过 3 年历练的郭新春，1996 年开始自己创业。他买了两辆跃进牌汽车搞运输，雇了一个司机，两个人一干就是 4 年，每年的盈利都在 10 万元以上。1999 年底，他卖掉了汽车，到曲阜烟草公司做职员，可一个月 300 元钱的工资让他打不起精神，9 个月后就辞职不干了。2000 年底至 2005 年，郭新春赴济南做起了石油经销，几年下来，就有了 300 多万元的积蓄。这时候，他成立了“曲阜市大兴工贸有限公司”，并出任总经理。

就在这个当口儿，郭新春却选上了村主任，这着实让他到了两难的境地。正在犹豫，本族四爷爷郭守沂找上门来。四爷爷曾在郭守明时期就当干部，后来一直任村主任，曾和好几任书记搭班子。四爷爷给郭新春谈起了郭家的历史。

郭新春的祖上是名门望族，也是名副其实的文化世家。高祖是清朝举人，至今有关他的义举仍在十里八乡传颂。爷爷是国民党少校军官，解放战争中起义加入中国人民解放军，在副食品公司退休，后被工商局返聘。四爷爷在村里当了一辈子干部，把整个人生都献给了村里。人生在世就应该有担当，成为祖上家风的重要内涵。

四爷爷语重心长地告诫郭新春：“咱家里的人大多都有担当。作为人，他人生的长度是一定的，可他人生的宽度是可以拓展的。一个人，一辈子挣再多的钱，充其量也就是个‘富户头’；如果能把智慧、才干贡献给社会，他人生的宽度就会与众不同。”

四爷爷的话如同醍醐灌顶，给郭新春上了一堂生动的人生教育课。他的心醉了，醉得让他彻夜无眠。一边是蒸蒸日上的个人事业，一边是村庄黯淡的发展前景，这让郭新春的内心挣扎。如今，我已过了而立之年。这些年，我确实挣了不少钱，这可不是光靠自己的本事，国家的政策，社会的扶持，家乡的呵护，有了这样的大环境我才走上了成功路。我富了，而不去报效自己的家乡，还有何颜面再回这个家，又怎么去面对东郭村的父老乡亲？

月牙如钩，银光四泻。鸡犬不鸣，万籁俱寂。郭新春走在村中一条又一条凹凸不平的土路上。日东高速修通之后，截断了村民出村的大路，村里甚至连条出路也没有。他走到村支两委办公的4间破旧不堪的老平房前，老书记时代的办公大院早已改做了学校……

人生的十字路口上没有红绿灯，郭新春毅然做出了自己的人生抉择：我回村，我一定要干好！

抓发展，助力东郭再腾飞

2006年元旦刚过，郭新春走马上任了。从16岁起就外出闯荡，一晃12年过去了。今天重回故里，他对自己的家乡感到既亲切又生疏。28岁的郭新春风尘仆仆，豪气冲天，创业者的风采丝毫未减。一上任，他就主持了村里的全面工作，带领着勤劳朴实的东郭人一路前行。这一年，他加入了中国共产党。2008年，村党支部换届选举，他又以高票当选为党支部书记。2013年，郭新春继续深造并取得了大学本科学历。

郭新春当上了村里的一把手，其他村支两委的干部其实都在观望。俗话说，“一朝天子一朝臣”，都以为自己在村委的工作肯定是“兔子的尾巴长不了”。第一次村支两委干部会上，郭新春就给大家交了心：“村支两委的干部还是原班人马，一个都不动。咱们这班人，以后都要共同‘斗摸事’，谁也不能‘斗摸人’，这方面我带头，大家都来监督我。”一席朴实的乡里话，让每个人的心里都觉得热乎。没过多久，干部们就形成了“拳头”。

东郭村地处孔子故里，这里的人们自古以来就深受儒家思想的浸润，人心向善，民风淳厚。可是，长期以来积累下来的矛盾也积重难返。郭新春召开干部会议、党员会议、群众代表会议，分析症结所在，统一干部群众思想，讨论解决方案，按照轻重缓急逐一解决。

迎难而上，调整土地。东郭村已经15年没有调整土地，有的农户一家少种了四五口人的土地，有的农户一家却多种着好几口人的土地。由于每次调地都调不动，最后都不了了之，多种地的农户尝到了甜头因此变本加厉阻碍调地。郭新春把调地的事放在全体村民中展开大讨论，让群众弄清是非曲直，地该调不该调让村民自己做决定。在党支部、村委会的正确引导下，这个棘手的难题终于得到解决，村民与干部的矛盾、村民之间的矛盾得以化解。

整修道路，造福于民。20 世纪 90 年代末，日东高速公路修通，将东郭村唯一的出村大路拦腰截断。从那时候起，村民出村就没有了大路，村里男女老少都觉得憋气。郭新春与党员、干部和群众反复商量，决定要除去这块心病。但是，如果往南通路，本村没有土地，必须要用邻村星家村的土地。郭新春亲自去邻村求助，并请镇上帮助协调，最终以出资 18 万元作为补偿，借来星家村 5 亩土地，修通了本村至村南崇文快速干道的大路，并在村庄入

● 郭新春（右三）与村支两委成员商量工作

口处修建了一座四柱五楼仿古彩绘牌坊。与此同时，对村内道路重新规划设计。那时村里没有资金，郭新春先后垫付200多万元，把村里的22条路全部重修硬化，总面积达到15万平方米。路一修好，村民们的精神面貌焕然一新，大家像是感觉到了东郭村的往日雄风。

心无旁骛，发展经济。郭新春大刀阔斧踢开了前三脚，这为他集中精力搞经济奠定了稳定的群众基础。他引导广大农民更新思想观念，带领他们跟随时代的脉搏建设现代农业。这时，全村还有1100亩耕地，1530口人，每人才合6分地。如果还像往常一样，一家一户为单位，零打碎敲地种点粮食，农民们永远也富不起来。因此，在广泛征求群众意见的基础上，经村支两委研究决定，把1100亩土地全部流转成集体土地，农户每人的6分地每年补偿720元，每亩合到1300元。土地流转后，郭新春确立了“招商引资，集约经营”的发展思路。10余年来，济宁市塘口苗木花卉有限公司、天津瑞孚饲料有限公司、绿影花建材有限公司、康利源面粉有限公司等企业先后入驻东郭村。外地企业占用土地的租金均在每亩每年1500元左右，为集体经济注入了活力。不能外出务工的村民大多在本村就近就业。为了发展集体经济，占据农村发展主动权，村里成立了“东润众拓苗木花卉公司”，村集体出资30万元入股陵城镇高端果蔬合作社联盟，注册成立了“东郭村家阳建筑有限公司”“东郭村电梯维护保养有限公司”。目前，正在占地20亩的一所废弃学校旧址上打造标准化厂房，筹备成立“东郭村服装加工有限公司”。

10余年的持续发展，让一个原来的集体经济空壳村有了40多万元的年收入，村民年均收入也达到了1.7万多元，东郭村的发展进入了快车道。

关注民生，为发展储备凝聚力

东郭村的发展，让曾经历过辉煌又目睹过衰落的村民们吃下了定心丸。

可这个时候的郭新春却没把心完全放下，他反复思考着一个问题：老书记之后东郭村为什么停滞了20年？党员干部意志衰退，村里群众思想混乱，应该就是其中的重要原因。现在虽然情况好了，如果不把群众的事办好，照样还会潜伏着危机。想让东郭村再度辉煌，就必须做好人的工作。

当初，郭新春刚一回到村里就有人来要宅基地，后来越来越多，以至发展到几十户。根据当地风俗，男孩儿即将成年，村里就应为其规划宅基地，另立宅院，以备结婚生子。这些人家的男孩都已到了结婚的年龄，没有宅基地就盖不了房子，没有房子就娶不上媳妇，家家都急得团团转。这是多年遗留下来的问题，别说几十个宅基地，村里就连一个闲置的宅基地也没有。郭新春寝食难安，早晚都在村里村外转悠，结果发现村后有一条长360米、宽17米的小河沟。他万分激动，连忙召集村支两委开会研究，接着形成了决议。而后，郭新春和全体干部带领村民大干10多天填平了这个小河沟，为22户村民安排了宅基地，解决了他们的燃眉之急。

对于这个从外边回来的年轻书记，老百姓们觉得越来越有了依靠。郭新春也由一开始的游离于村庄之外逐渐地融入于群众之间，村民们的大小事他都搁在心上。60岁的村民郭绪良家中电路起火，把家里烧得一干二净，一家4口的生活顿时没了着落。郭新春马上赶过去，先拿了1000元钱进行安慰。然后，党员干部带头捐款，他又拿了500元，全村共捐了1.8万元，帮他家建起4间大平房。村民张静生孩子大出血，生命垂危住进急救室，几天就花掉30多万元，依然没有脱离危险，家里人没有了主心骨。郭新春急忙跑到医院，又拿主意又拿钱。张静转危为安，她的家人感动得泪珠子在眼眶里团团转。

如今村里富了，可象征着东郭村的那处村委大院却还是人们心里的疮疤。郭新春看透了大家的心思，他召开会议研究，决定建设一处高标准的“为民服务中心”。2014年，村里投资300多万元，建起4层办公大楼。为了满足广大村民的业余文化生活，村里决定建设文化广场。为彰显村民们爱祖国、爱家乡的情怀，郭新春向在外工作的本村村民发出爱心捐献倡议。郭新春率先拿出 20 万元，济宁市公安局王明甫、曲阜师范大学教授郭成基、兖州供电公司郭成涛、济宁华能电厂郭洪亮等各捐出 5 万元。2016 年，总投资 50 多万元的高标准文化广场圆满落成。

东郭村已经成为“省级美丽乡村”，东郭人正朝着眼前的康庄大道迈进。

郭新春和村支两委成员带我们走向村里的文化广场。广场上的笑脸，折射出的是东郭村往日的模样；人们眉宇间溢出的幸福感，预示着东郭村未来的辉煌！

孙邦峰

让毛主席批示熠熠闪光

孔令绍

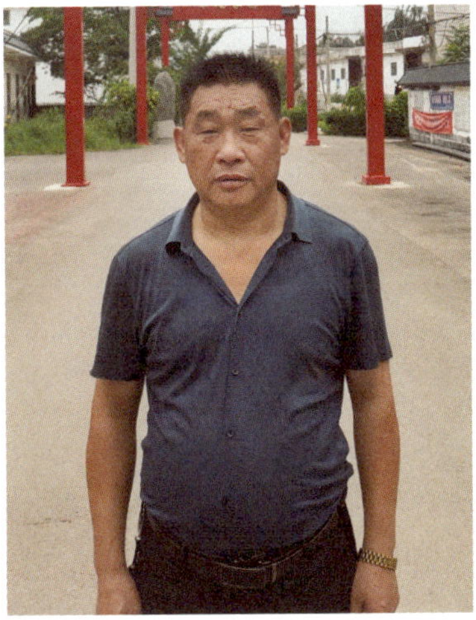

● 孙邦峰

一踏上曲阜市王庄镇陈家庄这块土地，我的思绪立马回到了过去。

那是60多年前，毛主席对陈家庄的批示刚刚发表不久，全国的人们从各地云集陈家庄参观学习。

那时候，我正在上高小。在老师的带领下，我们高举着少先队的旗帜来到陈家庄。宣传牌上，毛主席的批示赫然入目。郭沫若来视察时写下的赞美陈家庄的诗句至今让人记忆犹新："杨柳果树排成行，黑格隆冬二里长。往年一片荒沙滩，如今变成万柳庄。"

2020年夏天最炎热的那天，我故地重游，来做采访，心里的热度如同外面的酷暑一般。陈家庄村支两委办公室里热情洋溢。党支部书记孙邦峰，村支两委的干部，老书记孙合伦，老乡贤孙洪海等早已在那里恭候。出乎意料，王庄镇党委书记王洪生、组织委员毛长波也坐在了会议室里。

相互稍做介绍，即进入了主题。

王洪生："这是一块神圣的土地，

我们不能亵渎了这个地方。”

孙邦峰：“60 多年来，我们陈家庄历经风雨，可这里的人们从来没有懈怠过。我们就是想让主席的批示在这里永远熠熠闪光。”

从行伍到商场，完美嬗变

50 岁出头的孙邦峰，中等身材，漆黑的头发，浓眉大眼，一身的干练。他出生于行伍世家，3 个叔叔都曾是军人，军人的英武形象在他心里打下了深刻的烙印，从孩提时代起他就向往着当兵。

1984 年高中毕业后，爸爸、叔叔都鼓励他去当兵，这与他的想法一拍即合。这一年，孙邦峰应征入伍，到山东新泰市步兵某团服役。警卫员、勤务员、特务连发报员、班长，干什么都出类拔萃，连续 3 年被评为“优秀士兵”，两次荣立三等功。突出的表现，优异的成绩，让他很快成为一名光荣的中国共产党党员。3 年的部队生活一晃而过，很快就到了退役的节点，刻骨铭心的军旅生涯让孙邦峰十分留恋。老连长甄海江看透了他的心思，鼓励他说：“邦峰啊，你是一个有思想、有能力、有出息的青年，只要心气正，不管在哪里都能实现你人生的愿望和理想。或许社会那个大舞台更适合你的发展。我相信，你在那里会干成一番事业，来回报部队对你的培养之恩。”老连长一席话，弥合了他受挫的情感，鼓起他远航的风帆。

复员回乡的孙邦峰热血沸腾。1987 年底回到家里，1988 年春节过后就投入了村里的工作。村党支部对这个具有发展潜力和培养前途的年轻人非常器重，党员们选举他担任党支部委员，兼任团支部书记、民兵连长、治保主任。

20 世纪 80 年代末，农村的改革开放正在日趋深入，生产承包责任制也已趋于稳定和成熟。那时候，在村里当干部是不拿工资的，只是号称“三大员”的党支部书记、村主任、会计有一点补助。孙邦峰在村里算不上“三大员”，只是一般干部，经济上没有一点收入。社会实践让孙邦峰产生了更加理性的认识，一个人要想成就一番事业，只有革命热情和党性觉悟还不够，还必须要有生活上的支撑。在当时，他家里与其他人家一样，仍然还很穷。一个年轻力壮的棒小伙，没有任何经济来源，专职在村里当干部，此路不通。

1990 年刚刚入冬，孙邦峰想到了下海经商。他想，我这不是对党不忠诚，也不是革命意志衰退，而是社会现实和自然规律使然。这年冬天，他先尝试搞长途贩运，从济南长清买来瓜干，卖给曲阜酒厂，还真赚到了一笔钱。孙邦峰抑制不住内心的喜悦，激动地告诉我们：“这是我掘取的第一桶金，一冬赚的钱能买 5 万块砖。现在政策好，只要守法纪、肯吃苦，就没有干不成的事。”孙邦峰牛刀小试，首获成功。

有了第一桶金，就有了经营的本钱。这时，他想起了去城里周公庙时看到的“金人铭碑”上的一句话：“江海虽左，长于百川，以其卑也。”人家孔子那样的大学问家还说：“富而可求也，虽执鞭之士，吾亦为之。”人要想生存，就必须放低身段。孙邦峰心里豁然开朗。他用那笔钱开了瓜子厂，自己炒，自己销，着实赚了一笔，倒手就到曲阜城东门大街开饭店，一年又赚了 3 万元。接下来，他去岳家村一个废旧窑场加工蜂窝煤，两年赚了 5 万元。这个时候，孙邦峰的市场经验、经营理念、管理意识都有了质的飞跃。

有了梧桐树，不愁金凤凰。社会上想聘请他担任经营管理人员的接踵而至。先去孔林前的长城饭店当经理，后到曲阜市开发区圣天精细化工厂当经理，这职业经理一干就是 6 年。原来的小打小闹，让孙邦峰成了生意人；6 年的企业经理，却让孙邦峰摇身一变成了管理者。两方面素养的叠加，正在造就着一个企业家。1996 年，孙邦峰已是胸有成竹，他一气呵成创办了“新天全助剂厂”，2007 年 10 月 23 日注册为“新天全助剂有限公司”。接下来公司的发展持续向好，公司年产量均在 8000 吨以上，年盈利均在 80 万元以上。

部队大熔炉的“锻造”，社会大商场的“淬火”，让孙邦峰这个地道的农村娃发生了完美嬗变。

从农村到市场，集体发展

创业者的路上没有驿站。进入“而立”之年的孙邦峰，他的事业正从起步进入巅峰，容不得半点喘息之机。他踌躇满志，谋划着更加辉煌的未来，立志用心血和汗水去书写更加多彩的人生。

可人算不如天算。2002年，村里的党支部、村委会都到了换届的节点。这些年孙邦峰的骄人成绩让大家历历在目，村民们早就看中了孙邦峰，组织上早就盯上了孙邦峰。这一年的换届选举，他以绝对优势高票当选为党支部书记、村主任。

妻子孙秀清像被一记闷棍打晕了一样，显得那样的无助：“你去当干部，把企业那么一大摊子都甩给我，我能撑起来吗？”

“没问题，实际上，你的能力比我强。车到山前必有路，没有过不去的火焰山。”孙邦峰既鼓励又安抚。

父亲孙合友语重心长：“自从实行责任制以后，咱村里真是穷透了气，这干部你怎么当啊？”

“正是因为村里穷，我才要干啊。退伍时甄连长交代的话我什么时候也忘不了，人生的意义就在于奋斗，是党员就得为人民服务。”孙邦峰推心置腹，坦露心迹。

孙邦峰走马上任了。他的心境一改常态，竟然一下子敞亮了起来。过去，我是用力气打拼了十几年，可那是为自己；从今天起，我要用心智去拼搏，不能留下一点儿后劲，因为这是为集体。夜深人静，万籁俱寂，他独自一人踱步在村里的角角落落，从巷口到街口，从东头到西头，从村内到村头，不自觉地走到那块宣传牌前。明亮的月光映照出朦胧的大字：这是一个办得很好的合作社……他张开双臂紧紧地拥抱住那块像是还有温度的牌子，泪珠禁不住在眼眶里打转，心里默念着：我会对得起这块牌子。

现在的陈家庄由陈家庄、孙道沟、孔道沟3个自然村组成，355户，2410口人，耕地2300亩，荒地640亩。步入21世纪的陈家庄，距离毛主席对陈家庄批示已经过去了60多年。半个多世纪，在历史的长河中是短暂的一瞬间，可对人类社会来说，那却是两三代人的时间。几代人的时间，村里的干部换了一届又一届，他们全都发奋努力，围绕着让农民“吃上饭”这个目标打转。饭是吃上了，可农民还是穷啊。到了这个年代，村里还有10万多元的贷款，我上来还要每月垫付1000多元的利息。孙邦峰心想，农民赖以生存的基础是土地，农村发展的潜力在市场，如果将土地与市场连接，从根本上改变农村的落后面貌才会有希望。

孙邦峰租来大客车，拉上村里的党员、群众骨干七八十人去了寿光。一入寿光地界，遍地的蔬菜大棚如同白色海洋映入人们的眼帘。听了当地的介绍，观看大棚里的实况，党员、群众开了眼界，孙邦峰坚定了信心。为了让全体村民统一思想认识，白天通过大广播宣传，晚上在大街上播放科技致富宣传片，请来市、镇两级农业专家讲授专业知识。村民有了共识，两委做出决议：流转土地，规模经营。十几天的时间，流转土地160亩，每年每亩地返给农户1000元。建设蔬菜大棚需要大量资金。村支两委采取“银行贷一点、农户筹一点、干部垫一点”的办法把钱凑齐，孙邦峰又从自己的企业拿出20万元作为流动资金，干部、群众齐心协力，一鼓作气建起28个冬暖式蔬菜大棚。大棚建成后，公开对农户承包，村里对种植户实行统一服务，开辟蔬菜销售平台，成立“蔬菜专业合作社”，与寿光蔬菜协会签订销售合同，打通曲阜、济宁、邹城、泰安等地销售市场。全村每年生产精包装蔬菜5000余箱，第一年每个大棚纯收入就达到3万多元，到2017年底，28个大棚累计销售各类蔬菜700多万斤，收益2000多万元。

流转的160亩土地，按市场规则经营，一下子就让村民们尝到了甜头。孙邦峰就像市场经济浪潮中的弄潮儿，他想让陈家庄在农村与市场对接的道路上越走越宽广。他四处奔走，考察市场，最终与全国六大苗木基地之一的济宁诚信苗木公司达成协议，与其签订了21年的合同，采取递增流转的方式，按每年每亩1000元的价格，将全村农户1980亩土地全部流转出去。村委会与该公司签订协议，本村村民用工优先。至此，村里农民全部变为工人。

党的十九大召开之后，孙邦峰从中央提出的“乡村振兴战略”中嗅到了商机，决意要在美丽乡村建设方面搞突破，这时，他想到了那600亩荒地。孙道沟自然村位于泗河与险河交汇处，有一块很大的冲积平原，砂资源丰富，社会上不知道有多少人为此蠢蠢欲动，但孙邦峰就是不同意走卖砂破坏生态的歪路子，他想给后世子孙留点念想。孙邦峰心里早就打起了盘算，连续几年自费邀请镇里分管领导和部门的同志南下北上，先后6次外出考察，招商引资。2018年3月，与北京市里仁生态科技有限公司正式签订租期为50年的租赁协议，沙滩地每亩1000元，水面每亩500元，其中，从沙滩地、水面面积中每亩抽出200元作为村集体股份。该公司目前已经立项的“里仁生态岛·泗河生态修复示范项目”，以山水、林田、湖草、田园综合体建设为指引，将休闲游、红色游、儒学培训、耕读体验、乡村民俗、艺术文创、生态修复等有机整合。前期，已由北京中外建筑设计有限公司投资8800万元，围绕环境保护、生态旅游、老年公寓等，着力打造占地约260亩、水面160亩，集“吃、住、耕、读、游、玩”六位一体的特色小镇，助力王庄镇实现乡村振兴新突破。届时将带动本村辐射周边种植、养殖、餐饮、旅游等相关产业飞跃发展，预计村集体年收益将增加几十万元，村民人均年收入将增加3000元以上。

孙邦峰用他人生最宝贵的30年，把脚扎在地上，一步一个脚印。他用心读懂了“农村学”，用智慧念活了“市场经”，把农村与市场有机地连接在了一起。今天的陈家庄，人均年纯收入1.5万元，村集体年收入40多万元。可以预见，不用很长时间，每年人均几万元收入、村集体几百万元收入的目标，将很快实现。

从农民到党员，凤凰涅槃

“从农民到党员不就一步之遥吗？普通人也要做好事，当了党员也要做好事，这不一样吗？”我试探性地探讨着这个话题。

孙邦峰理直气壮：“那不一样。普通人做好事是一种道德要求，党员做好事是责任和义务。”

在孙邦峰看来，当一个人入了党，他的思想就应该发生质的飞跃。普通人做好人做好事，是一种自发行为；而共产党人全心全意为人民服务，却应该成为每个党员的自觉行动。他告诉我们，这个要求很高，我虽然做不到，但我却要朝着这个目标一步步靠近。

当初，我们执政党搞改革开放的初衷，就是先富带后富，最终实现共同富裕。可活生生的社会现实却让孙邦峰触目惊心，真正富的微乎其微，真正穷的倒屡见不鲜，这让他感到心里痛啊。正因如此，他致富以后没有丢下穷人，先后带动、帮助村民发展起家具厂、木板厂、水泥制管厂、电线杆厂、餐饮服务等十几家民营企业，为120多人解决了就业，让几十个家庭富裕起来。村集体富裕之后，村支两委成立了“党支部领办合作社”“曲阜市森源苗木种植专业合作社”，让村民利益从体制、机制上得到保障。

“要当官就别想发财，要想发财就别当官。自从我当书记以后，俺村的建设项目一个接着一个，我要想捞点外快唾手可得。”孙邦峰这话说得铿锵有力。村里大街小巷全部实行水泥路面硬化，总造价82.8万元。路修完给施工方结账时，孙邦峰死缠硬磨，硬是叫人家让了个零头，只收了82万元。施工方认为这钱肯定装进了个人腰包，可孙邦峰用这8000元钱全部搞了绿化。

79岁的老书记孙合伦终于憋不住了：“建设村委大院，招标投标一律按规矩出牌，邦峰不仅自己一分钱好处没拿，还给集体省了 4 万元钱。”

68 岁的村会计孙合第说：“村里什么事也瞒不住会计，俺书记做事从来也没考虑过自己。”

1984 年当兵入伍，整整过去了 36 年。孙邦峰由一个朴实无华的农民，转变为心装百姓的共产党人，他的光彩人生令世人惊叹！

孙邦峰对我们依依不舍，把我们送到很远很远。在村头的宣传牌前，他停了下来：“当年，毛主席批示最核心的东西，就是要求共产党人让老百姓过上好日子。”

离开陈家庄越来越远。回头望去，那块宣传牌在阳光的照射下依然熠熠闪光。

后记 魂牵梦绕的那块地方

我的家乡是农村。从那片故土走来已有40年之久，那里却一直是我魂牵梦绕的地方。我长期工作在宣传思想领域，曾多次想系统宣传讴歌奋斗在那片广袤土地上的人们，可都因时间与精力不允许而不得成行。

2020年是我离开工作岗位10周年的日子。这一年，是我们即将迎来中国共产党成立100周年的美好时刻，中共曲阜市委组织部决定编撰一部大型报告文学集，集中宣传全市优秀党支部书记，名曰《铸基——初心映在热土上》。组织部欲会同曲阜中华文化促进会共同完成这项任务。我作为曲阜文促会的主席，对这个一拍即合的宏伟构想感到振奋和激动。

采访是在最炎热的夏天，一气下来就是50天。文促会常务副主席、党支部书记孔令俭虽比我小了几岁，可也早过花甲之年；文促会副主席兼秘书长李赋春虽不及花甲，但也青春不再。我们3人相互鼓励，在酷暑中一路前行。那是在尼山镇采访回来途中突遇暴雨，车子进不了城，我们弃车而行，蹚着没腰身的大水回到家里，却依然乐在其中。

一个个党支部领办合作社茁壮成长，一处处乡村振兴绿色项目充满生机，新农村繁荣发展的景象让我们尽收眼底。采访对象中，有现任党支部书记，有村支两委的代表，有老党员、老干部代表，有村民代表、妇女代表、贫困户代表等。我们有时被所采访对象感动得热泪盈眶，不时被他们的精神激励得热血沸腾。北元疃村党支部书记、全国劳模张佃壮倾尽满腔热血，让百姓过上好日子，把自己的村庄建设成为全国文明村；座谈中，东官庄村党支部书记苏高民几次落泪，他的泪水中彰显的分明是对党的无限忠诚；河洼村党支部书记张景良因打井炸石21岁时就失去了左手和左眼，正是有了这样的人的坚守，党的事业才筑起了钢铁长城……带着这样的感动和激情，采访结束后一个月的时间里就创作出了41篇报告文学。

这是一部长篇巨制，它系统地揭示农村的现状与发展，真实地刻划无怨无悔铸造党的基础工程的那些平常人，这在中华人民共和国成立以后曲阜的历史上还是第一次。因此，社会各界都给予了巨大支持和鼓励。市委书记刘东波对老同志的贡献表示由衷的感谢；市委常委、组织部部长朱险峰听了工作回报表示高度赞赏，并为本著亲自作序；市政协原主席赵元山、市人大原副主任段德柱给予热情的关心支持；市委组织部副部长丁龙召开会议，研究部署；组织部研究室主任张新志调度情况，协调关系；各乡镇、街道党委、政府高度重视，密切配合；组织委员筛选各类典型，提供基础材料，陪同到村采访。所有这些，一次次令人感动，为编撰创作注入了动力。在此，一并表示由衷的感谢！

久未像今天这样近距离地倾听农村大地的声音。我们的心紧贴着那些最基层党员干部的胸膛，已经听到了他们的脉动，已经嗅到了乡村振兴的味道。我们的字里行间充斥着的满是他们思想的境界和品行的高度：

一位哲人说过，世界上能登上金字塔的生物只有两种：一种是鹰，一种是蜗牛。你何尝不是这样一只“蜗牛”啊！

我想，在我们党内，这样的“蜗牛”多了，我们的党才会根深蒂固；我们的党员，若能都是这样的“蜗牛”，那就定能迎来理想的明天！

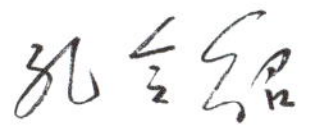

2021 年初春